Die Cornish-Pasty-Verschwörung

Albert Smiths kulinarische Krimis

Rezept 13

Steve Higgs

Text Copyright © 2024 Steven J Higgs

Herausgeber: Steve Higgs

Das Recht von Steve Higgs, als Urheber des Werkes genannt zu werden, wurde von ihm gemäß dem Copyright, Designs and Patents Act 1988 geltend gemacht.

Alle Rechte vorbehalten.

Das Buch ist urheberrechtlich geschützt und darf nicht kopiert, vervielfältigt, übertragen, verbreitet, vermietet, lizenziert oder öffentlich vorgeführt oder in irgendeiner Weise genutzt werden, es sei denn, es liegt eine ausdrückliche schriftliche Genehmigung des Verlags vor oder die Bedingungen, unter denen das Buch erworben wurde, erlauben es, oder das geltende Urheberrecht erlaubt es ausdrücklich. Jede nicht genehmigte Verbreitung oder Nutzung dieses Textes kann eine direkte Verletzung der Rechte des Autors und des Herausgebers darstellen und die Verantwortlichen können entsprechend haftbar gemacht werden.

"Die Cornish Pasty-Verschwörung" ist ein Werk der Fiktion. Namen, Personen, Unternehmen, Organisationen, Orte, Ereignisse und Begebenheiten sind entweder der Phantasie des Autors entsprungen oder werden fiktiv verwendet. Jegliche Ähnlichkeit mit tatsächlichen lebenden, toten oder untoten Personen, Ereignissen oder Orten ist rein zufällig.

Widmung

Für Susan Cook und Charmayne Beranek, die den Titel dieses Buches vorgeschlagen haben.

Vielen Dank, meine Damen. Ich hoffe, Ihnen gefällt die Geschichte.

Das Inhaltsverzeichnis:

Verschwörer

Ankommen

Unerwartetes Opfer

Jagen und beißen!

Die örtliche Polizei

Blut auf den Felsen

Mehr Polizisten

Kelly und Liam

Überwachung

Verschwörer

Veränderung des Aussehens

Identifiziert

Tanya und der Earl

Hühnercurry-Pasty

Aktuelle Nachrichten

Das Paradoxon

Gefährliche Gewässer

Zwischenmahlzeit

Wer verfolgt wen?

Die Macht der großen Schwester

Ein Blickpunkt

Lose Lippen

Lügen

Besonderer Auftrag

Ein Plan. In gewisser Weise.

Wertlose Informationen

Tanya

Das Team aufteilen

Vom Regen in die Traufe

Aufgeflogen

Etwas im Wasser

Tierischer Held

Eine neue Verkleidung

Einfach nicht bewegen

Den Laden schließen

Bauer schlägt Springer

Stacey und Rex

Im Bootsschuppen

Schüsse

Beichte

Auf das Meer hinaus

Die Zeit ist um

Die Dinge werden nur noch schlimmer

Taschenspielertricks

Fehlgeschlagene Täuschung

Weiter hinaus aufs Meer

Ein Anblick, den sie nie vergessen werden

Ein neuer Anhaltspunkt

Berichte von Augenzeugen

Anmerkung des Autors:

Geschichte des Gerichts

Rezept

Wie geht es weiter?

Auch diese Serie könnte Ihnen gefallen:

Machen Sie mit!

Weitere Bücher von Steve Higgs

Verschwörer

"Verrückt."

"Was?"

"Es ist verrückt, Cody. Wahnsinnig."

Cody starrte Chris quer durch den Raum an.

"Und warum ist das so? Hmmm? Ist das nicht das, wovon du immer gesprochen hast? Jetzt haben wir die Chance, etwas Sinnvolles zu tun. Mit Flugblättern und aufrüttelnden Reden ist es nicht getan, Chris. Dieses Land braucht eine Führung."

"Du sprichst davon, die gesamte königliche Familie zu ermorden, Cody", erwiderte Chris, der sein Bestes tat, um seine Stimme gleichmäßig und ruhig zu halten. Er war hier der kluge Kopf, nicht Cody. Cody war der dumme Ganove mit dem ausgeprägten Bizeps und den engen T-Shirts. Niemand sonst war nach Oxford gegangen, um Politik zu studieren. Sie mussten auf ihn hören. Das hatten sie schon immer. Aber jetzt hatte Cody einen lächerlichen ... einen mörderischen Plan und die anderen machten mit.

Flankiert von seiner Freundin Raven, der ungleich attraktiveren dunkelhäutigen, schwarzhaarigen Frau der Gruppe, forderte ihn Cody von der anderen Seite des Raumes her offen heraus.

"Ja, Chris. Wir machen es richtig oder wozu sollen wir uns sonst die Mühe machen? Bist du ein Anti-Royalist oder nicht?" Cody ließ die Frage in der Luft hängen. Chris konnte sie ignorieren, schließlich war sie rhetorisch. Doch seine Aufmerksamkeit galt nicht der Frage. Sie galt den anderen Mitgliedern ihrer geheimen Gruppe.

Rodneys Schweigen war vorhersehbar und entsprach seinem Charakter. Er war ein Mitläufer und genau deshalb mochte Chris ihn. Durch Rodney, mit dem er seit der Schule zusammen war, hatte Chris Terry, Cody und Raven kennengelernt.

Sie alle arbeiteten zusammen und rissen sich den Arsch auf, um einen anständigen Lebensunterhalt zu verdienen, während das Klassensystem in Großbritannien alles tat, um sie unter dem Stiefel zu halten. Die Tatsache, dass er einen Abschluss in Politik hatte und in einer Pasty-Bäckerei arbeitete, war die deutlichste Erinnerung daran, dass seine Eltern aus der Arbeiterklasse stammten und es ihm nie erlaubt sein würde, in eine Position aufzusteigen, die seinen Fähigkeiten entsprach. Es sei denn, er änderte das System.

Chris verdrehte die Augen und sah Terry an.

Sie befanden sich im Keller unter Terrys Laden und es war Terrys Geschäft, das zu der Gelegenheit geführt hatte, die Cody nun ausnutzen wollte. Chris wollte sie auch nutzen, aber nicht, indem er Dutzende von Menschen ermordete.

Terry war die Person, die Chris als seinen Stellvertreter betrachtete. Nicht Cody. Niemals Cody. Warum war Terry nicht bereit, seine ursprüngliche Idee zu verteidigen?

Auf Anfrage des Palastes, Pasties für eine königliche Verlobungsfeier zu liefern - die Braut, eine Bürgerliche, stammte ursprünglich aus Cornwall und wollte ihren Gästen einen Hauch von Heimat vermitteln - hatte Chris vorgeschlagen, Botschaften in die herzhaften Leckerbissen einzubacken. Die Gäste würden sie finden und sich nicht zurückhalten können, die Worte zu lesen und sich an sie zu erinnern. Chris hatte vor, ihre Gedanken zu vergiften; einen Samen zu säen, der sie für immer begleiten würde. Sie waren reicher, anspruchsvoller Abschaum und er würde dafür sorgen, dass die Welt es erfuhr. Die Geschichte würde sich schnell zu einem Skandal auswachsen und die Presse würde ihn jagen und fragen, warum er das getan hatte. Das sollte sein Sieg sein, sein Moment des Triumphs.

Während die Kameras liefen, konnte Chris Mason die Menschen aufrütteln, selbst wenn die Polizei ihn abholte. Sie würden seine Worte hören, die Wahrheit darüber erfahren und sich gegen die Oberherren erheben. Er würde zu einer Legende werden und das einfache Volk Großbritanniens gegen die königliche Familie vereinen, die Galionsfigur für alles, was im Land falsch lief.

Jetzt wollte Cody die Pasties mit einem langsamen, geschmacklosen Gift versehen. Eines, das unentdeckt bleiben würde, bis es zu spät war. Der muskulöse Idiot hatte sich sogar die Mühe gemacht, die Pilze zu finden, die er verwenden wollte. Pilze, für die es kein Heilmittel gab. Einmal eingenommen, war das Opfer zu einem langsamen, qualvollen Tod verdammt, während sich seine inneren Organe auflösten.

'Himmlische Füllung', so hatte Cody es genannt, der dachte, sein gequälter Scherz, dass man nach dem Essen bald im Himmelreich war, sei irgendwie clever.

"Nun, Chris? Wie lautet deine Antwort?", fragte Cody und holte Chris in die Gegenwart zurück, als würde ein Hypnotiseur mit den Fingern schnippen. "Bist du ein Weichei geworden? Du redest doch schon seit Jahren davon."

Jetzt musste er sich auf die Zunge beißen. "Ohne mich wäre keiner von euch hier", sagte Chris.

"Das ist keine Antwort", schoss Raven sofort zurück. "Uns wurde eine einzigartige Gelegenheit geboten, Chris. Eine, die du niemals hättest inszenieren können, egal was du behauptest. Dein ganzes Getue läuft auf

Folgendes hinaus: Wirst du einen Schlag gegen die Klassenstruktur in diesem Land führen oder nicht?"

Chris traute seinen Ohren nicht.

Bevor er etwas sagen konnte, schaltete sich Terry ein.

"Es ist eine Chance, es richtig zu machen, Chris. Wir können den König ausschalten, Kumpel. Er denkt, er steht über uns, hoch oben an der Spitze einer Klassenpyramide, die von einem Wohlstandssystem gestützt wird, das sein eigenes Gesicht zeigt."

"Er lässt sich sogar von den Leuten 'Eure Hoheit' nennen", wütete Cody und brachte damit auf den Punkt, was er schon zweimal gesagt hatte. "Was soll das denn sein? Oder ‚Eure Majestät', als ob er auf einem Luftkissen schweben würde oder so."

Cody gab Auszüge aus tausend verschiedenen Diskussionen innerhalb der Gruppe wieder. Chris war schon lange ein überzeugter Anti-Royalist. So lange, dass er sich an keine Zeit erinnern konnte, in der er andere Gefühle gegenüber dem Klassensystem in seinem Land empfunden hätte.

Die Royals waren Witzfiguren. Die Kinder der verstorbenen Königin hatten die ihnen verliehenen Privilegien zum Gespött gemacht und ihren Enkeln erging es kaum besser. Keiner von ihnen war der Titel, die sie trugen, würdig, doch sie beraubten die Staatskasse, um ihren extravaganten Lebensstil zu finanzieren, und jammerten dann, wenn sie dabei fotografiert wurden, wie sie Dinge taten, die sie nicht tun sollten.

"Ja", nickte Chris nachdenklich in den Raum, als er eine Chance sah, das Gespräch zu lenken. "Wir haben einen Hochstapler auf dem Thron. Er ist nicht einmal Brite. Anstelle von Eure Majestät sollten wir ihn Mr. Windsor nennen. Nicht, dass Windsor sein richtiger Name ist. Es ist kaum zu glauben, dass die Nation ihn so schätzt, wie sie es tut, nachdem seine

Familie im Krieg ihren Namen änderte, um uns von der unbequemen Tatsache abzulenken, dass sie genauso deutsch war wie der Feind. Sein richtiger Name ist Herr Sachsen-Coburg-Gotha. Das ist das Deutscheste, was ich je gehört habe - man könnte ihn genauso gut 'Herr Bratwurst-Kraut-Nazi' nennen."

Die versammelten Verschwörer im Raum murmelten allgemeines Einverständnis. Cody ließ sich jedoch nicht ablenken.

Mit zusammengekniffenen Augen und einem unwilligen Blick wies er auf eine unbequeme Wahrheit hin: "Du hast die Frage noch immer nicht beantwortet, Chris. Bist du auf unserer Seite oder nicht? Alle anderen sind bei diesem Plan mit an Bord."

"Das ist richtig", stimmte Raven zu und unterstrich damit die Forderung nach einer Antwort von Chris.

Chris konnte seinen Blick nicht von ihr abwenden. Ravens Beziehung zu Cody war schon immer hitzig gewesen; die beiden stritten sich genauso oft wie alles andere, was sie taten. Warum waren sie immer noch zusammen? Warum konnte sie nicht erkennen, dass er viel besser für sie wäre?

"Chris!" Codys scharfer Tonfall bewirkte, dass Chris seine Augen nach oben riss, um dem Blick seines Gegners zu begegnen.

"In Ordnung! In Ordnung, verdammt!", knurrte er, von Codys Drängen innerlich aufgewühlt. Er atmete schwer aus und ließ die Schultern sinken, bevor er einen weiteren Atemzug einatmete, um seine volle Größe wiederzuerlangen. "Wir können *meinen* Plan besprechen, wenn die Gruppe das will." Chris verstand, dass es sinnlos war, sie alle auf einmal zu bekämpfen. Er musste das Treffen beenden und Terry auf eine Seite bringen. Er konnte Terry umstimmen ... weg von Codys verrückter Idee. Dann würden sie sich gemeinsam um die anderen kümmern. Oder er würde gezwungen sein, Cody aus dem Team auszuschließen. So einfach war das.

Um Zweifel in ihnen zu säen, argumentierte Chris: "Wir haben darüber gesprochen, sie zu Fall zu bringen, nicht sie zu töten. Bei der Hochzeit werden Kinder dabei sein."

"Königskinder", spuckte Cody. "Genauso überprivilegiert und unwürdig wie die Generationen vor ihnen."

Ein hämmernder Ton hallte durch das alte Gebäude. Seit mehr als dreihundert Jahren stand der Pasty-Laden an der Ecke von Castle Street und Fore Street und seine Lage an der Hauptfußgängerzone garantierte einen regen Durchgangsverkehr.

"Polizei. Machen Sie auf."

Die Verschwörer sahen sich gegenseitig mit anklagenden Augen an. Jemand hatte geplaudert. Jemand hatte sich an die Polizei gewandt.

"Das warst du!" Cody richtete einen anklagenden Finger auf Chris; seine Lippen waren zu einem Grinsen verzogen, das seine Zähne zeigte.

Ankommen

Albert erwachte mit einem Ruck. Das Auto hatte angehalten und er blinzelte in die Dunkelheit und fragte: "Sind wir ... ist das Looe?"

Jessica streckte sich auf dem Fahrersitz und dehnte sich mit verschränkten Fingern und gesenktem Kopf, um den Knoten zu lösen, der sich irgendwann in der letzten Stunde in ihrem Rücken gebildet hatte.

Ohne aufzublicken, sagte sie: "Ja. Zumindest laut Satnav und den Straßenschildern." Sie hob den Kopf und tastete nach dem Türgriff. Die Temperatur sank um fünfzehn Grad, als die Luft von draußen hereinströmte und die Wärme, die ihr Auto gespendet hatte, verscheuchte.

Albert nahm seinen Mantel über den Arm, der ordentlich gefaltet auf dem Teppich unter seinen Knien lag, und drehte sich in seinem Sitz. "Bleib hier, Rex. Ich lasse dich hinten raus."

Alberts Sorge, dass der Hund durch den Spalt zwischen den Sitzen springen könnte, um durch eine der Vordertüren zu verschwinden, war nicht unbegründet.

Rex leckte sich die Schnauze, ließ sein Hinterteil wieder auf den Rücksitz sinken und sah zu, wie sein Mensch langsam aus dem Auto kletterte.

Er schnupperte an der Luft und hob die Nase, um Informationen aus der kühlen Brise zu gewinnen, die durch die offenen Türen wehte.

Sie waren an der Küste. Sogar im Auto hatte er schon vor vielen Meilen den unverwechselbaren Geruch des Meeres wahrgenommen. Rex filterte die salzhaltige Luft heraus, um herauszufinden, was die Brise ihm sonst noch verraten könnte, und fand Essensgerüche aus überladenen Mülltonnen sowie einen schweren Fischgeruch, da sie neben dem Markt und dem Kai geparkt waren. Auch Hunde konnte er riechen, die in der Nähe ortsfeste Gegenstände markiert hatten.

Seine Beobachtungen endeten abrupt, als Albert die hintere Tür auf der Beifahrerseite öffnete. Er sprang heraus, doch wurde sofort gestoppt, als sein Mensch ihn am Halsband packte.

"Keine Verschwinde-Tricks, bitte", forderte Albert und angelte Rex' Leine aus einer Manteltasche.

Jetzt, da er nicht mehr im Auto saß, sah Albert sich um, um sich zu orientieren. Nicht, dass er jemals zuvor die kleine Stadt Looe in Cornwall besucht hätte und die Sehenswürdigkeiten wiedererkennen würde. Aber er war in einer Art Mission hier und hatte einige Voruntersuchungen durchgeführt.

Die Straßen von Looe waren, wie in vielen alten Städten Großbritanniens, zu klein für Autos, und so parkte Jessica am Anfang der Fore Street. Hinter ihnen überquerte eine Brücke den Flussarm, der die Stadt in zwei Hälften teilte, und vor ihnen lag der ältere, touristische Teil der Stadt mit den Geschäften, Pubs und Restaurants.

Albert wusste, dass die Fore Street diesen Teil der Stadt in zwei Hälften teilte und von der Brücke, wo das Geschäftsviertel begann, zum Strand führte, wo sie endete. Zu seiner Rechten befanden sich der Fluss und der Kai, wo die Brise die dort ankernden Boote durcheinanderwirbelte. Zu seiner Linken befanden sich Läden, in denen Tee, Kuchen, Süßigkeiten angeboten und Touristenmüll verkauft wurde, den niemand wirklich wollte, bei dem man sich aber verpflichtet fühlte, ihn zu kaufen, als ob es kein richtiger Ausflug ans Meer wäre, wenn man nicht ohne etwas Nutzloses und Hässliches zurückkehrte.

Zu seiner Linken verkündete ein drei Meter hohes Plakat, dass jeder zum 27. jährlichen Pasty- und Cider-Festival in Looe willkommen war. Es zeigte ein glitzerndes Glas mit kalter, bernsteinfarbener Flüssigkeit neben einem Teller mit köstlichen Pasties aus Cornwall.

Alberts Magen grummelte, um darauf hinzuweisen, dass er leer war.

Das Plakat bedeckte die oberen Fenster der ersten Geschäfte einer Reihe, die sich, soweit er sehen konnte, die schmale Straße entlangzog. Die Straßenlaternen waren eingeschaltet und von irgendwoher hörte er Musik - eine Kneipe, vermutete er und war froh, dass er sein Ziel noch rechtzeitig zum Abendessen erreicht hatte.

In diesem Sinne wandte er sich an Jessica: "Danke, dass du mich den ganzen Weg gefahren hast. Das war wirklich sehr großzügig von dir."

Jessica begegnete seinem ehrlichen Blick mit einem leicht verlegenen.

"Und du warst sehr großzügig mit deinen Ausführungen, als es darum ging, wie sehr ich dich betrogen habe. Du hast mir wirklich zugesetzt, Albert." Sie verstummte, als er den Kopf schüttelte und sie wortlos aufforderte, aufzuhören. Sie hatten das schon mehr als einmal im Auto besprochen. "Und du hast mir eine tolle Geschichte erzählt", fügte sie strahlend hinzu, froh, das Thema zu wechseln.

"Ah, ja." Albert sah nun verlegen aus.

Jessica hatte ihn getäuscht, indem sie ihm nicht verraten hatte, dass sie eine Enthüllungsjournalistin war, die ihn als Ablenkungsmanöver benutzte, um an die Wahrheit zu gelangen. Das hätte sie beide fast umgebracht. Allerdings war er auch ihr gegenüber nicht ganz ehrlich gewesen.

Sie waren quitt. Das war die Vereinbarung, die sie getroffen hatten, aber Alberts Geschichte war eine, über die sie mehr herausfinden wollte.

Albert war auf der Flucht vor der Polizei und wurde verdächtigt, in terroristische Aktivitäten verwickelt zu sein. Das war alles völliger Unsinn; was die Polizei auch herausfände, wenn sie sich jemals die Mühe machen würde, sich seine Geschichte anzuhören. Er hätte sich selbst stellen können, aber er glaubte, dass er eine Chance hatte, die Leute zu fassen, die hinter einer Reihe von Verbrechen steckten, denen er nachgegangen war.

Wenn er das tat ... wenn er in der Lage war, die Wahrheit ans Licht zu bringen, würde er den Menschen helfen können, von denen er glaubte, dass sie gegen ihren Willen festgehalten wurden. Die Polizei würde ihm zuhören müssen, wenn er unwiderlegbare Beweise vorlegen könnte, und gleichzeitig würde er seinen Namen reinwaschen.

Es war ein Plan voller Risiken, aber er hatte sich trotzdem dafür entschieden, ihn durchzuführen.

Während der fast dreistündigen Fahrt hatte Albert die Geschichte seiner Ermittlungen, die Ereignisse, die dazu geführt hatten, und seinen Glauben an einen Meisterverbrecher erläutert, der irgendwo im Verborgenen operierte und die Verbrechen, die Albert von angeheuerten Schlägern verübt werden sah, inszeniert. Agenten. Das war der Begriff, mit dem er sie im Geiste bezeichnet hatte. Sie waren Agenten des Gastrodiebs.

Albert fragte sich, ob die Polizei ihn vielleicht ernster genommen hätte, wenn er sich einen besseren Namen ausgedacht hätte, aber jetzt war es zu spät.

"Du bleibst doch in Kontakt oder, Albert?" fragte Jessica, ohne zu verraten, wie besorgt sie um die Sicherheit des alten Mannes war.

Als pensionierter Polizeibeamter hatte Albert eine natürliche Neigung, Journalisten nicht zu vertrauen. Er erkannte jedoch die Vorteile, die es mit sich brachte, jemanden mit Einfluss auf die Medien in seinem Lager zu haben.

Die Menschen unterhielten sich und es ging um nichts, was Rex interessierte. Er hatte die ganze Fahrt über im Auto geschlafen und wollte jetzt, wo er wach war, nichts anderes, als sich die Beine zu vertreten.

Er zerrte an der Leine, um die Nachricht zu übermitteln, und drehte sich um, um zu seinem Menschen aufzusehen.

Als Albert nicht reagierte, bellte Rex und das laute Geräusch durchbrach die stille Nachtluft.

"Hey! Es ist Zeit für einen Spaziergang!"

"Ich sollte dich wirklich gehen lassen", sagte Albert zu Jessica. "Es wird fast Mitternacht sein, wenn du nach Hause kommst."

"Sogar später, wahrscheinlich", stimmte Jessica mit einem Gähnen zu, das sie nur mit Mühe unterdrücken konnte. Sie schloss die Lücke zwischen ihnen und umarmte Albert kurz. "Pass gut auf dich auf, hörst du? Du musst dein Leben nicht riskieren. Wenn diese Leute so gefährlich sind, wie du sagst, dann finde sie und rufe die Polizei."

Albert nickte ihr zustimmend zu, während er sagte: "Genau das habe ich vor."

Er wartete, bis Jessicas Rücklichter aus dem Blickfeld verschwanden, dann hob er seinen Rucksack über die Schultern, nahm seinen kleinen blauen Koffer und ließ sich von Rex in die Stadt führen.

Er hatte eine ungefähre Vorstellung davon, wohin er gehen würde. Oder besser gesagt, wohin er gehen musste. Seine Unterkunft für die Nacht war eine kleine Frühstückspension im Zentrum des Touristenviertels der Stadt. Zwischen den betriebsamen Geschäften schmiegten sich enge Gassen mit alten Häusern. Viele von ihnen, die durch die sie umgebenden Gebäude vor dem schlimmsten Wetter geschützt waren, boten nun Zimmer für Reisende anstelle eines Zuhauses für die Besitzer: Es war einfach lukrativer, so zu arbeiten.

Auf seinem Weg durch die Seitenstraßen der Stadt entdeckte Albert mehrere ansprechende Gasthäuser, die Essen anboten, und fand den Ort, wo er hinwollte, auf Anhieb.

"Roy Hope?", fragte der Mann, der die Tür öffnete. "Kommen Sie rein, kommen Sie rein." Joseph Hobbs winkte Albert zu, ins Warme zu kommen, und trat zurück in den Flur, der zu schmal war, um Bilder an den Wänden zu ermöglichen. "Ich bin Joseph", sagte er über seine Schulter. "Danke, dass Sie mich wissen ließen, dass Sie sich verspäten würden. Ich wäre sonst vielleicht ins Bett gegangen, in der Annahme, Sie würden nicht kommen."

Rex führte Albert in das Haus, schnupperte an den Gerüchen, die er fand, und katalogisierte sie, während er ging. Im Haus gab es Mäuse; er konnte ihren Kot riechen, und der Mann vor ihm hatte in den letzten Stunden Tomatensuppe gegessen - sie roch so stark, dass Rex vermutete, dass etwas davon auf die Kleidung des Mannes verschüttet worden sein musste.

"Ja", sagte Albert. "Entschuldigen Sie, dass ich Sie aufgehalten habe. Ich könnte wirklich etwas zu essen gebrauchen, also werden wir uns gleich wieder auf den Weg machen."

Bei der Erwähnung von Futter wedelte Rex mit dem Schwanz.

Joseph hatte die Treppe erreicht und ging sie hinauf. Wie alles andere in dem winzigen Haus am Meer, das eher für die Haltbarkeit als für den Komfort gebaut worden war, war auch die Treppe schmal.

Joseph allerdings nicht. Er war etwas weniger als 1,80 Meter groß und ebenso rund wie hoch, oben und unten spitz zulaufend wie zwei Dreiecke, die mit der Basis aneinandergefügt waren. Alberts Gastgeber war bestimmt siebzig Jahre alt, aber erklomm die Treppe mit überraschender Gewandtheit und verschwand oben angekommen hinter der Wand.

"Das ist Ihr Zimmer", hörte Albert Josephs Stimme in dem ruhigen Haus widerhallen. "Ich denke, Sie werden feststellen, dass es alles hat, was Sie brauchen."

Albert kam auf dem Treppenabsatz an und fand Joseph vor einer offenen Tür stehen. Aus dem Inneren drang Licht.

Es war geräumiger, als er erwartet hatte, und hatte in einer Ecke ein Waschbecken und einen Spiegel - praktisch, um sich vor dem Schlafengehen die Zähne zu putzen.

"Hier sind Ihre Schlüssel", verkündete Joseph und schwenkte sie klappernd. "Dieser ist für das Zimmer und dieser für die Haustür. Schließen Sie sie bitte ab, wenn Sie reinkommen. Sie wird ab Punkt zehn Uhr verschlossen sein. Wenn Sie etwas essen wollen, sollten Sie sich beeilen. Um diese Jahreszeit bleiben die Lokale nicht lange geöffnet. Am besten ist das Admiral's Knob in der Fore Street."

Albert nickte. Er hatte es auf seinem Weg durch die Stadt entdeckt.

"Da gibt es eine tolle Steak- und Nierenpastete. Das wäre meine Wahl." Joseph blickte auf sein Handgelenk, um die Zeit zu überprüfen, und wiederholte seine Ansicht, dass er sich beeilen müsse.

Albert befolgte Josephs Rat und stellte seine Sachen ab.

Rex verstand genug von dem, was gesagt wurde, um zu wissen, dass sie auf dem Weg waren, um etwas zu essen zu bekommen. Bei ähnlichen

Gelegenheiten hatte er genug Erfahrung mit seinem Menschen gesammelt, um auch zu wissen, dass er das Ambiente und die Möglichkeiten, die ein Gasthaus bot, erwarten konnte.

Albert verließ das Haus, während sein Gastgeber ins Wohnzimmer zum Fernseher zurückkehrte, und blieb draußen auf der Straße stehen.

Schräg gegenüber, auf der anderen Straßenseite, befand sich ein kleines Hotel. Es bestand aus einem größeren Gebäude, das aus dem, was es vor langer Zeit einmal gewesen war, umfunktioniert worden war, und war der Grund, warum Albert den Standort für seine eigene Unterkunft gewählt hatte.

Wenn er richtig lag, hielten sich dort gerade Agenten des Gastrodiebs auf.

Unerwartetes Opfer

Alberts Vermutung bezüglich des Aufenthaltsortes der Agenten des Gastrodiebs stützte sich auf Beweise. Bei einem Kampf im Haus eines Weinkenners in Kent war Albert in den Besitz eines Handys gekommen. Es gehörte Baldwin, einem Mann, von dem Albert wusste, dass er für den Meisterverbrecher arbeitete, der hinter all dem steckte.

Das Telefon zeigte eine Hotelreservierung für heute Abend an. Sie hatten offenbar vor, zum Festival hier zu sein, und das entsprach ganz Alberts Erfahrung. Sie würden es auf jemanden abgesehen haben, der es wert war - höchstwahrscheinlich einen Wettbewerbsgewinner.

Würde es um Pasties oder Cider gehen? Oder beides? Wie viele Menschen sollten entführt werden und was war mit der Ausrüstung und den Produkten? Auf der fast unauffindbaren Spur, über die Albert stolperte, waren alle drei Dinge verschwunden.

Sie auf frischer Tat zu ertappen wäre wie die Suche nach der sprichwörtlichen Nadel im Heuhaufen, wäre da nicht die Tatsache ... Albert korrigierte sich ... die Hoffnung, dass er wusste, wo sie sich aufhalten würden. Wenn sie hier waren, und davon war er fest überzeugt, dann musste er sie nur noch identifizieren.

Könnte es Tanya sein?

Baldwins Teampartnerin, denn Albert hatte die beiden schon mehrmals an verschiedenen Orten zusammen gesehen, könnte hier sein, und das brachte eine zusätzliche Ebene der Komplexität und des Risikos mit sich.

Warum?

Weil sie wusste, wer Albert war, würde sie ihn sofort erkennen und höchstwahrscheinlich einfach erschießen. Sie trug eine Waffe, so viel wusste Albert, und sie hatte sein Haus gefunden. Dass sie und Baldwin wahrscheinlich vorhatten, ihn zu entführen, ging Albert nicht aus dem Kopf.

Albert ließ das Hotel hinter sich, um nicht beim Hinausgehen von Tanya beim Anstarren erwischt zu werden, und beschloss, sich so gut wie möglich zu tarnen. In Keswick hatte er sich als Beamter für Lebensmittelsicherheit ausgegeben. Er hatte die Rolle recht überzeugend gespielt, fand er.

Aber das war für morgen vorgesehen. Jetzt musste er erst einmal etwas zu essen bekommen.

Rex' Nase arbeitete auf Autopilot, saugte alles ein, was es zu riechen gab, aber nichts, was sein Geruchssystem erreichte, löste einen Alarm aus. In letzter Zeit hatte es viel Aufregung gegeben - Verfolgungsjagden, fast in die Luft gesprengt werden, angeschossen werden, getasert werden. Rex kannte die Bezeichnung für viele der Dinge nicht, die passiert waren, aber seine Sinne befanden sich in einem höheren Alarmzustand, als sie es sonst vielleicht wären.

Das war der Grund, warum er so reagierte.

Auf dem Weg zurück in den belebteren Teil der Stadt waren die gepflasterten Straßen, die durch jahrhundertelangen Fußgängerverkehr glatt geworden waren, dunkel und schattig. Aber Albert hatte keine Angst, nachts allein unterwegs zu sein.

Er war nicht allein, das war der Punkt, und Rex war gefährlicher als jeder andere, dem sie begegnen konnten.

Als jedoch nur wenige Zentimeter vor ihm eine dunkle Gestalt aus einer Tür trat, die versuchte, sich eine Zigarette anzuzünden und ihn nicht beachtete, blieb Albert keine Zeit, zu reagieren.

In der folgenden halben Sekunde versuchte er vergeblich, zu stoppen, und sah das überraschte Gesicht eines jungen Mannes, dessen Augen vor Schreck geweitet waren, als die beiden zusammenstießen.

Albert taumelte, spürte eine Hand in seinem Mantel und erkannte mit einem Mal, dass die Begegnung kein Zufall gewesen war.

Rex hatte den versteckten Kerl fünfzig Meter und eine ganze Minute früher erschnüffelt. Ein Mensch, der an einem dunklen Ort lauerte, bedeutete ihm jedoch nichts. Aus der Polizeihundeausbildung wusste er, dass er verschiedene Gerüche erkennen konnte: Schusswaffen, Drogen, Bargeld. Gelangweilte junge Männer, die Zigaretten rauchten, standen nicht auf seiner Liste.

Erst als der Mann sich bewegte, interessierte sich Rex dafür, und da war es schon zu spät.

Albert griff nach dem Handgelenk des Mannes, als er spürte, dass seine Brieftasche herausgezogen wurde, doch bekam es nicht zu fassen. Der Jugendliche - Albert schätzte das Alter des Burschen auf unter zwanzig - zog sich bereits zurück.

"Hey!" Albert stürzte ihm nach, versuchte, einen Ärmel zu packen, seinen Kragen ... irgendetwas, und rutschte dabei auf dem glatten Kopfsteinpflaster aus.

Rex, der nicht wusste, was vor sich ging, wollte eingreifen, was für ihn bedeutete, etwas zu beißen, bis er aufgefordert wurde, loszulassen. Da er an Alberts linker Hand angebunden war, verstärkte sein eigener, stürmischer Versuch, den unbekannten Fremden aufzuhalten, nur Alberts Ungleichgewicht.

Als der Taschendieb einen Meter Vorsprung hatte, sich umdrehte und loslief, konnte Albert sein Gesicht sehen: Er grinste und hatte Alberts Brieftasche in der Hand.

Da er seinen Fall nicht aufhalten konnte, stürzte Albert auf den harten Boden. Er landete mit dem Gesicht nach unten und der Aufprall raubte ihm die Luft aus den Lungen, aber nicht so sehr, dass er nicht mehr in der Lage war, einen Befehl zu geben.

"Rex! Such!"

Rex brauchte keine Zeit, um über diese Anweisung nachzudenken.

Als Albert seine Leine fallen ließ, hoben Rex' Hinterbeine bereits vom Boden ab und trieben ihn vorwärts, um den mageren jungen Mann zu verfolgen. Seine Ohren waren aufgestellt und er lächelte fast über das unerwartete Spiel von Jagen und Beißen.

Stöhnend drehte Albert seine Hände und legte sie flach auf das Kopfsteinpflaster, um sich aufrichten zu können. Er hatte sich beim Sturz das Kinn angeschlagen und konnte Blut schmecken. Mit der Zunge prüfte er seine Zähne, um sicherzugehen, dass keine locker waren.

Ein Taschendieb. Wütende Gedanken schwirrten in Alberts Kopf herum. Er hatte sich nie über Leute lustig gemacht, denen die Brieftaschen gestohlen wurden, aber er hatte immer das Gefühl, dass sie ein wenig schwach waren, wenn sie das zuließen. Um sich vor solchen Gestalten zu schützen, brauchte man seiner Meinung nach nicht mehr als eine gewisse bewusste Vorbereitung.

Jetzt war er das Opfer und fühlte sich in seiner Position am Boden sehr unwohl.

Der Junge war losgelaufen wie ein olympischer Sprinter und verschwand um eine Ecke, kaum dass er Albert seine Sachen abgenommen hatte. Weit würde er allerdings nicht kommen, denn egal wie schnell er war, Rex war ein ganzes Stück schneller.

Daher war Albert überrascht, dass er keine Notschreie hörte, die normalerweise ertönten, wenn Rex jemanden verfolgte.

Gerade als er sich aufrappeln wollte, riss das Geräusch von weiteren laufenden Füßen, die auf ihn zukamen, Alberts Kopf und Augen herum und er sah zwei uniformierte Polizeibeamte auf sich zukommen.

Albert schloss die Augen und versuchte, nicht zu stöhnen.

Jagen und beißen!

Während er seiner Beute hinterherjagte, stellte Rex die Ohren auf. Seine Zunge baumelte an der linken Seite seines Mundes und flatterte in der Brise, die seine Geschwindigkeit erzeugte. Das war das Beste daran, ein Hund zu sein - Menschen zu jagen, um zu zeigen, wie schlecht gebaut sie alle waren.

Sicher, sie hatten Daumen und konnten ausgeklügelte Dinge bedienen, die sie speziell für ihre seltsam aussehenden Pfoten gebaut hatten. Für Rex und seines Wissens auch für alle anderen Hunde hatte es jedoch wenig Sinn, Daumen zu haben und aufrecht zu gehen. Wahrscheinlich war ihr Geruchssinn deshalb so schwach geworden. Hoch oben in der Luft waren die menschlichen Nasen so weit von der Quelle eines Geruchs entfernt, dass sie nicht darauf hoffen konnten, ihn zu zerlegen und entschlüsseln.

Die Daumen waren gut, um Dosen mit Hundefutter zu öffnen, aber ein solcher Vorteil konnte leicht überflüssig gemacht werden, indem man das Futter einfach gar nicht erst in eine Dose packte. Der Mensch war unergründlich.

Als er knapp drei Meter hinter seinem Ziel um die Ecke schoss, wusste Rex, dass er ihn mit nur zwei weiteren Sprüngen einholen würde.

Etwas prallte an seiner Schnauze ab. Es erschreckte ihn, aber nicht so sehr, dass er sein Tempo verlangsamte.

Obwohl Rex es nicht wusste, hatte der Taschendieb Alberts Brieftasche auf den Kopf des Hundes geworfen, um ihn zu verscheuchen.

Es klappte nicht, aber einen Herzschlag, bevor Rex seine Zähne in den mageren Hintern des jungen Mannes versenken konnte, duckte sich der Verfolgte nach links in eine Lücke zwischen zwei Häusern und riss ein schmiedeeisernes Tor hinter sich zu. Der Riegel rastete ein und sicherte die Barriere, obwohl sie fast losgerüttelt wurde, als Rex einen Moment später dagegen stieß.

Rex war verärgert. Sogar beleidigt.

"Komm zurück!", bellte er wütend und der Lärm, den er verursachte, erfüllte die Straße und weckte einige Kinder in der Nähe, sehr zum Unmut ihrer Eltern. "So wird das Spiel nicht gespielt!", knurrte Rex und tobte, aber seine Bemerkungen stießen auf taube Ohren.

Der Taschendieb, der das Bargeld aus Alberts Brieftasche sicher in seiner Jeans verstaut hatte, hatte nicht einmal innegehalten, als er das Tor schloss. Er übersprang eine Reihe von Gartenmauern und kam in der Lower Chapel Street wieder heraus. Er landete auf beiden Füßen, richtete seine Jacke und seine Kapuze und ging dann lässig davon, wie ein Mensch, der sich um nichts in der Welt kümmert.

Rex akzeptierte die Vergeblichkeit seiner Forderungen lange bevor er aufhörte zu bellen; er wollte das Spiel fortsetzen. Erst als ein schlecht gezielter Pantoffel an seinem Kopf vorbeiflog, begleitet von einer Anweisung, die weit über eine höfliche Bitte hinausging, gab Rex auf.

Der Taschendieb kam nicht zurück und der Mensch, der aus einem Fenster im oberen Stockwerk Obszönitäten brüllte, hatte seinen Kopf zurückgezogen, um sich auf die Suche nach mehr Munition zu machen.

Rex wandte sich mit bitterer Enttäuschung vom Tor ab. Er machte sich auf den Weg zurück zu seinem Menschen, denn der alte Mann war ihm nicht gefolgt, wie Rex erwartet hatte, und hielt inne, um die Brieftasche einzusammeln.

Es war sonnenklar, dass sie zu seinem Menschen gehörte - sie stank nach ihm.

Die örtliche Polizei

"Geht es Ihnen gut, Sir?", fragte Superintendent Charters und half dem alten Mann auf die Beine. "Sind Sie verletzt?" Auf dem Rückweg zu ihrem Auto hatte sie gehört, wie Albert den Taschendieb angeschrien hatte. Sie konnte nicht wissen, was passiert war, aber der Schrei hatte wie ein Hilfeschrei geklungen und das war genug, um ihre Füße in Bewegung zu setzen.

Albert, der keine Hilfe brauchte und sich wünschte, dass ihn jemand anderes als die Polizei entdeckt hätte, stellte sicher, dass er in der Lage war, sich ohne Hilfe aufzurichten.

"Mir geht es gut, danke", sagte er und versuchte, nicht zu viel von seinem Gesicht zu zeigen. Es waren zwei Beamte, beide weiblich, ein Superintendent, was Albert etwas seltsam fand, und ein Sergeant. Beide trugen Uniform. "Ich, äh ...", er überlegte, was er ihnen sagen sollte. Wenn er verriet, dass ihm die Brieftasche geklaut worden war, würden sie sich sehr für ihn interessieren, ihm Fragen stellen, ihn auffordern, eine Aussage zu machen, und dabei herausfinden, wer er war, und ihn verhaften.

Es war das schlimmstmögliche Szenario, das er sich vorstellen konnte.

"Tut mir leid, ich war gerade auf dem Weg zum Abendessen, aber ich bin im Dunkeln gestolpert und habe den Halt verloren", wagte er zu sagen und hoffte, dass seine Lüge überzeugend klingen würde.

Superintendent Charters runzelte leicht die Stirn und blinzelte.

"Ich hörte etwas, das wie ein Hilfechrei klang." Es war nicht als Frage gestellt, obwohl Albert wusste, dass es eine war.

Indem er denselben Schatten benutzte, in dem sich der Taschendieb versteckt hatte, hoffte Albert, dass seine Gesichtszüge weniger sichtbar waren, während er seine vorherige Lüge änderte.

"Ja", versuchte er ein Lächeln. "Mein Hund, wissen Sie. Er hat ... eine Katze gesehen." Albert wollte schon Eichhörnchen sagen, aber es war kein Baum in Sicht. "Ja, eine Katze", griff er seine neue Erfindung auf und fing an, sie auszuschmücken. "Sie lief unter einem", fast hätte er Auto gesagt, aber er fing sich, bevor er es tun konnte, denn in diesem Teil der Stadt gab es nirgendwo Autos, "Busch heraus", beendete er schwach und schaute sich verzweifelt um, denn es waren auch keine Büsche in Sicht.

"Ich verstehe", sagte die Kommissarin und klang nicht gerade überzeugt.

"Großer Deutscher Schäferhund, ja?", fragte der Sergeant. Albert warf zum ersten Mal einen Blick in ihre Richtung und musste eine unwillkürliche Welle von Schock unterdrücken. Die 'weibliche' Polizistin hatte einen Kopf wie eine Bulldogge und einen entsprechenden Körperbau. Während die Kommissarin schlank und hochgewachsen war und die Figur eines Ausdauersportlers hatte, sah der Sergeant aus, als könnte sie eine Wand durchschlagen. Mit ihrem Gesicht. Und sie dann essen.

Albert versuchte, das Aufflackern seiner Augen zu verhindern, und blickte wieder zu Boden.

"Ähm, ja. Er ist weggelaufen. Ich sollte, ähm, ich sollte ... Entschuldigung, woher wussten Sie, was für ein Hund er ist?" Da er zu sehr an die Wahrscheinlichkeit gedacht hatte, dass er verhaftet werden würde, brauchte Alberts Gehirn eine Sekunde, um die Ungereimtheit zu erkennen.

Sergeant Andrews nickte mit dem Kopf die Straße hinunter in die Richtung, in die Rex gegangen war.

"Weil er genau dort ist", sagte sie.

Rex war tatsächlich in Sicht, als Albert hinschaute. Der Hund tappte lautlos die Straße zurück und trug etwas im Maul.

Sergeant Andrews machte Anstalten, ihn abzufangen.

Rex hatte nicht gehört, dass sein Mensch sich mit anderen Menschen unterhielt, bis er auf die Straße zurückkam, wo er den alten Mann zurückgelassen hatte. Es waren Polizeibeamte, was Rex beruhigte. Als ehemaliger Polizeihund fühlte er sich in der Nähe der Jungs, oder in diesem Fall, der Mädels in Blau immer wohl und hatte kein Verständnis für Alberts derzeitige Position als gesuchter Mann.

"Hallo." Er wedelte mit dem Schwanz, als eine der Polizeibeamtinnen ihm in den Weg trat.

"Was für ein nettes, kräftiges Hündchen du bist", gurrte Sergeant Andrews. Über die Schulter hinweg, während sie das dichte Fell um Rex' Hals kraulte, fragte sie: "Trägt er normalerweise eine Brieftasche?"

Albert stöhnte erneut auf. Rex hatte den Taschendieb nicht erwischt, was unter den gegebenen Umständen eine gute Sache war, aber er hatte seine Brieftasche zurückbekommen, was eine ausgezeichnete Nachricht war. Leider erforderte das auch eine Erklärung.

"Danke", sagte Sergeant Andrews und griff an den Rand der Brieftasche, wo sie zwischen Rex' Zähnen hervorlugte.

Rex blickte seinen Menschen an, um zu sehen, was der alte Mann von ihm wollte. Da er keine Anweisung von ihm erhielt, öffnete Rex sein Maul und senkte sein Hinterteil auf das Pflaster, das hündische Äquivalent zu einem Achselzucken.

Albert atmete verzweifelt aus.

"Albert Smith", las die Wachtmeisterin und drehte den Führerschein, den sie vorfand, so, dass er im schwachen Straßenlicht gut zu sehen war. "Sie sind weit von zu Hause entfernt, Mr. Smith."

Es war eine beiläufige Beobachtung, die jedoch mit der Aufforderung verbunden war, zu erklären, was die Polizeibeamten sahen.

Bei einer anderen Person hätte das vielleicht funktioniert und sie dazu gebracht, all ihre Geheimnisse zu verraten wie ein Eimer mit einem Loch. Aber Albert war alles andere als neu in diesem Spiel. Er änderte den Kurs.

"Es ist etwas ungewöhnlich, einen Superintendent auf der Straße anzutreffen." Er blickte die leitende Polizeibeamtin fest an und fuhr fort: "Ich muss es wissen, denn ich war mal einer." Albert konnte sehen, wie ihre Augenbrauen tanzten. Sie hatten nicht mit seiner Enthüllung gerechnet. "Mein ältester Sohn ist übrigens auch einer, aber ich muss Ihnen sicher nicht sagen, wie häufig sich Familienlinien durch den Dienst ziehen." Er zwang sich zu einem Lachen. "Was könnte es also sein, das eine so hochrangige Polizeibeamtin zu so später Stunde noch im Einsatz hält?"

Albert wusste, dass die Frau, die er ansprach, einfach nicht antworten und stattdessen Fragen an ihn richten konnte. Er hatte den beiden jedoch keinen Grund dazu gegeben und es war klar, dass sie noch nicht herausgefunden hatten, wer er war. Würde der weibliche Sergeant seinen Namen durch einen Computer laufen lassen, würde das einen Alarm auslösen, aber warum sollte sie das tun? Er war ein alter Mann, der mit seinem Hund spazieren ging.

Zum Glück war die Kommissarin gesprächsbereit.

"Eigentlich bin ich nicht im Einsatz, Mr. Smith. Oder besser gesagt, ich hatte nicht die Absicht, es zu sein. Ich war auf einem Routinebesuch hier, um mich zu vergewissern, dass die zusätzlichen Beamten, die ich für das morgen beginnende Festival abgestellt habe, einsatzbereit sind. Sergeant Andrews begleitete mich gerade zurück zu meinem Auto, als sie eine Meldung über einen mutmaßlichen Einbruch in einem der Geschäfte in der Fore Street erhielt."

Albert zog seine Augenbrauen hoch. Könnte es sich um die Arbeit der Agenten des Gastrodiebs handeln? Wenn er Recht hatte, dann waren sie bereits hier.

„Eine Pasty-Bäckereii?", erkundigte er sich und versuchte, nicht zu interessiert zu klingen. Auf seinem Weg durch die Stadt war er bestimmt an zehn Pasty-Bäckereien vorbeigekommen.

Superintendent Charters drehte ihre Füße in Richtung Fore Street. "Sie sagten, Sie wollten etwas essen gehen ..." Das war eine Einladung zum Gehen und Reden.

Albert nahm seine Brieftasche entgegen, als Sergeant Andrews sie ihm hinhielt, und bückte sich, um das Ende von Rex' Leine zu ergreifen.

"Gut geraten, Mr. Smith. Es war eine Pasty-Bäckerei. Der Anruf erwies sich jedoch nur als falscher Alarm. Ich bin sicher, das ist ein Element der Polizeiarbeit, das Sie nicht vermissen. Die vergebliche Mühe, meine ich."

"In der Tat", antwortete Albert, um etwas zu sagen und seine Enttäuschung zu verbergen. Er hätte rasend gerne gefragt, um welche Pasty-Bäckerei es sich gehandelt hatte. Ein falscher Alarm könnte darin bestehen, dass jemand den Anblick verdächtiger Personen an einem Ort meldete, an dem sie nichts zu suchen hatten. Bis die Polizei eintraf, waren sie zwar schon wieder weg, aber es war gut möglich, dass es die Agenten des Gastrodiebs waren, die den Laden ausgekundschaftet hatten.

"Hatten Sie ein bestimmtes Ziel für das Abendessen im Sinn?", fragte die Kommissarin, die, wie Albert wusste, eher freundlich als wirklich interessiert war. Bevor er antworten konnte, fuhr sie fort: "Ich frage, weil Sie sagten, Sie seien hier in den Ferien, und ich möchte nicht, dass Sie die Steak- und Nierenpastete im Admiral's Knob verpassen. Die ist etwas ganz Besonderes, wenn Sie so etwas mögen."

Es war die zweite Empfehlung für dasselbe Essen innerhalb der letzten halben Stunde und das reichte Albert.

Das Admiral's Knob lag direkt vor ihnen und Licht und Lärm drangen aus dem Inneren, als sie sich näherten.

"Nun, gute Nacht, Mr. Smith. Ich hoffe, Sie werden Ihren Besuch in Cornwall genießen."

Sergeant Andrews war bereits fünf Meter vor ihnen und befand sich zweifellos auf dem Rückweg zum Parkplatz. Während Albert sich mit der Kommissarin unterhielt und ihr noch einmal dafür dankte, dass sie so besorgt nach ihm gesehen hatte, sah er den Sergeant vor einer Pasty-Bäckerei innehalten.

Es war dunkel - kein Leben im Inneren, aber die Art und Weise, wie sie den Laden ansah, auf und ab und mit einem nachdenklichen Gesichtsausdruck, vermittelte Albert die Gewissheit, dass sie auf das Haus blickte, von dem jemand berichtet hatte, dass dort eingebrochen worden sei.

War es tatsächlich ein falscher Alarm gewesen?

Er winkte den Polizeibeamtinnen zum Abschied zu und gab vor, in die Kneipe zu gehen, um dann in der Tür zu verharren und wieder umzukehren, sobald sie außer Sichtweite waren.

Verwirrt fragte Rex: "Was ist mit dem Gasthaus? Ich dachte, wir würden etwas zu essen bekommen. Ich habe genug Enttäuschungen für eine Nacht erlebt, danke."

Albert achtete kaum auf die Geräusche seines Hundes, während er über die Straße zurückeilte.

"Terry's Pasty Shop", las Albert auf dem Schild über der Tür. Es sah ruhig genug aus.

Da in der Kleinstadt ein Festival stattfand, gab es mehr potenzielle Ziele für die Agenten des Gastrodiebs, als Albert gleichzeitig überblicken konnte. Um die Bösewichte zu fangen, war gute Detektivarbeit nötig. "Und eine große Portion Glück", murmelte Albert in sich hinein.

Morgen früh würde er loslegen. Doch jetzt, da sein Magen hörbar über seine Leere klagte, war es Zeit zu essen.

Blut auf den Felsen

Die Sonne war noch nicht aufgegangen, als Albert am nächsten Morgen seine Frühstückspension verließ. Rex brauchte einen Spaziergang und obwohl er keine andere Wahl hatte, war Albert froh, aufzustehen und rauszukommen.

Der Druck hing um seine Schultern wie ein bleierner Mantel. Er mochte dem Gesetz bisher entkommen sein, aber er bezweifelte, dass er noch lange Zeit hatte, bevor ihn das Glück verließ. Die letzte Nacht war ihm viel zu nahe gegangen und seine Erleichterung, als Superintendent Charters endlich gegangen war, hatte sich in mindestens einem Gin Tonic mehr manifestiert, als ursprünglich geplant.

Sein Kopf war in der frühen Morgendämmerung noch etwas verschwommen, aber die kühle Brise mit dem salzigen Geruch des Meeres reichte aus, um die geistigen Spinnweben wegzublasen.

Als Albert das letzte Haus in der Reihe erreicht hatte, trat er aus der Stadt auf die Strandpromenade hinaus. Das Meer erstreckte sich in der Ferne und wölbte sich an den Rändern, wo der Horizont der Erde folgte. Der Himmel über ihm war dunkel und wolkenverhangen, aber Albert hatte nicht das Gefühl, dass es regnen könnte.

Als er Rex von der Leine ließ, schnalzte Albert mit der Zunge und streckte einen Arm aus - eine Geste, um Rex zu zeigen, dass er loslaufen konnte.

Rex machte sich nicht einmal die Mühe, seinen Menschen anzusehen. In dem Moment, in dem sich seine Leine löste, rannte er los. Ein Abhang führte hinunter in den Sand, wo er wie ein Welpe in seiner frühmorgendlichen Aufregung herumtollte.

Ein paar Möwen stoben auf, als er sich ihnen näherte, und schrien, als sie in den Himmel aufstiegen. Rex wollte ihnen nachjagen und springen, um zu sehen, ob er sie vom Himmel ziehen konnte. Aber er wusste es besser; die Erfahrung hatte ihn gelehrt, sie in Ruhe zu lassen, denn sie waren zu zahlreich, um sich mit ihnen anzulegen.

In gleichmäßigem Galopp schlängelte er sich über den Strand und steuerte auf einen Felsvorsprung am Südrand zu.

Ein Geruch hielt ihn auf.

Er hob den Kopf und schnupperte die Luft, testete sie und stellte Fragen, bevor er sich wieder auf den Weg machte.

Oben auf der Betonrampe, die zum Strand hinunterführte, sah Albert Rex beim Galoppieren und Spielen zu. Wie bei so vielen Stationen auf seiner Reise kreuz und quer durch die britischen Inseln, würde er auch hier nicht in den Genuss all dessen kommen, was dieser Ort zu bieten hatte. Wenn er die Möglichkeit hätte, würde er zurückkehren und alles noch einmal in einem gemächlicheren Tempo und mit deutlich weniger Nachforschungen machen.

Er war in Gedanken versunken, als ihn das unerwartete Bellen von Rex in die Realität zurückholte.

"Rex", er hielt die Hände trichterförmig vor den Mund und rief, wenn auch nicht zu laut. Der Hund machte schon viel zu viel Lärm für diese Zeit am Morgen, ohne dass Albert unnötig dazu beitragen wollte. "Rex, hör auf zu bellen."

Seine Aufforderung hatte keinerlei Wirkung und obwohl Albert den Hund weiter rief, während er den Abstand zwischen ihnen verringerte, zeigte Rex keine Anzeichen, die Klappe halten zu wollen. Er sah Albert kommen, drehte sich um und bellte ihn an, bevor er sich wieder zurückdrehte, um auf das zu starren und zu bellen, was seine Aufmerksamkeit erregt hatte.

"Komm schon, alter Mann", ermutigte ihn Rex. "Ich weiß, dass du dich langsam bewegst, selbst für einen Menschen, aber du kannst es besser. Ich habe eine Leiche gefunden."

Der vertraute kupferne Gestank von Blut hatte Rex über den Strand zu einer Stelle jenseits des Felsens gezogen. Dort, unter einer Reihe von Eisentreppen, die von der Promenade über die Felsen führten, lag ein Mann.

Rex blickte hinauf zur Eisentreppe und wieder hinunter zu dem Körper, der auf dem zerklüfteten, unnachgiebigen Stein lag. Dass der Mann sein Leben ausgehaucht hatte, war Rex klar, und obwohl er näher herankommen wollte, hielt ihn der unsichere Weg zu dem Mann davon ab.

Fluchend und murmelnd kam Albert an.

"Was ist, Rex? Was ist los?" Er wollte noch etwas sagen, aber seine Stimme wurde leiser. Er klopfte Rex auf den fleischigen Teil seiner Schulter und sagte: "Gut gemacht, Junge. Gut gemacht."

Ein kurzer Blick auf das Gelände genügte, um Albert davon zu überzeugen, dass er nicht in der Lage sein würde, hinunterzusteigen, um nach dem Zustand des Mannes zu sehen. Er könnte vielleicht einen Umweg machen, aber die vernünftigste Entscheidung war, es zu melden.

Er wollte die Polizei nicht anrufen, wirklich nicht. Das erhöhte erneut die Wahrscheinlichkeit, dass sie ihn identifizieren und verhaften würden. Aber welche andere Möglichkeit hatte er?

Er schaute sich nach jemandem um, in der Hoffnung, dass derjenige den Anruf tätigen und er sich aus dem Staub machen könnte, und murmelte: "Typisch", als in keiner Richtung jemand zu sehen war. Das stimmte natürlich nicht ganz, Albert konnte Fischer sehen, die aus dem Hafen ausfuhren, aber sie hätten genauso gut auf dem Mond sein können.

Ein anderer hätte sich vielleicht aus dem Staub gemacht und es dem nächsten unglücklichen Hundespaziergänger überlassen, die Leiche zu finden, aber Albert hatte sein ganzes Leben lang Verantwortung gepredigt. Heute war nicht der richtige Zeitpunkt, um Ausnahmen von seinen eigenen Regeln zu machen. Außerdem, was war mit der Familie des Mannes? Was wäre, wenn an diesem trüben Herbsttag niemand käme, um die Leiche zu finden?

Albert holte sein Telefon heraus, wählte drei Neunen und wartete, bis die Verbindung hergestellt war.

Als das erledigt war und die Polizei mit einem Krankenwagen unterwegs war, weil Albert nicht sicher sein konnte, dass der Mann tot war, holte er tief Luft und stellte eine Frage: "Wer sind Sie?"

Dass der Mann von der Treppe gefallen war, war wahrscheinlich, aber Albert konnte sich nicht vorstellen, wie so etwas aus Versehen passieren konnte. Der Mann war nur mit einer kleinen Badehose bekleidet, einer Art Mini-Speedo, und war auf dem Weg zum Frühschwimmen gewesen.

Als Albert sich umsah, konnte er nirgends einen Kleiderstapel entdecken.

Da er wusste, dass die Polizei einige Minuten brauchen würde, um zu ihm zu gelangen, und er etwas Sinnvolleres tun wollte, als die Leiche des armen Mannes anzustarren, machte er sich auf den Weg.

"Komm mit, Rex", schnippte er mit den Fingern und gab dem Hund einen Stups. "Mal sehen, ob du mit deiner Nase seine Kleidung findest."

Die Kleidung befand sich nicht auf der Promenade; Albert war sich sicher, dass er sie sehen würde und erwartete, eine kleine Tasche oder einen Rucksack mit den Habseligkeiten des Mannes zu entdecken. Da nichts in Sicht war, drehte er sich in die entgegengesetzte Richtung, weg von der Stadt und entlang der Küste. Mit Rex auf den Fersen machte sich Albert über die Eisentreppe auf den Weg, um zu erkunden, was sich hinter den Felsen befand.

Es stellte sich heraus, dass es sich um einen anderen Strandabschnitt handelte, und dort, hinter einem Felsen versteckt, lag ein ordentlich gefalteter Kleiderstapel.

Rex hatte sich von seiner Nase leiten lassen, er schnüffelte und hielt seine Nase abwechselnd hoch in die Luft und nahe an den Boden, wenn er glaubte, etwas zu finden. Es hatte nicht lange gedauert, bis er den sehr menschlichen Geruch entdeckt hatte.

Rex schnüffelte neugierig an dem Kleiderstapel und fuhr halb aus der Haut, als eine Krabbe unter dem Felsen hervorkroch.

"Zurück!", warnte die Krabbe und hob drohend die Zangen. Überrumpelt machte Rex einen Schritt nach hinten.

Zum Unglück für Rex, der sich von seinem anfänglichen Schock erholt und eine Pfote benutzt hätte, um die Krabbe aus dem Weg zu räumen, setzte er seine rechte Hinterpfote ins Nichts.

Was er für einen flachen Felsentümpel gehalten hatte, so wie ein Dutzend anderer, durch die Rex' Pfoten getrampelt waren, war in Wirklichkeit der Rand der Küste. Seine Pfote durchstieß die

Wasseroberfläche und ging einfach weiter. Unter dem sanften Plätschern der Wellen fiel die Felswand neun Meter in die Tiefe.

Mit einem erstickten Heulen stürzte Rex ins Meer.

"Rex?" Albert hatte auf sein Telefon geschaut und nicht mitbekommen, was passiert war. Mit einem fragenden Blick sah er sich nun nach seinem Hund um.

Rex war nirgends zu sehen.

Etwa eine Sekunde lang.

Als er wieder an die Oberfläche kam, hob sich Rex' Kopf mit einem stotternden Keuchen. Das salzige Wasser stach in seine Nasenlöcher und brannte in seinem Hals, wo er dummerweise versucht hatte, einen Atemzug zu schöpfen, bevor er unterging.

"Das ist nicht der richtige Zeitpunkt zum Schwimmen, Rex", sagte Albert stirnrunzelnd, denn der Hund war jetzt klatschnass und würde eine Weile brauchen, um zu trocknen. "Es ist ja nicht gerade warm draußen."

Damit lag Albert falsch, denn das Meer war so warm, wie es nur sein konnte. Ein langer heißer Sommer hatte die Wassertemperatur in die Höhe getrieben und erst jetzt begann sie wieder zu sinken.

Rex hielt sich mit seinen Vorderpfoten an den Felsen fest und richtete einige markige Worte an die Krabbe, die ihre Zangen noch immer bereithielt. Er wollte gerade aus dem Wasser klettern, als die Krabbe neben seinem Kopf auftauchte und ihn erneut erschreckte.

Eine Robbe, die an der britischen Küste heimisch war, tauchte direkt neben seinem linken Ohr auf.

"Raus aus dem Wasser, Hündchen!", dröhnte sie ihm ins Ohr.

"Ja! Tu was Gus gesagt hat!", dröhnte eine andere, die auf Rex' rechter Seite auftauchte. "Das ist unser Küstenabschnitt. Bleib an Land, Vierbeiner!"

"Es sei denn, du willst mit den Fischen schwimmen gehen", drohte die erste, wobei sie ihre Stimme senkte, um sie gefährlicher klingen zu lassen. "Ist es nicht so, Robbie?"

"Und ob", stimmte Gus' Partner zu.

Getrieben durch den Schock und mehr als glücklich, sich den Anweisungen zu fügen, sprang Rex ans Ufer. Er weigerte sich, sich zu schütteln, und drehte sich zu den Robben um, um seine Antwort zu geben.

"Ich bin hineingefallen. Das war nicht freiwillig." Ehrlich gesagt, hätte Rex ihnen am liebsten Obszönitäten ins Gesicht gebrüllt, aber seine Spürnase war im Spiel und er sah eine Gelegenheit, etwas zu erfahren. "Da hinten liegt eine Leiche", deutete er mit dem Kopf. "Ein Mensch. Habt ihr gesehen, was heute Morgen mit ihm passiert ist? Das Blut ist frisch, also kann es noch nicht sehr lange her sein. Höchstens ein paar Stunden."

Die erste Robbe bellte: "Ein Mensch? Was kümmert es uns, wenn ein Mensch stirbt?"

"Ja", stimmte ihr Freund zu. "Gut, dass er weg ist, finde ich. Je weniger Menschen, desto besser. Sie nehmen uns alle Fische aus dem Meer."

"Ja", beharrte Rex, "aber habt ihr etwas gesehen?"

Als Reaktion darauf bekam Rex den Mund voll Meerwasser, als sich beide Robben vom Felsen wegschoben und mit dem Schwanz wedelten - ein Mensch war im Anmarsch.

"Oh, gut gemacht, Rex", bemerkte Albert und umrundete den Felsen, um den Kleiderstapel zu erreichen. Er wollte ihn nicht anfassen, denn das würde nur die Beweise durcheinander bringen. Es mochte ein schrecklicher Unfall sein, aber Alberts Bauchgefühl stufte seine Entdeckung bereits als Mord ein.

Dann bemerkte er das Motiv auf der Jacke. Die Jacke des Opfers lag auf dem Boden des Stapels, war aber so gefaltet, dass das Motiv auf der Brust am Rand sichtbar war.

Dass der Mann in Terry's Pasty Shop gearbeitet hatte, traf Albert wie ein Blitzschlag. Jetzt wollte er unbedingt die Kleidung des Mannes durchwühlen und hätte das auch getan, wenn er nicht bereits die Polizei gerufen hätte. Sie würden bald hier sein. Die Zeit war zu knapp, um die Beweise auch nur anzugucken.

Albert rief Rex zu, ihm zu folgen, und machte sich auf den Weg zur Treppe. Es war ein hochgelegener Punkt und er würde dort leicht zu sehen sein, wenn die Beamten eintrafen.

Rex folgte ihm jedoch nicht. Nicht sofort. Er schüttelte so viel überschüssiges Wasser aus seinem Fell, wie er konnte, und schnupperte dann zaghaft an dem Kleiderstapel.

Er konnte den Mann, der sie getragen hatte, ganz deutlich riechen. Doch seine Nase fand noch viel mehr als das. An den Schuhen, die der Mann getragen hatte, befand sich eine Spur von Fett, wie man es von Backwaren kennt. Außerdem roch es nach Kräutern und Gewürzen, nur ein paar wenige, die für Rex darauf hindeuteten, dass der Mann mit Cornish Pasties gearbeitet hatte. Rex kannte den Geruch von Cornish Pasties zur Genüge - sein Mensch mochte sie sehr gern.

Als er noch einmal daran schnupperte und darüber nachdachte, mischte sich der Geruch eines anderen Menschen darunter. Ein anderer

Mann. Sein Geruch war völlig individuell und getrennt von dem des Mannes, der die Kleidung getragen hatte.

Was noch?

"Rex!"

Rex sah auf. Sein Mensch rief nach ihm. Der alte Mann stand oben auf der Eisentreppe, direkt über der Leiche, und winkte jemandem zu, den er auf der anderen Seite der Felsen nicht sehen konnte.

Rex nahm eine letzte Nase voll Geruch von dem Kleiderstapel und durchsuchte ihn im Geiste, während er sich auf den Rückweg entlang der Küste machte.

Mehr Polizisten

Während Rex und er nach der Kleidung des Opfers suchten, hatte Albert im Kopf fünf Minuten abgezählt, bevor er zur Treppe zurückkehrte, von wo aus die Polizei ihn sehen würde. Ein paar Minuten später trafen sie ein; zwei männliche Beamte in Uniform, die über die Strandpromenade der Stadt eilten.

Albert hob die Hand, um deutlich zu machen, dass sie den Mann vor sich hatten, der den Anruf getätigt hatte und ihnen über die Treppe auf der Promenade entgegenkam.

"Er ist hier entlang", verkündete Albert und vermied damit fürs Erste, sich selbst vorzustellen. Je weniger er sagte, desto besser, und die Leiche würde sie schon genug ablenken.

"Das ist ... das ist Chris Mason", sagte der erste, der die Leiche sah. "Was zum Teufel hat er gemacht?"

"Was meinst du damit?", fragte sein Kollege.

"Ich bin mit Chris zur Schule gegangen. Er kann nicht schwimmen."

Für Albert waren damit alle Zweifel ausgeräumt. Die Tatsache, dass er nicht schwimmen konnte und keinen Grund hatte, bei einstelligen Temperaturen in der Badehose am Strand zu sein, reichte aus, um Albert davon zu überzeugen, dass er einen Mord vor sich hatte.

Die Polizei würde das noch früh genug selbst herausfinden, das wusste er.

Albert ging in die Hocke, um leise sprechen zu können, und teilte Rex seine Gedanken mit.

"Das wird das Werk der Agenten des Gastrodiebs sein, Junge. Darauf kannst du wetten. Mr. Mason hier arbeitete in einer Pasty-Bäckerei.

Dieselbe Pasty-Bäckerei, zu der die Polizei gestern Abend gerufen wurden. Das ist kein Zufall, Rex. Die Frage ist nur, ob sie ihn aus Versehen getötet haben, als sie ihn entführen wollten, oder ob es Mord war, weil er irgendwie herausgefunden hat, was sie vorhatten."

Rex kannte viel mehr menschliche Wörter, als er je zugab, und verstand genug von dem, was Albert sagte, um zu wissen, dass sie einen Fall zu untersuchen hatten. Sein Schwanz wedelte bei dieser Aussicht. Es hatte einen Mord gegeben. Einen weiteren. Der alte Mann würde sein Bestes tun, um herauszufinden, wer es gewesen war. Rex hatte ihn oft genug bei der Suche nach Hinweisen beobachtet, um zu erraten, was in Alberts Kopf vorging, also beschloss Rex, seine Nase zu benutzen, um den Mörder zu finden.

An der Kleidung des Opfers befand sich der Geruch eines anderen Mannes. Es war vielleicht nicht der Mörder, aber es war ein guter Ausgangspunkt für seine Suche.

Es stellte sich heraus, dass die Bergung der Leiche kein leichtes Unterfangen war und eine Kletterausrüstung erforderte, um sie sicher durchführen zu können, wie Albert erfuhr. Aber Albert war nicht gezwungen, hier zu bleiben und zuzusehen. Da die Polizisten nun vor Ort waren - Albert erfuhr, dass sie Lewis und Thorpe hießen - durfte er gehen.

Er nannte ihnen den Namen der Pension, in der er wohnte, und den falschen Namen, unter dem er dort gemeldet war - Roy Hope, sein alter Freund und Nachbar zu Hause. Roy hatte das Zimmer gebucht und Albert wusste, wenn die Polizei nach Albert Smith fragte, würde sie den Vermieter verwirren.

Es war besser, den Schein aufrechtzuerhalten und zu hoffen, dass er weitermachen konnte oder in der Lage war, die ganze Gastrodieb-Sache aufzudecken, bevor sie seine offizielle Aussage aufnahmen und seinen wahren Namen herausfanden.

Nachdem Albert Rex mit dem Föhn, den er in einer Schublade seines Zimmers gefunden hatte, in ein fluffiges Knäuel verwandelt hatte, machte er sich auf den Weg ins Esszimmer, wo Joseph ein üppiges Frühstück servierte, das nur noch von dem reichbeladenen Teller übertroffen wurde, den Edwina ihm in ihrem Haus in Eton vorgesetzt hatte. Das war erst gestern gewesen, musste Albert sich in Erinnerung rufen.

In der letzten Woche hatte er an ... fünf verschiedenen Orten übernachtet, rechnete er nach. Fünf Betten in sieben Tagen. War das Leben der anderen Achtundsiebzigjährigen ebenso hektisch wie das seine? Er hoffte nicht und betete, dass er es bald ruhiger angehen lassen konnte.

Albert wischte mit einem letzten Stück Wurst einen Klecks hellgelben Eigelbs auf, lauschte kurz, um sich zu vergewissern, dass die Luft rein war, und hielt dann den Teller tiefer, damit Rex ihn sauber lecken konnte.

Rex gab dankbare Laute von sich, während seine Zunge einen effizienten Vorwaschgang durchführte. Nicht dass er hungrig gewesen wäre. Bevor sie zu ihrem morgendlichen Spaziergang aufgebrochen waren, hatte er Hundefutter gefressen und dann ein Stück Speck, eine Tomate und ein gebratenes Brot vom Teller seines Menschen heruntergeschlungen, nachdem Albert gemerkt hatte, dass er das nicht ohne Hilfe schaffen würde.

Das Morgenlicht hatte die Dunkelheit vertrieben, während er noch unten am Strand war und der Tag sich ankündigte, aber Albert verließ die Frühstückspension nicht. Anstatt sich auf die Suche nach dem Ziel des Gastrodiebs zu machen, kehrte er in sein Zimmer zurück. Dort stellte er, während Rex ausgestreckt in einer Ecke döste, einen kleinen Holzstuhl an das Fenster und sah nach draußen.

Da er wusste, dass Tanya und Baldwin im Hotel gegenüber übernachteten, hoffte er, dass er sie beim Verlassen des Hotels sehen würde. Es war natürlich nur Tanya, nicht Baldwin - Baldwin war bei seiner letzten Begegnung mit Rex zu schwer verletzt worden, als dass er hier sein könnte. Bedeutete das, dass auch Tanya nicht hier sein würde?

Die Möglichkeit, dass es sich auch um zwei Personen handeln könnte, die er noch nie zuvor gesehen hatte, hätte andere vielleicht abgeschreckt, doch Albert war überzeugt, dass er die Agenten des Gastrodiebs erkennen würde, da er nun wusste, wonach er Ausschau halten musste.

Wenn er sie entdeckte, wusste er, dass er vor die Wahl gestellt werden würde: ihnen zu folgen, um zu sehen, wohin sie gingen, oder gegenüber ins Hotel zu gehen, um herauszufinden, wer sie waren.

Albert rutschte leicht hin und her, um eine bequeme Position zu finden, den Blick nach draußen gerichtet.

Kelly und Liam

Albert konnte es nicht wissen, aber seine Detektivarbeit war genau richtig.

Fast.

Kelly und Liam, zwei Berufsverbrecher und ehemalige Soldaten, genossen ein gemütliches Frühstück im Restaurant ihres Hotels. Was Albert nicht wusste, war, dass es sich nicht um das Hotel gegenüber seiner Frühstückspension handelte.

Bei ihrer Ankunft am Nachmittag zuvor hatten sie bereits eines ihrer Ziele besucht: einen preisgekrönten Cornish Pasty-Laden in der Fore Street. Earl Bacon hatte widerwillig ihren Bericht akzeptiert, dass es in diesem Fall nicht möglich sein würde, unentdeckt Geräte zu stehlen. Die Entführung von zwei Bäckern aus dem Laden sei jedoch einfach genug.

Sie hätten sie gestern Abend schnappen können - der Besitzer, der fest auf ihrer Sammelliste stand, hatte sich dort mit einigen Freunden im Keller getroffen. Es wäre ein Leichtes gewesen, ihn beim Verlassen des Lokals zu ergreifen. Aber nicht nur, dass die Polizei aufgetaucht war und einen Rückzug notwendig gemacht hatte; sie hatten auch noch eine weitere Zielperson in Looe, die sie kidnappen wollten, und beide mussten in einer koordinierten Aktion gefasst werden.

Der Earl wollte einen preisgekrönten Ciderhersteller ergattern und hatte das Festival als Veranstaltungsort gewählt, an dem sie einen solchen auswählen konnten. Ausnahmsweise hatte der dicke Adelige keine Meinung darüber, wen sie sich schnappen sollten. Üblicherweise schrieb er im Anschluss an seine eigenen Nachforschungen genau vor, wer mitgenommen werden sollte. Diesmal mussten sie nur ein schönes, leichtes Ziel finden, den besten Zeitpunkt für die Entführung der

Pastyleute und des Ciderherstellers abpassen und schon waren sie auf dem Weg.

Eine Entführung würde natürlich eine Reaktion auslösen. Selbst wenn sie ungeschoren davonkämen, was bei Weitem nicht garantiert war, würde die Uhr ticken. Irgendjemand würde die erste Abwesenheit früher oder später bemerken. Also würden sie ihre Zielpersonen finden, deren Bewegungen auskundschaften und einen Plan ausarbeiten, um erst den einen und dann den anderen in schneller Folge zu entführen und aus Cornwall zu verschwinden.

"Was glaubst du, was die Polizei veranlasst hat, gestern Abend an ihre Tür zu klopfen?", sagte Liam und stellte damit die Frage, die keiner von ihnen gestellt hatte, seit sie sich gestern Abend schweigend zurückgezogen hatten. Er war etwas weniger als 1,80 m groß, was ihn in seinen Augen klein machte; ein Manko, das er nie beheben konnte. Er war sich sicher, dass er dadurch keinen Komplex bekommen hatte, aber er trainierte besonders hart, um zum Ausgleich Muskeln aufzubauen. In seinen frühen Zwanzigern hatte sich sein Haar zurückgebildet und mit sechsundzwanzig hatte er begonnen, sich den Rest zu rasieren, um sich den beliebten Jason-Statham-Look zu geben.

Liam war weder glücklich noch unglücklich darüber, mit Kelly zusammen zu arbeiten. Sie sah zwar eher unscheinbar aus und es war langweilig, Zeit mit ihr zu verbringen, weil sie kein Interesse an einer Unterhaltung hatte, aber er war nicht auf der Suche nach einem Date - er hatte die Nummern vieler attraktiver Frauen in seinem Handy.

Kelly, eine mausgraue Brünette mit einer großen Nase und einem unordentlichen Pony, das sich nicht bändigen ließ, egal was ihr Friseur versuchte, zuckte mit den Schultern und ließ ihren Blick nicht von der Morgenzeitung, die sie gerade las.

"Das ist nicht von Belang. Konzentriere dich auf deine Aufgabe."

"Aber", Liams Stirn legte sich in Gedankenfalten. "Was, wenn ... was, wenn es dieser alte Mann ist, von dem Tanya immer gesprochen hat?"

Kelly verdrehte die Augen und sah von der Zeitung auf. "Der alte Mann? Wirklich, Liam? Entweder hat Tanya ihn erfunden, um ihr eigenes Versagen zu vertuschen, oder sie hat gewaltig übertrieben. Was kommt als Nächstes? Willst du mir sagen, dass es der Hund des alten Mannes sein könnte, der die Jagd anführt?"

Liams Stirnrunzeln vertiefte sich zu einem finsteren Blick, aber der Kommentar auf seinen Lippen kam nicht heraus, weil ein vertrautes und unerwartetes Gesicht in den Raum platzte.

Auf Kellys Gesicht war ihre Überraschung zu sehen.

"Tanya?"

Liam fragte: "Was zum Teufel machst du denn hier? Das ist unser Kidnapping."

Tanya zog eine gelangweilte Augenbraue in seine Richtung.

"Ich bin nicht hier, um dir die Schau zu stehlen, Dummkopf." Sie wandte sich an Kelly und erklärte: "Der Earl will, dass ich Albert Smith fange."

"Den alten Mann?" Der Unglaube in ihrem Tonfall war nicht zu überhören. "Du willst mich wohl verarschen. Und überhaupt, was machst du hier? Ich dachte, er lebt in Kent."

Jetzt war es an Tanya, einen finsteren Blick zu werfen.

"Er weiß zu viel, Kelly. Er weiß, wo wir sein werden. Deshalb bin ich ja hier. Wenn wir hier sind, dann wird er auch hier sein. Ich garantiere es."

Kelly machte ein spöttisches Geräusch und widmete sich wieder ihrer Zeitung.

Liam jedoch wollte mehr hören.

"Du hast gesagt, er hat Baldwin getötet. Wie hat er das gemacht? Wie kann ein alter Mann so etwas tun? Baldwin war doch beim SAS, verdammt noch mal."

Tanya zuckte mit den Schultern. "Er hatte Glück, schätze ich. Ich habe es nicht gesehen", log sie. "Der Hund des alten Mannes rannte durch meine Beine, bevor ich etwas tun konnte, um es zu verhindern. Als ich wieder auf die Beine kam, war Baldwin schon verblutet. Albert Smith hatte auch einen Freund bei sich. Ich kann dir nicht sagen, für wen er arbeitet, aber ... sieh mal, der Punkt ist, dass ich hier bin, um ihn zu fangen. Wenn er sich blicken lässt, möchte ich, dass ihr mir Bescheid sagt."

Ohne von ihrer Zeitung aufzublicken, murmelte Kelly in gelangweiltem Tonfall: "Gott bewahre uns vor alten Männern und ihren kleinen Hunden."

"Ich hatte etwas Besseres von dir erwartet, Kelly." Tanya war bereits auf dem Weg zurück zur Tür des Esszimmers. "Die Bedrohung ist real. Bleibt wachsam."

Liam war gefangen zwischen dem Wunsch, mehr zu erfahren, und dem Bedürfnis, vor Tanya cool zu erscheinen, einer Frau, deren Telefonnummer er gerne seiner Liste hinzufügen würde.

So beiläufig wie möglich leerte er den letzten Schluck seines Tees und fragte: "Weißt du, was das für ein Hund ist?"

Überwachung

Rex begnügte sich damit, eine Weile auf dem Teppich ein Nickerchen zu machen, doch schon bald wurde ihm langweilig. Er hob den Kopf und drehte sich um, um den alten Mann genau dort sitzen zu sehen, wo er die letzten fünf Male auch schon gesessen hatte.

Rex wollte nach draußen gehen. Es gab eine Stadt zu erkunden. Seine Schnauze zuckte, als neue Gerüche den Weg zu seiner Nase fanden. Essen - das war der vorherrschende Geruch in der Luft. Gestern war er auch vorhanden gewesen, aber heute war der erste Tag des Festivals und die Luft in Looe war voll mit dem köstlichen Geruch von meisterlich hergestelltem Brot, fettem Braten und vielen anderen Gerüchen, die aufzuzählen zu aufwendig wäre.

Rex erhob sich und ging hinüber, um seinem Menschen einen Schubs zu geben.

Albert blickte nach unten und stellte fest, dass Rex' Kinn auf seinen rechten Unterarm drückte. Er griff mit der linken Hand hinüber und kraulte das Fell des Deutschen Schäferhundes im Nacken.

"Was sagst du, Rex? Sollen wir uns rauswagen?"

Rex verstand die Frage sofort und antwortete, indem er zur Tür tanzte und sich auf der Stelle drehte. Mit einem erwartungsvollen Blick in Richtung seines Menschen, als Albert nicht sofort folgte, wedelte er heftig mit dem Schwanz, als der alte Mann sich von den Stuhlarmen abstieß, um wieder auf die Beine zu kommen.

"Ja! Lasst uns Essen suchen!" bellte Rex, als die Aufregung ihn übermannte.

Albert überprüfte seine Taschen, holte den Zimmerschlüssel von der Kommode, wo er ihn abgelegt hatte, und legte Rex die Leine an, bevor er die Tür öffnete.

"Rex, mein Junge, wir müssen heute jemanden finden", erklärte Albert auf dem Weg die Treppe hinunter. "Vielleicht müssen wir sogar mehrere Personen finden." Trotz der offensichtlichen Hinweise, die auf Terry's Pasty Shop hinwiesen, sagte sich Albert, dass er für andere Möglichkeiten offen bleiben musste.

Doch in einer Stadt, in der es unter den vielen Dutzend anderen hoffnungsvollen Standbetreibern noch weitere Cornish Pastybäcker und Ciderverkäufer gab, glich die Suche nach einer wahrscheinlichen Zielperson des Gastrodiebs der sprichwörtlichen Nadel im Heuhaufen. Albert hoffte inständig, dass das Glück auf seiner Seite war. Wenn der Tod von Chris Mason auf das Konto der Agenten des Gastrodiebs ging, dann musste der Cornish Pasty-Laden ihr Ziel sein.

Wenn das nicht der Fall war, waren seine Chancen, sie auf frischer Tat zu ertappen, gering.

In diesem Sinne beschloss Albert, optimistisch vorzugehen und die Pension zu verlassen, indem er mit Rex auf die Straße hinausging.

Hätten sie ihre Frühstückspension sechzig Sekunden früher verlassen, wären sie mit Tanya zusammengestoßen. In der Zeit zwischen Alberts Verlassen des Fensters und seiner Ankunft im Erdgeschoss war die Agentin des Gastrodiebs die schmale Seitenstraße hinunter in das Hotel gegangen, das er beobachtet hatte.

Sie hatte die Umgebung des Hotels, in dem sie und Baldwin übernachten sollten, auf eine Vermutung hin überprüft. Albert Smith schien immer einen Schritt hinterher zu sein, aber nur knapp. Wenn er auftauchte, könnte er dann irgendwie herausgefunden haben, wo sie wohnten, und sie dort aufspüren?

Rex' Nase fand ihren einzigartigen Duft in dem Moment, als sich die Eingangstür der Frühstückspension öffnete. Wie ein Schlag auf sein Gehirn, der es aus seinem Schlummer weckte, war Rex sofort hellwach.

"Was ist los, Junge?" Albert ging so weit in die Hocke, wie es seine Hüften, Knie und sein Rücken zuließen, und näherte sich Rex' Kopf, während er die Augen des Hundes verfolgte, um zu sehen, wohin er schaute.

Dass der Hund ein tiefes, grollendes Knurren von sich gab, sagte Albert, dass er etwas gerochen hatte. Bevor er Rex besaß ... genauer gesagt, bevor er zu seiner langen Reise durch das Land aufgebrochen war, hätte Albert über jeden gespottet, der behauptete, ein Mensch könne die Handlungen und Gesten eines Hundes deuten. Jetzt aber hatte er Rex oft genug beobachtet, um zu wissen, dass der riesige Deutsche Schäferhund ihm etwas Wichtiges mitteilen wollte.

"Sie ist hier", knurrte Rex und lehnte sich in sein Halsband, während er nach der Quelle des Geruchs suchte.

Eine leichte Brise wehte vom Meer heran und brachte einen salzigen Geruch mit sich, der Rex daran hinderte, Tanyas Standort zu bestimmen, aber der Geruch war zu diesem Zeitpunkt auch zu schwach, als dass er ihn hätte verfolgen können.

Er senkte seine Nase auf den Boden - er würde es auf die harte Tour machen.

Albert, der neugierig war, was Rex' Knurren ausgelöst haben könnte, ging mit ihm, als sein Hund auf dem Bürgersteig zu schnüffeln begann.

Mit dem Kopf nach links und rechts schwenkend, suchte Rex nach einem Muster, um herauszufinden, wohin sein Ziel gelaufen war. Er hätte es vielleicht auch gefunden, wenn Albert nicht das Rauschen eines Funkgeräts näher kommen gehört hätte.

Dass die Polizei ihn aufsuchen würde, um ihn um eine Aussage zu bitten, war unvermeidlich, sollte aber am besten vermieden werden.

Albert nahm Rex' Leine fest in die Hand, brach die Suche des Hundes ab und lockte ihn zurück in eine Lücke zwischen zwei Häusern. Versteckt beobachtete Albert, wie Sergeant Andrews vorbeiging. In ihrer Begleitung befand sich ein junger Constable - ein kleiner, dünner junger Mann, der kaum alt genug aussah, um die Uniform zu tragen. Seine Wangen waren knallrot und Albert fragte sich, ob er gerade für etwas verwarnt worden war.

Sie gingen vorbei, ohne in seine Richtung zu schauen, und nach zweimaligem Zählen schlüpfte Albert wieder auf die Straße hinaus.

"Komm mit, Rex", flüsterte er gerade so laut, dass der Hund es hören konnte.

Die wirbelnde Brise trug Tanyas Duft erneut in Rex' Nase, als er auf die Straße trat. Das Knurren, ein tiefes Geräusch, das aus seinem Inneren drang, wurde unterbrochen, als Albert nach Rex' Schnauze griff.

"Pssst", zischte er Rex ins Ohr.

Rex war nicht einverstanden, dass Albert ihn fortführte.

"Aber sie ist hier. Die Frau aus ..." Rex war sich nicht sicher, wie er die Orte beschreiben sollte, an denen sie sie gesehen hatten. "Die, die ich in Whitstable über den Strand gejagt habe", erinnerte er sich an den Namen der Küstenstadt, in der er sie mehr als einmal gejagt hatte. "Die, die mir in den Hintern geschossen hat!", bellte er aufgeregt.

Albert eilte weiter, ohne sich umzudrehen, und fragte sich, ob es sicher wäre, seine Habseligkeiten später abzuholen. Sergeant Andrews war auf der Suche nach Roy Hope, aber sie kannte ihn bereits als Albert Smith. In dem Moment, in dem sie merkte, dass es sich um ein und denselben handelte, würde er verhaftet werden.

Es fühlte sich an, als würde sich ein Netz langsam um ihn schließen. Früher oder später würde es ihn erwischen und die einzige Frage war, ob er die Leute des Gastrodiebs zuerst erwischen würde.

Als er die Fore Street erreichte, holte Albert tief Luft und zwang sich, zu entspannen.

Albert streichelte das Fell von Rex' Hals und kam mit einem Knie auf den Boden.

"Das tut mir leid, alter Junge. Du warst da an etwas dran, nicht wahr?"

Rex leckte Alberts Kinn ab.

"Ich wünschte, ich könnte dich verstehen, Hund. Wir müssen zwei Leute finden ... wahrscheinlich zwei Leute." Bei früheren Vorfällen waren die Agenten des Gastrodiebs immer zu zweit gewesen. "Ihre Akzente werden nicht von hier sein, obwohl ich mich frage, wie viel Hilfe das sein kann, wenn man bedenkt, wie viele Touristen gerade in der Stadt sind." Albert erklärte seinen Plan eher, um sich selbst Klarheit zu verschaffen, als um Rex zu helfen. "Sie werden jung sein, wahrscheinlich in den Dreißigern, nehme ich an, und sie werden leistungsfähig aussehen." Albert stand auf, stöhnte ein wenig, als seine Knie protestierten, und sah sich um.

In den nächsten zwanzig Sekunden gingen acht Personenpaare vorbei, die alle auf die lose Beschreibung passten, die er gerade gegeben hatte.

Albert schürzte die Lippen und räumte ein, dass es ihm schwer fallen würde, die Gesuchten zu finden. Seine verzweifelte Hoffnung, dass Tanya heute Morgen das gegenüberliegende Hotel verlassen würde, hatte sich nicht erfüllt, und wenn die Agenten des Gastrodiebs dort wohnten, hatte er niemanden ausfindig machen können, der ins Bild passte.

Da er sie nicht finden konnte, blieb ihm nichts anderes übrig, als zu Terry's Pasty Shop zu gehen. Der Tote am Strand hatte dort gearbeitet und das musste etwas bedeuten. Hatten die Agenten des Gastrodiebs ihn getötet, als sie versuchten, Informationen zu bekommen? Albert wusste, dass ihre Vorgehensweise darin bestand, sich als Touristen auszugeben und Arbeiter oder Angestellte zu befragen, bevor sie zur Tat schritten.

Aber der Mord - denn Albert war überzeugt, dass der Tod kein Unfall war - würde die Polizei auf den Plan rufen. Indem er Terry's Pasty Shop ins Visier nahm, stellte Albert sich ihnen direkt vor die Füße.

Er riskierte, erwischt zu werden.

Er atmete tief durch, um seine negative Einstellung auszuatmen, und machte sich auf den Weg, um zu sehen, ob sein detektivisches Gespür ihn rechtzeitig vor der Gefahr warnen würde, die vor ihm lag.

Verschwörer

In der Küche hinter der Theke von Terry's Pasty Shop wurde über die Abwesenheit von Chris diskutiert.

"Du glaubst doch nicht, dass Cody ihm etwas angetan hat, oder?", fragte Rodney mit leiser Stimme.

Als Chris zum ersten Mal seine Besorgnis über Codys neuen Plan geäußert hatte, war Rodney sofort erleichtert gewesen. Es war eine Sache, die Monarchie stürzen zu wollen - den Witz für die britische Öffentlichkeit, zu dem sie geworden war - aber eine ganz andere, zu planen, sie alle zu töten. Bevor er jedoch etwas sagen konnte, hatte Rodney den Blick in Ravens Augen bemerkt und sich klugerweise auf die Lippe gebissen.

War irgendjemand auf der Seite von Chris oder waren sie alle auf Codys Seite? Rodney wusste es nicht. Was wäre passiert, wenn er gestern Abend seine Gedanken geäußert hätte? Hätte Terry in Frage gestellt, ob es das Richtige war, Cody zu folgen? Rodney bedauerte, dass er nichts gesagt hatte, aber Cody machte ihm Angst. Wenn jemand anderes auf der Seite von Chris gestanden hätte, vermutete Rodney, hätte er sich sicher zu Wort gemeldet. Dann wäre es ein Raum voll geteilter Ansichten gewesen.

Als die Polizei an die Tür gehämmert und die Versammlung aufgelöst hatte, war es immer noch Chris gegen alle anderen gewesen.

Deshalb wollte Rodney jetzt Terry aushorchen. Sicherlich war Terry nicht bereit, sich auf Codys neuen mörderischen Plan einzulassen? Sie würden alle für den Rest ihres Lebens ins Gefängnis gehen. Vorausgesetzt, dass sie nicht extra für sie die Todesstrafe wieder einführten.

Terry schüttelte den Kopf, nicht bereit, Rodney in die Augen zu sehen. "Mach dich nicht lächerlich, Rodney. Cody würde Chris nicht wehtun." Um ehrlich zu sein, war Terry sich nicht ganz sicher, ob seine Antwort richtig war. Nicht, dass er auch nur einen Moment lang dachte, Chris sei tot. Vielmehr stellte er sich vor, dass Chris in Deckung ging, um eine dicke Lippe und ein blaues Auge zu pflegen.

Könnten sie es tun? Könnten sie wirklich mitten ins Herz der königlichen Familie treffen und sie alle vergiften? Es würde einer komplizierten Planung bedürfen, um es durchzuziehen, aber Terry konnte sich einen Weg vorstellen, wie sie es schaffen könnten, ohne erwischt zu werden. Sie bräuchten einen Sündenbock; jemanden, der sterben müsste, damit er hinterher nicht alles ausplaudern konnte.

Um Rodney eine bessere Antwort zu geben und vom Thema abzulenken, damit Cody sie nicht erwischte, wie sie darüber sprachen - er verlangte, dass sie niemals außerhalb der Gruppe oder in Hörweite von jemandem, der nicht bereits Bescheid wusste, über die Verschwörung sprachen -, sagte er: "Ich nehme an, er hält sich nur bedeckt. Das Auftauchen der Polizei letzte Nacht hat ihm einen ziemlichen Schrecken eingejagt."

"Du meinst, Cody hat ihm Angst gemacht", wandte Rodney ein. "Einen Moment lang dachte ich, Cody hätte recht und Chris hätte uns reingelegt."

Nach dem hämmernden Geräusch, das ihre hitzige Diskussion am Abend zuvor unterbrochen hatte, war es zu vielen angespannten Momenten gekommen. Jemand hatte berichtet, dass er Stimmen gehört und Lichter im Keller unter Terry's Pasty Shop gesehen hatte. Wie sie darauf kommen konnten, dass in den Laden eingebrochen wurde, würde wohl immer ein Rätsel bleiben, aber die Polizei war gekommen und hatte den Streit beendet, bevor er beginnen konnte. Als sie wieder gingen, froh, dass Terry, der Besitzer des Ladens, da war und nichts Ungewöhnliches passiert war, hatten sich die Gemüter abgekühlt.

Cody hätte sich dafür entschuldigen sollen, dass er Chris beschuldigt hatte - es war klar, dass die Polizei nicht da war, weil sie wusste, was die Gruppe plante, aber er tat es nicht. Stattdessen gingen sie, trotz der angespannten Atmosphäre zwischen ihnen, innerhalb weniger Minuten, nachdem die Polizei gegangen war, getrennte Wege.

Die Stimmung in der Gruppe war düster und misstrauisch geworden. Eigentlich hätten sie heute Morgen wieder zusammen sein und arbeiten sollen, aber Chris war nicht aufgetaucht. Cody war da gewesen, hatte ein fröhliches Lied gepfiffen und Raven einen Kuss abgeluchst, aber dann hatte er den Wagen genommen, war vor über einer Stunde losgefahren, um Nachschub zu holen, und war noch nicht zurück.

Sie mussten reinen Tisch machen und das Team zusammenhalten.

So wie es im Moment lief, war es nicht der richtige Weg.

Veränderung des Aussehens

Als Albert durch die Stadt ging, kam er an Dutzenden von Verkaufsständen vorbei. Sie waren in der Mitte der engen Straßen aufgestellt, so dass die Kunden auf beiden Seiten an ihnen vorbeigehen konnten. Viele verkauften Lebensmittel, aber mehr hatten Kunst, Bücher oder Souvenirs ausgestellt. Etwa die Hälfte der Stände verkaufte Alkohol und selbst so früh am Tag gab es Leute, die ihn kauften.

Nicht alle tranken auf der Straße und vieles wurde in Flaschen abgefüllt oder in versiegelten Behältern serviert, um es mit nach Hause zu nehmen.

Albert ignorierte die Aufforderungen wie: "Probieren Sie einen Tropfen" oder :"Probieren Sie eine Pasty", während er die Fore Street entlangging. Er wusste, wohin er wollte und was er erreichen musste. Als er vor Terry's Pasty Shop ankam, hielt Albert inne und beobachtete den Laden.

Dreißig Meter weiter hielt auch Liam inne und griff nach Kellys Arm.

"Was?", fragte sie und riss ihren Arm los, obwohl Liam es bereits geschafft hatte, sie zum Stehen zu bringen.

Er zeigte mit dem Finger und blinzelte durch die sich ständig bewegende Menschenmenge.

"Da ist ein alter Mann mit einem Deutschen Schäferhund."

Kelly verdrehte wieder die Augen.

"Wow, Liam. Nun, dann sollten wir unseren Plan besser aufgeben. Du weißt doch, wie gut wir bezahlt werden, oder?"

Liam wollte seine Bedenken nicht einfach so aufgeben und blieb hartnäckig. "Er sah aus wie er. Der alte Mann aus den Nachrichten."

"Oh, halt die Klappe, Liam. Oder geh zurück nach Wales. Es ist mir egal, wofür du dich entscheidest, aber ich werde nicht die nächsten zwei Tage damit verbringen, dir zuzuhören, wie du jedes Mal zusammenzuckst, wenn ein alter Mann mit einem Hund vorbeikommt."

"Ich sage dir, dass ich ihn gesehen habe", zischte Liam.

Seufzend stieß Kelly hervor: "Gut. Zeig ihn mir."

Liam schielte weiter durch die Menge.

"Eben war er noch da ..."

Liam konnte weder Albert noch Rex sehen, da keiner von ihnen auf der Straße war. Sie waren auf die andere Seite von Terry's Pasty Shop gegangen und standen nun in der Castle Street. Das war eine Taktik, die auf Alberts Sorge beruhte, von der Polizei entdeckt zu werden, aber auch auf dem Glauben, dass die Agenten des Gastrodiebs ihn finden könnten, bevor er sie identifiziert hatte.

So gerne er auch in die Pasty-Bäckerei gehen und ein paar unschuldige Fragen stellen wollte, entschied sich Albert lieber für eine vorsichtige Annäherung.

Eine Verkleidung, das war es, was er brauchte.

Auf seinem Weg durch die Stadt war er an mehr als einem Laden vorbeigekommen, der so ausgesehen hatte, als könne man dort etwas Passendes erstehen. Und so verfolgte Albert seine Schritte zurück.

Rex' Nase machte Überstunden und das schon den ganzen Weg durch die Stadt über. Normalerweise würden ihn die Essensgerüche, die sein Gehirn überschwemmten, sowieso dazu veranlassen, aber heute gaben sie ihm mehr zu tun, als nur in ihnen zu schwelgen. Jeder fettige Geruch, der seine Nasenlöcher kitzelte, wurde analysiert und mit dem verglichen, den er an den Schuhen des Toten gefunden hatte.

Er fand viele Übereinstimmungen, aber ähnlich wie bei Fingerabdrücken war jeder Geruch einzigartig, und erst als er die offene Tür von Terry's Pasty Shop erreichte, konnte er einen Volltreffer verzeichnen. Es gab zu viele sich überschneidende Gerüche, als dass Rex hätte feststellen können, ob der Mann dort drinnen gewesen war oder nur in das Fett draußen vor der Tür getreten war. Rex würde hineingehen müssen, um das herauszufinden.

Zu seiner Enttäuschung begann der alte Mann, ihn wieder wegzuführen, bevor er sich der Quelle des Geruchs nähern konnte.

"Wohin gehen wir?" wollte Rex wissen und zog die Augenbrauen zusammen, während er wieder auf die Pasty-Bäckerei starrte. "Ich weiß, du kannst es nicht riechen, aber die Leiche, die wir gefunden haben, steht irgendwie mit diesem Laden in Verbindung."

Rex murmelte weiter vor sich hin, bis Albert ihn in einen Laden in der Fore Street führte, der etwa dreißig Meter von der Pasty-Bäckerei entfernt war.

Albert überlegte kurz, ob er seine Rolle als Lebensmittelkontrolleur wieder aufnehmen sollte. Beim letzten Mal hatte es gut funktioniert, aber er war im falschen Laden, um die Accessoires zu finden, die er für dieses Outfit brauchte.

Stacey's Fancy Dress war ein neues Geschäft, das sich letztlich als schlecht gelegen erwiesen hatte. Stacey hatte ihre Hausaufgaben nicht gemacht und feststellen müssen, dass es zwar viel Laufkundschaft gab und die Geschäfte in ihrer Umgebung recht gut liefen, aber niemand ein freches Polizeikostüm ausleihen wollte.

Finanzielle Sorgen und ihr scheiterndes Geschäft waren eine Sache, aber Stacey machte sich viel mehr Sorgen um ihren Bruder Rodney. Sie hatte seine Freunde nie gemocht, vor allem nicht Terry, den Mann, dem der Pastyladen gehörte, in dem ihr Bruder arbeitete. Als sie achtzehn war, hatte sie natürlich den Fehler begangen, auf einer Party ihre Jungfräulichkeit an Terry South zu verlieren, und sie hatte ihm nie verziehen, dass er am nächsten Tag nicht anrief.

Sie konnte Rodney nicht sagen, dass das der Grund war, warum sie nicht gewollt hatte, dass er den Job dort überhaupt annahm, oder warum sie immer wieder versuchte, ihn davon zu überzeugen, zu kündigen. Er ließ sich zu leicht verführen, das war sein größtes Problem, und was auch immer sie nach Feierabend machten, Rodney tat so, als hätte er ein großes, wichtiges Geheimnis zu bewahren.

Sie führten etwas im Schilde ... waren in etwas verwickelt, und egal, wie oft oder auf welche Weise sie versuchte, mit ihrem Bruder darüber zu reden, er wollte ihr nicht sagen, was es war.

Ihr Gedankengang wurde unterbrochen, als die Klingel über ihrer Tür bimmelte. Stacey hatte vor mehr als einer Stunde geöffnet und seitdem mit Enttäuschung beobachtet, wie Tausende von potenziellen Kunden draußen vorbeigingen. Der alte Mann, der sich jetzt seinen Weg durch ihre Tür bahnte, war der erste an diesem Tag, der dies tat.

Er hatte einen Hund bei sich, aber Stacey hatte nicht vor, ihn hinauszuwerfen.

"Hallo", winkte sie fröhlich, wollte von ihrem Hocker an der Kasse aufspringen, aber auch nicht zu eifrig wirken. "Gibt es etwas Besonderes, womit ich Ihnen heute helfen kann?"

Alberts Stimme blieb ihm in der Kehle stecken. Wonach suchte er? Er brauchte ein magisches Outfit, das seine Identität verschleiern und ihn unauffällig machen würde. Aber es konnte nicht nur neue Kleidung sein; sowohl die Polizei als auch die Agenten des Gastrodiebs wussten, wie er aussah. Verdammt, sein Gesicht war in den Nachrichten zu sehen gewesen, und auch wenn es ein schlechtes Abbild war und die Öffentlichkeit ihn nicht bewusst wahrnahm, war es immer noch möglich, dass die nächste Person, die ihn sah, wusste, wer er war.

Nein, er musste sein Gesicht verbergen, und das war nicht so einfach.

Oder doch nicht?

Hastig dachte sich Albert eine Lüge aus und zeigte auf einen Kleiderständer im hinteren Teil des Geschäfts.

"Das. Ich brauche das", verkündete er, währender den Laden durchquerte.

Staceys Blicke folgten seinem Arm und ihre Augenbrauen hoben sich, als sie sah, worauf der alte Mann deutete.

"Das sexy Krankenschwester-Outfit?", versuchte sie zu bestätigen und hoffte, dass es ein Geschenk für jemanden sein würde, der nicht die Enkelin des Mannes war.

Anstatt zu antworten, griff Albert in den Kleiderständer, um den Kleiderbügel zu greifen und das Kostüm herauszunehmen, das er entdeckt hatte.

"Oh, das Clownskostüm", seufzte Stacey erleichtert. "Ja, das ist sehr beliebt", log sie. Es hatte den Laden nie verlassen, aber das galt für fast alle ihre Artikel.

Albert grinste und versuchte, ein wenig genervt zu wirken, um seine eigene Lüge glaubhafter zu machen.

"Ich bin ein Unterhaltungskünstler für Kinder. Chuckles der Clown. Ich bin schon seit ein paar Jahren in diesem Geschäft, das gebe ich gerne zu", scherzte er über sein Alter. "Aber ich fürchte, die alten Murmeln werden ein bisschen locker, denn ich bin heute für eine Kinderparty unterwegs und habe vergessen, mein Outfit und mein Make-up einzupacken." Er sah sich im Laden um und sagte: "Ich brauche das komplette Ensemble: Kleidung, Perücke und Make-up."

Als sie in ihrem Kopf das ferne Geräusch einer aufspringenden Registrierkasse hörte, rieb Stacey ihre Hände aneinander.

"Dabei kann ich Ihnen sicher helfen."

Rex' rechte Augenbraue zuckte verwundert gen Himmel. Der alte Mann stand vor einem Ganzkörperspiegel und hielt einen bunten Einteiler an seinen Körper.

Beiläufig - so wollte Albert es jedenfalls verstanden wissen - fragte er: "Wissen Sie, ob es etwas Besonderes an Terry's Pasty Shop gibt?"

Stacey war auf der anderen Seite des Ladens und nahm eine Schminkbox aus dem Regal hinter ihrem Verkaufstresen. Als sie zurückkam, fragte sie: "Etwas Besonderes? Nun, mein Bruder arbeitet dort, aber das macht es nur für mich besonders. Was meinen Sie mit besonders?"

Albert, der weiterhin so tat, als wäre es nur eine unbedeutende Frage, setzte sich eine Perücke auf und sagte: "Etwas, das sie von der lokalen Konkurrenz abhebt? Haben sie in letzter Zeit irgendwelche Preise gewonnen? Haben sie einen berühmten Koch, der für sie arbeitet?"

Stacey betrachtete ihren Kunden mit einem neuen Ausdruck: Misstrauen. War er ein Reporter? Sein Gesicht kam ihr irgendwie bekannt vor, aber sie konnte nicht sagen, woher sie ihn kannte. Er behauptete, ein

Kinderunterhalter zu sein, also war er vielleicht der Clown auf einer Party gewesen, die sie vor zwanzig Jahren besucht hatte. Sie wäre damals ungefähr im richtigen Alter gewesen.

Die Wahrheit war, dass Terry's Pasty Shop kürzlich eine Auszeichnung erhalten hatte. Nun, nicht so sehr eine Auszeichnung, sondern eher eine Ehre. Eine sehr prestigeträchtige Auszeichnung. Aber niemand wusste davon. Keiner durfte es wissen. Die gesamte Belegschaft war gezwungen worden, eine Geheimhaltungsvereinbarung zu unterschreiben, obwohl ihr idiotischer Bruder Rodney ihr fünf Sekunden später davon erzählt hatte.

Die ganze Sache war streng geheim, aber ein alter Mann war in ihrem Laden, kaufte ein Clownskostüm und stellte Fragen.

Vorsichtig sagte Stacey: "Nicht, dass ich wüsste."

Zu ihrer großen Überraschung ließ der alte Mann es dabei bewenden, ohne ein weiteres Wort zu diesem Thema zu verlieren.

"Haben Sie einen Ort, wo ich mich umziehen kann?" erkundigte sich Albert. Er konnte nirgends etwas sehen. Wahrscheinlich wurde von den Leuten erwartet, dass sie die Kleidung mit nach Hause nahmen, aber das war für ihn nicht möglich.

Da Stacey befürchtete, einen Verkauf zu verpassen, führte sie Albert in ein Hinterzimmer, wo sie ihn und den Hund zurückließ. Sie wollte ihm das Outfit verkaufen, aber er wollte es trotzdem zurückbringen. Sie würde sich um seine Kleidung kümmern, bis er zurückkam. Was tat man nicht alles für einen echten Kunden.

Zehn Minuten später, als er sich lächerlich fühlte, aber sicher war, dass niemand ihm so ansehen würde, wie er wirklich aussah, betrachtete Albert sein Gesicht im Spiegel. In einem Moment der Ironie hatte er sich für die Glatzenperücke entschieden, um seine, ähm ... Glatze zu verbergen. Als Verkleidung funktionierte sie besser, als er gehofft hatte. Das Make-up kam dem Bild in seinem Kopf so nahe wie möglich: alles in leuchtenden Farben um Augen und Mund herum.

"Nicht schlecht, Albert Smith. Nicht schlecht", gratulierte er sich selbst zu seiner guten Arbeit.

Bestimmt wirkte er wie ein totaler Idiot, aber er sah nicht wie Albert Smith aus.

"Ist alles in Ordnung?" fragte Stacey, als sie den alten Mann aus dem hinteren Teil ihres Ladens zurückkommen hörte. Sie stellte sich hinter den Verkaufstresen, drehte sich zu ihrem Kunden um und schrie.

Rex fuhr aus der Haut, sprang einen Meter zurück und bellte, und Albert hätte beinahe eine neue Hose gebraucht.

Stacey klammerte sich an den Tresen und schnappte nach Luft, während ihr Herz wie wild schlug.

"Wooooh. Das tut mir leid. Sie haben mich erschreckt, das ist alles."

"Okaaaay", Albert war sich nicht sicher, was ihre Reaktion ausgelöst haben könnte.

"Sie sagten, Sie unterhalten Kinder, richtig?"

"Ja. Warum?"

"Ach, nur so", log sie. Stacey hatte Angst vor Clowns; sie waren ihr unheimlich. Aber das waren die normalen Clowns. Solche mit fröhlichem Make-up. Alberts Versuch, ein traditionelles Clownsgesicht zu machen, ließ ihn so aussehen, als hätte er mit den Kindern nur vor, ihre Nieren zu essen.

Stacey wollte das furchteinflößende Gesicht aus ihrem Laden vertreiben und machte sich an die Abrechnung.

"Bargeld?" fragte Albert, während er in seiner Hose nach seiner Brieftasche kramte. Der Taschendieb hatte sich mit fast hundert Pfund davongemacht. Es war ärgerlich, aber nicht katastrophal. Der Großteil von Alberts Bargeld war sicher in seinem Koffer in seinem Zimmer untergebracht.

Als Albert seine Brieftasche öffnete, sah er einen entschuldigenden Ausdruck auf Staceys Gesicht.

"Tut mir leid. Das ist ein bargeldloses Geschäft", antwortete sie und betrachtete die ausgestellten Kartenreihen im Portemonnaie.

Alberts Finger lagen auf dem Geld, das in einer Falte auf der Rückseite steckte. Roy war so freundlich gewesen, ihm ein Bündel davon zukommen zu lassen, denn er wusste, dass sein alter Freund es ihm sofort zurückgeben würde, sobald er dazu in der Lage war. Bargeld war wichtig, weil die Polizei an seinen Karten Peilsender angebracht hatte. Sobald er eine davon benutzte, wussten sie, wo er war, und kamen angerannt.

Er konnte es sich nicht leisten, das zuzulassen, nicht wenn er so nah am Ziel war.

Mit rasendem Verstand überlegte Albert, was er sagen könnte, um der Dame höflich die Zahlungsweise zu verweigern, die ihr vorschwebte. Er hatte nie die Gelegenheit dazu.

"Albert Smith", las Stacey von der Vorderseite von Alberts Führerschein ab, der in einem durchsichtigen Plastikschlitz auf der linken Seite steckte.

Sie nahm ihr Telefon in die Hand, doch bevor sie es benutzen konnte, lieferte ihr Gehirn die Antwort, die sie suchte. Ihr Blick wanderte nach oben zu Albert und sie wusste, dass sie richtig lag.

Identifiziert

"Albert Smith!", platzte sie heraus und wich zurück. "Sie sind der Terrorist, der den Strand von Whitstable in die Luft gejagt hat!"

"Das stimmt nicht", versuchte er sich zu verteidigen, obwohl er nicht wirklich bei der Sache war.

Das Mädchen sah erschrocken aus, was Albert wiederum entsetzte - er hatte noch nie jemanden erschrecken wollen.

Stacey war vor dem Mann zurückgewichen, den sie jetzt aus den nationalen Nachrichten kannte, aber sie konnte nirgendwo hin. Unabsichtlich war sie hinter dem Tresen gefangen, aus dem der einzige Ausweg durch den alten Mann hindurch führte.

"Ich ... ich rufe die Polizei!", platzte sie heraus, warf einen Blick auf ihr Handy, das auf dem Tresen lag, und überlegte, ob sie es vor ihm erreichen würde.

"Natürlich." Albert nickte. "Ich werde nicht versuchen, Sie aufzuhalten." Er hasste es, dass es so weit gekommen war, aber was hatte er für Möglichkeiten? Weglaufen? Er war achtundsiebzig Jahre alt und auch wenn manche ihn für rüstig halten mochten, hatte er nicht vor, einen komplizierten Parkour über die Dächer von Looe zu machen, um dem Gesetz zu entgehen. Außerdem war er jetzt als Clown verkleidet und würde vom Weltraum aus sichtbar sein, so dass eine eventuelle Fahndung die kürzeste der Geschichte sein würde. Albert konnte sich schon ausmalen, welche Qualen seine Kinder jahrelang erleiden würden, wenn die Aufnahmen seiner Verhaftung rund um den Globus ausgestrahlt würden.

Stacey stürmte nach vorne, eine Hand bereit, um ihren Angreifer abzuwehren, und überlegte immer noch, was Albert gerade gesagt hatte, während sie das Telefon ergriff. Mit dem Handy in der Hand brauchte sie nicht einmal die Polizei zu rufen; die Stimmerkennungssoftware würde ausreichen, aber der alte Mann versuchte nicht einmal, sie aufzuhalten.

"Was ist los?", fragte Rex und der neugierige Blick des Hundes sowie Alberts Aufmerksamkeit darauf erweichten Staceys Vorsatz noch mehr.

Der alte Mann war langsam auf ein Knie gesunken und erklärte dem Hund, dass er mit der Polizei mitgehen müsse, wenn diese käme. Er klang aufgeregt und das brachte sie völlig aus der Fassung.

"Was meinen Sie damit, dass die Nachrichten nicht stimmen?", fragte sie, das Handy fest in der einen Hand haltend.

Albert blickte von seiner Position am Boden auf. In seinem rechten Augenwinkel stand eine Träne. Nicht um seiner selbst willen - er würde niemals in Selbstmitleid verfallen -, sondern aus Sorge um das, was mit Rex geschehen könnte.

"Genau das, meine Liebe. Ich ermittle in einer Reihe von Verbrechen und bin den Hintermännern so nahe gekommen, dass die Polizei jetzt glaubt, dass ich mit den Ereignissen in Whitstable in Verbindung stehe."

"Und Sie wollen mir sagen, dass Sie es nicht sind?"

"Im Ernst", stupste Rex seinen Menschen an. "Was ist denn los? Ich bekomme Hunger und die ganzen Essensgerüche hier machen mich ein bisschen verrückt. Ich muss zurück zu den Mordermittlungen, um mich abzulenken. Ich glaube, ich kann die Person finden, die ihren Geruch auf der Kleidung des Toten hinterlassen hat."

Albert kraulte Rex unter dessenOhren, um sich und den Hund zu beruhigen.

Zu Stacey gewandt, sagte er: "Ich erwarte nicht, dass Sie mir glauben, aber ich bin völlig unschuldig an allen Anschuldigungen. Sie werden mich fragen, warum ich mich nicht gestellt habe, wenn das der Fall ist. Die einfache Antwort ist, dass ich meine Unschuld nicht beweisen kann. Deshalb bin ich hier."

Stacey wusste, dass die einzig sinnvolle Maßnahme darin bestand, die Polizei zu rufen. Doch der alte Mann erinnerte sie ein wenig zu sehr an ihren Großvater. Sie und Rodney hatten ihn vor weniger als einem Jahr verloren und die Erinnerung an sein Ableben schmerzte noch immer.

"Warum haben Sie nach dem Pastyladen gefragt? Was wissen Sie darüber?"

Als er merkte, dass die junge Frau noch nicht um Hilfe rief, erhob sich Albert vom Boden, die Arme ausgebreitet, um zu zeigen, dass sie leer waren, und klammerte sich an den dünnen Funken Hoffnung, den er wahrnehmen konnte.

"Ich *weiß* nichts darüber, meine Liebe. Ich glaube nur, dass der Laden das Ziel derselben Verbrecherbande ist, die ich im ganzen Land verfolgt habe."

"Sie wissen also nichts von dem königlichen Auftrag?" Stacey war jetzt noch verwirrter als zuvor.

Albert musste herausfinden, was das bedeutete, beschloss aber zunächst, das Wasser zu testen. Jetzt, da Stacey sein Geheimnis kannte, konnte er sie vielleicht nach Informationen aushorchen.

"Ihr Bruder arbeitet dort. Kennen Sie Chris Mason?"

Stacey blinzelte. "Chris? Ja, ich kenne ihn. Was ist mit ihm?"

Albert rollte seine Lippen nach innen und kaute eine Sekunde darauf, bevor er antwortete.

"Es tut mir leid, Ihnen sagen zu müssen, dass er tot ist. Ich glaube, jemand hat ihn letzte Nacht getötet, und das würde zu dem Muster passen, das ich verfolgt habe."

Stacey hörte, wie die Worte den Mund des alten Mannes verließen, aber in ihrem Kopf gerieten sie ein wenig durcheinander. Es gab einen Moment, in dem sie sich ein wenig schwindelig fühlte, und das nächste, was sie wusste, war, dass der alte Mann über ihr hockte und der Hund in ihr linkes Ohr atmete, sein Atem heiß und feucht.

"Igitt", sie wich etwas zurück und stieß dabei gegen Alberts Füße. Kurz dachte sie daran, schreiend aus dem Laden zu rennen, aber zum Glück hatte sich ihr Gehirn vorher wieder gefangen.

"Ich bin ohnmächtig geworden, nicht wahr?", fragte sie.

Albert wich zurück und schnalzte mit der Zunge nach Rex, damit auch er sich von ihr wegbewegte.

"Ich fürchte ja. Fühlen Sie sich nicht wohl? Es tut mir leid, wenn ich Ihnen einen Schock versetzt habe."

"Sie sind nicht weggelaufen", bemerkte Stacey. "Sie hätten mich hier lassen können. Sie hätten mich fesseln und mich hier lassen können. Dann hätte mich stundenlang niemand gefunden."

Albert lächelte, in der Hoffnung, dass es sie beruhigen würde. "Das würde kaum dazu passen, meine Unschuld zu beteuern. Ich kann jetzt gehen, wenn Sie wollen, aber das hätte wirklich keinen Sinn, wenn Sie sowieso die Polizei rufen, sobald ich aus der Tür trete."

Stacey wusste nicht, was sie von dem alten Mann halten sollte. Die Wahrheit war, dass sie ihm glaubte. Nichts an der Art, wie er sprach oder wie er sich verhielt, gab ihr Grund zu der Annahme, dass er in kriminelle oder terroristische Aktivitäten verwickelt sein könnte. Aber das war es nicht, was sie dazu brachte, ihre Hilfe anzubieten.

Es war die zurückkehrende Erinnerung daran, warum sie ohnmächtig geworden war.

Ihre Hand fuhr zu ihrem Mund.

"Oh, mein Gott. Chris!" Stacey holte ihr Handy heraus und murmelte vor sich hin: "Ich muss mit Rodney sprechen. Denken Sie, jemand hat ihn umgebracht?"

Albert tat sein Bestes, um einen ernsten und vertrauenswürdigen Eindruck zu machen. Leider wirkte er mit seinem bösen Clown-Make-up so gut, dass Stacey sich fragte, ob er gerade einen Igel in seiner Unterhose gefunden hatte.

"Ich fürchte ja", antwortete er. "Er hat in Terry's Pasty Shop gearbeitet, nicht wahr?" Albert wollte doppelt sicher sein, dass er das richtig verstanden hatte.

"Ja."

"Die Leute, die ich verfolge, der Grund, warum ich hier bin und so viel Ärger habe ... sie töten Menschen. Wenn ich sie identifizieren kann, kann ich sie aufhalten." Aus Sorge, dass er zu selbstbewusst oder vielleicht sogar arrogant wirken könnte, fügte er hinzu: "Hoffe ich."

Albert konnte nicht ahnen, wie die Kostümverleiherin reagieren würde. Ehrlich gesagt war er schockiert, dass sie nicht die Polizei gerufen hatte, aber was sie dann sagte, war nicht das, was er erwartet hatte.

"Ich glaube, in der Pasty-Bäckerei ist etwas im Gange", verkündete sie aus heiterem Himmel. "Ich mache mir Sorgen, dass mein Bruder sich in Schwierigkeiten bringen könnte. Wenn ich Sie nicht anzeige, helfen Sie mir dann, herauszufinden, was es ist?"

Albert wusste, dass er ihren Bedingungen zustimmen würde; es war nicht so, als hätte er eine Wahl gehabt, aber er sagte nicht "Ja", sondern: "Was für Schwierigkeitenr?"

Tanya und der Earl

Liam und Kelly sahen sich gerade nach Ciderherstellern um, als Albert den Kostümverleih direkt hinter ihnen verließ. Der Earl hatte ihnen freie Hand gegeben, einen Ciderhersteller ihrer Wahl auszusuchen. Na ja, sozusagen. Derjenige, für den sie sich entschieden, musste ein preisgekrönter Hersteller sein, der in der Lage war, aus den Rohstoffen mehrere Geschmacksrichtungen zu kreieren.

Der Earl wusste, dass die Herstellung von Cider relativ einfach war, aber das galt nur, wenn man das Produkt aus der Perspektive der Herstellung eines alkoholischen Getränks aus Äpfeln betrachtete. Er wollte etwas weitaus Raffinierteres und so hatte er die Anweisung gegeben, ausschließlich wahre Meister der Ciderherstellung aufs Korn zu nehmen. Er wollte jemanden, der für ihn ein Getränk herstellte, das dem Earl und nur dem Earl gehörte.

Die Auswahl war zu groß, aber das war in Ordnung, denn heute Abend fand ein Wettbewerb statt. Das Fest sollte sich auf den Strand ausdehnen, wo Live-Bands die Massen unterhalten und die Stadt sich über die zusätzlichen Einnahmen freuen würde, die den Besuchern aus den Taschen flossen.

Die Ciderhersteller wussten, dass der preisgekrönte Cider am nächsten Tag in der Hälfte der Kneipen und Bars der Region ausgeschenkt würde und der Name des Gewinners bekannt gegeben werden sollte, bevor die Musiker die Bühne betraten.

Alles, was Liam und Kelly heute zu tun hatten, war, die verschiedenen Ciderbrauereien zu erkunden und ihre Standorte zu kennen. Sie würden sich den Gewinner schnappen, in der Gewissheit, dass dieser die Anforderungen des Earls erfüllte. Der beste Zeitpunkt dafür wäre nach dem Ende des Festivals, aber der Earl war nicht geneigt zu warten.

Seiner Meinung nach war das Ende der Welt schon zu nahe. Er musste die letzten Elemente seiner Speisekammer sichern, bevor der Kataklysmus eintrat.

Weder Liam noch Kelly hatten einen Kommentar abgegeben, als sie seine Anweisungen hörten, noch machten sie sich die Mühe, danach über seinen Wahnsinn zu diskutieren. Er zahlte gut und das war alles, was zählte. Trotzdem hegten beide eine unausgesprochene Neugier darauf, was der Earl tun würde, wenn der Weltuntergang nicht eintrat. Er würde wissen, dass der Planet sich weiterdrehte und seine Bewohner fröhlich ihrem Leben nachgingen, weil er die Nachrichten verfolgte.

Earl Bacon war dabei, die Türen zu seinem unterirdischen Versteck zu versiegeln. Die Frage war nur, ob er akzeptieren würde, dass er sich geirrt hatte und sie irgendwann wieder öffnete.

Sie hielten sich nicht lange mit diesem Thema auf. Sie näherten sich dem Ende ihres Vertrags und würden weit weg sein, wenn die Außentüren alle im Inneren einschlossen.

Im Gegensatz zu ihrer entspannten Haltung gegenüber dem drohenden Armageddon, das der Earl herannahen zu sehen glaubte, war ihr Arbeitgeber außer sich vor Sorge.

Ungeduldig wartete er darauf, dass der Anruf, den er getätigt hatte, verbunden wurde.

"Earl Bacon", murmelte Tanya und war sich sicher, dass sie wusste, warum er anrief, und dass er bereits unglücklich darüber war.

"Sie sind in Cornwall!", erklärte er. "Ich habe Ihnen ausdrücklich gesagt, dass Sie Albert Smith suchen sollen. Ich habe Liam und Kelly mit der Aufgabe in Cornwall betraut, aber ich erfahre, dass Sie mir nicht gehorcht haben und trotzdem hingefahren sind, Tanya. Bitte erklären Sie das."

Earl Bacon war nur deshalb bereit, Tanya die Gelegenheit zu geben, sich zu erklären, weil sie sich in der Vergangenheit als so zuverlässig erwiesen hatte. Jeder andere wäre gezwungen gewesen, sich eine Standpauke anhören zu müssen.

Sie sprach absichtlich langsam, weil sie wusste, dass es sich anhören würde, als würde sie mit einem Idioten sprechen, und sagte: "Ich bin in Cornwall, weil Albert Smith in Cornwall ist."

Der Earl sagte einige Sekunden lang nichts und ließ sich Zeit, die Nachricht zu verarbeiten, bevor er fragte: "Woher wissen Sie das? Kelly hat nicht angedeutet, dass sie die Operation für gefährdet hält."

Es *war* also Kelly, die es dem Grafen erzählt hatte. Tanya hatte vermutet, dass dies der Fall sein würde. Sie waren für eine kurze Zeit so etwas wie Freunde gewesen. Bis der Earl angefangen hatte, Tanya zu bevorzugen und ihr die besseren Aufträge zu geben. Besser in Kellys Augen jedenfalls.

Tanya ließ das langsame Reden sein und sagte: "Mein lieber Earl, Sie haben mich nur deshalb auf Albert Smith angesetzt, weil er immer wieder auftaucht und sich in Ihre Arbeit einmischt. Ja, er könnte an einem von einem halben Dutzend verschiedener Orte auftauchen, denn Kellys Auftrag in Cornwall ist bei weitem nicht der einzige, der heute stattfindet. Da ich aber nicht überall sein kann, bin ich auf Nummer Sicher gegangen und habe mich dorthin begeben, wo Baldwin und ich erwartet wurden. Wenn Albert Smith sich in Looe blicken lässt, werde ich seinen Hund töten und seinen zerschundenen, bewusstlosen Körper zu Ihnen bringen."

Hühnercurry-Pasty

Als er sich bereit erklärte, Stacey zu helfen, erfuhr Albert ein überraschendes Geheimnis: Terry's Pasty Shop belieferte die königliche Familie und insbesondere die Verlobungsfeier von Prinz Marcus. Diese Neuigkeit war eine Offenbarung, denn Albert wusste nicht einmal, dass der jüngste Prinz verlobt war. Stacey erklärte, dass dies nicht öffentlich bekannt war und sie es nur wusste, weil ihr Bruder ein Idiot sei.

Norma Morley - ein Name, von dem Albert glaubte, ihn ein- oder zweimal im Zusammenhang mit Prinz Marcus gehört zu haben - wollte eine entspannte Hochzeit, nicht die große, prunkvolle Angelegenheit, die die königliche Familie erwartete. Dazu gehörte auch das Essen, von dem Stacey nichts wusste, außer dem Wunsch, den Gästen auf der Verlobungsfeier des jungen Paares ein paar Cornish Pasties zu servieren. Norma Morley entschied sich für solche, die sie noch aus ihrer Kindheit kannte - jene, die in Terry's Pasty Shop im Herzen von Looe serviert wurden.

Albert hielt das für eine seltsame Geschichte, sah aber keinen Grund, auch nur ein Wort davon anzuzweifeln. Dass Stacey keine Angaben darüber machen konnte, in was ihr Bruder verwickelt sein könnte, ließ die ganze Sache weitaus mysteriöser klingen, als Albert es sich vorgestellt hatte. Dennoch entsprach ihr Wunsch, dass er den Vorgängen in Terry's Pasty Shop auf den Grund gehen sollte, genau seinen eigenen Bedürfnissen. Und nicht nur das: Seit Stacey ihn "geoutet" hatte, hatte er mehr erfahren, als er selbst zu hoffen gewagt hätte.

Hier bot sich ihm wieder die Möglichkeit zur lokalen Hilfe und er nahm sie an, weil er wusste, dass er es tun sollte.

Deshalb stimmte er zu, Rex bei Stacey zurückzulassen und machte sich auf den Weg zu der Pasty-Bäckerei, in der ihr Bruder arbeitete. Stacey und der Hund standen zusammen auf der Straße und sahen ihm beim

Weggehen zu. Albert konnte sehen, dass Rex darüber nicht glücklich war, aber das war nur vorübergehend.

Stacey rief ihren Bruder an und teilte ihm unter Alberts Anleitung taktvoll die Neuigkeiten mit. Sie fragte ihn, ob Chris mit jemand Neuem gesprochen oder sich mit jemandem getroffen habe.

Das hatte er nicht. Zumindest nicht nach Rodneys Meinung. Rodney erinnerte sich auch nicht, jemanden bemerkt zu haben, der im Laden herumgeschnüffelt oder Fragen gestellt hatte.

Unsicher, was ihn erwartete, ging Albert weiter. Köstlich verlockende Gerüche, die in der Luft lagen und die Straße hinunterwehten, hatten ihm in die Nase gestochen, als er Staceys Laden verließ.

Auf halbem Weg zu seinem Ziel hörte er ein Kind sagen: "Oh, schau mal, Mama! Ein Clown!" Er drehte sich um, um ihr ein Lächeln zu schenken, und sah, wie sich Angst auf dem Gesicht des kleinen Mädchens breit machte. Sie schrie und vergrub ihr Gesicht in den Mantel ihrer Mutter. Die Frau warf ihm einen finsteren Blick zu, als sie mit ihrem schluchzenden Kind davon eilte.

Verwirrt betrachtete er sein Spiegelbild in einem Schaufenster. War etwas mit seinem Make-up nicht in Ordnung?

Da er nicht herausfinden konnte, was das kleine Mädchen für ein Problem hatte, ging er weiter in den Laden.

Jetzt starrte er auf die Pasties, die unter einer Glastheke aufgestapelt waren, und die teigigen Gerüche machten sich auf den Weg zu seinem Magen. Sofort knurrte der, obwohl er wusste, dass er nicht hungrig sein sollte.

Eine kleine Warteschlange vor der Theke ließ Zeit zum Schauen und Hören. Der tote Mann am Strand hatte hier gearbeitet. Die Polizei hatte es für nötig befunden, gestern Abend hier vorbeizuschauen, nachdem sie einen Bericht über ... etwas erhalten hatte. Einbruch, sagte Superintendent Charters, aber auch, dass es ein falscher Alarm gewesen sei.

Aber war es das? Okay, es war also kein Einbruch, aber irgendetwas musste es gewesen sein, und einer der Leute, die hier gearbeitet hatten, war heute Morgen tot.

Obwohl Hoffnung kaum eine Taktik war, klammerte sich Albert an den Wunsch, dass er das Ziel des Gastrodiebs bereits gefunden haben könnte. Was sonst könnte in einem verschlafenen Küstendorf im Spätherbst hinter den seltsamen Ereignissen in diesem Pastyladen stecken?

Draußen auf der Straße hatte Rex seinen Menschen weggehen sehen. Als er zu der Frau aufblickte, die ihn nun an der Leine hielt, fragte er sich wieder einmal, was hier vor sich ging.

Der alte Mann war zurück in die Pasty-Bäckerei gegangen und das entsprach auch Rex' Erwartungen. Seine Nase wusste mit Sicherheit, dass der menschliche Geruch, den er an der Kleidung des Toten gefunden hatte, von dort stammte. Was keinen Sinn machte, war, dass sein Mensch ohne ihn ging.

Rex' Nase wurde gebraucht und je mehr er über den erbärmlichen Geruchssinn des alten Mannes nachdachte, desto aufgeregter wurde er.

Er erhob sich und beschloss, dass es an der Zeit war, das zu tun, was er für richtig hielt.

"Hey! Was glaubst du, wo du hingehst?" fragte Stacey und zog Rex zurück, bevor er loslegen konnte.

Rex warf ihr einen abschätzigen Blick zu. "Ich bin sicher, du bist ein ganz netter Mensch, aber du bist nicht mein Mensch und er ist derjenige, der mir wichtig ist. Tut mir leid." Mit diesen Worten warf er seinen Körper nach hinten, um seine Beinmuskeln anzuspannen, und sprang vorwärts, in der Überzeugung, dass er genug Kraft hatte, um der Frau die Leine aus den Händen zu reißen.

Das tat er.

Gefolgt von einem Schimpfwort, das ihm nachhallte, rannte Rex die Straße hinunter. Er schlängelte sich zwischen den Ständen und den Menschen, die sich um sie herum drängten, hindurch und bremste erst, als er die offene Tür des Pastyladens erreichte. Dort sah er ins Innere, ging aber nicht hinein.

Rex konnte seinen Menschen am Tresen des Ladens sehen. Er unterhielt sich mit einer Frau auf der anderen Seite und schien nicht in Gefahr zu sein. In der Überzeugung, dass er ein wenig Zeit zum Schnüffeln hatte, ging Rex außen um den Laden herum, schnüffelte, um sich von seiner Nase leiten zu lassen, und benutzte ausnahmsweise seine Augen.

Als er ein Tor fand, das in einen Hof hinter dem Laden führte, stieß er es auf und ging hinein.

Im Laden tat Albert währenddessen was er konnte, um Informationen zu erhalten, ohne dass jemand Verdacht schöpfte.

"Ich war kürzlich in Biggleswade und habe dort den berühmten Clanger gegessen. Haben Sie schon mal einen gegessen?", erkundigte er sich bei der rabenschwarzen Frau hinter dem Tresen.

Raven tat ihr Bestes, um nicht zu seufzen oder zu schimpfen. Hinter dem alten Mann stand niemand in der Schlange, aber das würde nicht lange so bleiben und so oder so hatte sie keine Lust, mit ihm Smalltalk zu halten. Rodney und Terry stritten sich in der Küche über irgendetwas. Sie konnte nicht genug Worte verstehen, um zu wissen, was die beiden so aufgewühlt hatte, aber sie hatte sie mehr als einmal "Cody und Chris" sagen hören.

Mit Blick auf den alten Mann, der als Psycho-Clown verkleidet war, antwortete sie abweisend: "Noch nie etwas von einem Clanger gehört." Mit einem Blick auf die verschiedenen Pasties in der Glasvitrine bot sie an: "Die Steak- und Stiltonpasty ist einer unserer Bestseller, wenn Sie etwas Besonderes suchen. Oder das Hühnercurry-Pasty, das ist auch sehr beliebt."

"Hühnercurry-Pasty?" Albert wiederholte die Worte mit aller Verachtung, die er aufbringen konnte. Wie auch immer es schmecken mochte, es klang wie eine Abscheulichkeit. Das Steak mit Stilton war verlockend und er entschied sich dafür, aber zögerte mit der Bestellung, um ein neues Gespräch beginnen zu können.

"Darf ich fragen, ob in den letzten vierundzwanzig Stunden jemand bei Ihnen war, der Fragen über das Geschäft gestellt hat?"

Raven starrte über die Arbeitsplatte, ihr Gesicht war wie eingefroren, bis auf ihre Augen, die zweimal blinzelten.

Albert fuhr fort und gab die Verstellung zugunsten der Zweckmäßigkeit auf: "Was ich sagen will, ist, dass ich weiß, dass dieses Unternehmen kürzlich eine begehrte Auszeichnung erhalten hat. Ein sehr geheimer Auftrag", er senkte seine Stimme, so dass er fast flüsterte. "Ich fürchte, es gibt Grund zu der Annahme, dass dies die ... unerwünschte Aufmerksamkeit einer dritten Partei auf sich ziehen wird", wählte Albert seine Worte mit Bedacht. Er konnte das Konzept des Gastrodiebs nicht vorstellen, ohne dabei verrückt zu klingen, und heute war er als Chuckles verkleidet, der Clown, der gerne Leute umbringt.

Im Hinterzimmer hinter der Frau, mit der er sprach, herrschte ein Tumult, und Albert war klar, dass sie das ablenkte. Zumindest bis er die Sache mit dem Geheimnis erwähnt hatte. Jetzt waren ihre Augen groß und ihr Mund stand offen.

"Wie ...", begann sie zu fragen, schloss aber den Mund. Mit einem nervösen Lächeln sagte sie: "Einen Moment, bitte", und verschwand durch die Hintertür, während ihre Kollegin den Laden weiterführte.

Unsicher, was er tun sollte, lächelte Albert den Teenager an, die den Laden leiten sollte, entspannte aber seine Gesichtsmuskeln, als er den erschrockenen Gesichtsausdruck des Mädchens sah.

Im hinteren Teil der Pasty-Bäckerei spähte Rex durch eine Plastiktürklappe hinein. Die dicke Plastikfolie war so angebracht, dass sie zur Seite geschoben werden konnte, wenn das Personal zu den Kühl- und Lagerräumen im Freien ging, und genau das hatte Rex getan.

Jetzt, da er mit dem Kopf in der Küche war, wurde seine Nase von den herrlichen Düften von hundert heißen, ofenfrischen Pasties erfüllt. Es war alles ein bisschen zu viel; das fest verankerte Verlangen zu fressen kämpfte gegen seinen Willen zu erforschen an, und keiner gewann. Lange Sabberkerzen hingen von jeder Seite seines Mundes herab.

Mit geschlossenen Augen konzentrierte er sich auf alles, nur nicht auf den himmlischen Duft des Essens.

"Komm schon, Rex, du schaffst das", rief er in seinem Kopf. "Du schaffst das."

In der Küche befanden sich Menschen, die um eine Ecke versteckt waren. Er würde sie sehen können, wenn er noch ein paar Meter weiter hineinging, aber er wollte nicht erwischt werden.

Er wollte aber eine Pasty, ertappte er sich in einem unerwünschten inneren Monolog.

"Nein! Keine Pasty", argumentierte er. "Konzentrier dich auf den Job, Rex."

Als er erneut tief schnüffelte, erschnupperte er den Geruch mehrerer verschiedener Menschen. Einen nach dem anderen verglich er mit dem Duft, den er zuvor auf dem Kleiderstapel vorgefunden hatte. Ähnlich wie eine passende Handschrift stach der Duft einer Frau - eine Kombination aus Parfüm, ihrem natürlichen Körpergeruch und dem Waschmittel, das sie für ihre Wäsche verwendete - wie ein roter Fleck auf einem weißen Laken hervor. Er verwarf ihren Geruch und ging zum nächsten über.

Er war auf der Suche nach einem Mann, das wusste er bereits. Einem bestimmten Mann.

Dieser Mann war in der Pasty-Bäckerei gewesen, aber er war jetzt nicht hier. Das Gleiche galt für den Toten, der natürlich auch nicht mehr hier war. Die Tatsache, dass sowohl das Opfer als auch der Mann, der seinen Geruch auf der Kleidung des Opfers hinterlassen hatte, anscheinend denselben Ort bewohnten, musste etwas bedeuten. Rex war sich nicht sicher, was das sein könnte.

Noch nicht.

Aktuelle Nachrichten

In der Küche wurde die Diskussion immer hitziger.

"Was soll das heißen, Chris ist tot?" Raven packte Rodney an seinem Kragen.

"Das hat mir Stacey gesagt", murmelte Rodney. Er war wirklich kein Fan von Konfrontationen und hatte keine Ahnung, was er tun sollte, als Raven ihn an der Kleidung hielt. Sollte er sie wegstoßen? Was, wenn er versehentlich eine Handvoll Brüste erwischte? Sie war Codys Freundin und Rodney hatte nicht vor, sich mit ihm anzulegen, egal was passierte.

"Stacey?", antwortete Raven. "Deine idiotische Schwester?"

Rodney versuchte sie zu verteidigen: "Nun, ich bin mir nicht sicher, ob ich sie als ..."

"Halt die Klappe!", schnauzte Raven. "Halt einfach deine Klappe. Chris ist nicht tot. Er kann es nicht sein."

Terry versuchte, die Gemüter zu beruhigen, indem er ruhig fragte: "Warum ist er dann heute Morgen nicht zur Arbeit erschienen? Warum geht er nicht an sein Telefon?" Das waren gute Fragen und jeder hatte sich das Gleiche gefragt. Außerdem wussten sie alle, dass Chris nicht mit Codys Plan einverstanden gewesen war und dass Cody jähzornig war.

Terrys leise gestellte Frage kühlte die Temperatur um ein paar Grad ab und nahm etwas Dampf aus Ravens Wut. Fast hätte sie Rodney losgelassen, entschied sich aber in letzter Sekunde für ein schnelles Knie zwischen seinen Beinen, weil sie wusste, dass er nichts dagegen tun würde.

Als er auf dem Küchenboden zusammensackte, erinnerte sie sich daran, warum sie überhaupt in die Küche gekommen war.

"Draußen steht ein alter Mann, der als Psycho-Clown verkleidet ist und nach dem königlichen Verlobungsvertrag fragt."

"Was!" Terry zuckte vor Schreck zusammen. "Keiner weiß davon! Wer ist er?"

"Woher zum Teufel soll ich das wissen?" knurrte Raven in Terrys Gesicht.

Rex konnte den Streit in seinem Inneren hören, aber er fand, dass die Worte zu schnell kamen, als dass er sie hätte verstehen können. Das störte ihn nicht, denn Menschen logen mindestens die Hälfte der Zeit. Ihre Worte konnten irreführend sein. "Wir machen nur einen schönen Spaziergang" war schon einmal zu oft ein Code für einen Tierarztbesuch gewesen, aber ihr Geruch log nie.

Der Duft war die Wahrheit.

Rex schlich weiter in die Küche und schob sich an dem Plastikvorhang vorbei. Am Ende des kurzen Korridors, der von der Hintertür abzweigte, hielt er inne und spähte um die Ecke - es gab zu viele Gerüche auf zu engem Raum, als dass seine Nase bei seiner derzeitigen Reichweite effektiv sein konnte.

Es waren drei Menschen in Sicht; ein Schnüffeln bestätigte, dass sie die einzigen drei in der Küche waren. Die Gerüche der beiden Männer und der Frau vermischten sich völig, was für Rex bedeutete, dass sie sich entweder paarten oder kämpften. Anhand der lauten Stimmen wusste er bereits, dass es sich um Letzteres handelte, aber der Geruch von Blut, den er an ihnen vermutet hatte, war nicht vorhanden.

Wenn einer von ihnen für die Leiche am Strand verantwortlich war, hatte er gute Arbeit geleistet, um den Geruch zu beseitigen.

Ein Geräusch hinter Rex ließ ihn aufschrecken: Da kam jemand! Die drei Menschen in der Küche stritten sich immer noch, ihre Aufmerksamkeit war auf den jeweils anderen gerichtet. Da sein Fluchtweg abgeschnitten war, tat Rex das Einzige, was er konnte.

Außerhalb der Küche im Pastyladen wartete Albert auf die Rückkehr von Raven. Er kannte ihren Namen, denn der Teenager, die den Laden hütete und sich um die Kunden kümmerte, hatte ihm versichert, dass "Raven jeden Moment zurückkommen" würde. Sie bediente jetzt andere Kunden und jede neue Person, die den Laden betrat, warf einen seltsamen Blick auf den furchterregenden Clown und machte einen großen Bogen um ihn.

Als er durch den Spalt, der in die Küche führte, nach einem Anzeichen für Ravens Rückkehr Ausschau hielt und hoffte, dass sie den Besitzer mitbrachte, glaubte Albert für einen kurzen Moment, einen Hundeschwanz in der Ferne vorbeihuschen zu sehen.

Stirnrunzelnd warf er einen Blick zurück auf die Straße, um zu sehen, ob er Stacey und Rex entdecken konnte. Zu seiner Überraschung und begleitet von einem Herzklopfen, sah er die Polizei. Stacey war nirgends zu sehen.

Stacey versteckte sich, ohne dass Albert es wusste, auf der anderen Seite des Ladens. In einer Nische in der Castle Street kaute sie an ihren Fingernägeln und überlegte, was sie tun sollte. Als der dumme Hund ihr die Leine aus der Hand gerissen hatte, hatte sie die Verfolgung aufgenommen. Nicht, dass sie geglaubt hätte, mit Rex mithalten zu können - es war eine instinktive Reaktion.

Wäre Rex nicht die nächste Straße nach rechts abgebogen und wäre sie ihm nicht so schnell gefolgt, wie sie konnte, hätte sie nicht gesehen, wie er sich in den Hinterhof von Terry's Pasty Shop schlich.

Stacey folgte ihm auch dorthin, aber der Hund war nicht mehr in Sicht, als sie durch das Tor kam, und sie war nicht bereit, in die Küche zu gehen. Nicht, wenn sie dabei Terry begegnen könnte.

Stattdessen zog sie sich aus dem Hof zurück und ging über die schmale Straße an einen Ort, an dem sie das Tor beobachten und bereit sein konnte, wenn die Leute drinnen Rex hinausjagten. Das war es, was sie glaubte, was passieren würde, und sie sah mit Schrecken, dass Cody ankam.

Sie kannte Cody nur vom Hörensagen. Er war ein Schläger. Ein Tyrann. Jemand, den man meiden sollte. Entsetzt beobachtete Stacey, wie er dem Weg von Rex folgte.

"Was ist los?" fragte Cody in leichtem, neugierigem Ton, als er die Küche betrat. Er hatte sich auf dem Weg dorthin seine Schürze geschnappt und band sie sich bereits um die Taille, während er sich auf den Weg zum Waschbecken machte, um sich die Hände zu waschen.

Rodney lehnte an der Wand und hielt sich die Seiten und die Spannung in der Luft war so groß, dass man sie mit einem Messer schneiden konnte.

Terry antwortete, bevor Raven es tun konnte. "Rodneys Schwester sagt, Chris' Leiche wurde heute Morgen am Strand gefunden." Es war keine direkte Anschuldigung, aber es kam ihr sehr nahe. Von allen Mitgliedern ihrer Gruppe war Terry derjenige, der sich von Cody am wenigsten einschüchtern ließ. Er war sich nicht sicher, was er von der Nachricht halten sollte, aber wenn sie sich als wahr herausstellte, hätte Terry keine Schwierigkeiten zu glauben, dass Cody dahinter steckte.

Cody erstarrte, sein Gesichtsausdruck war von purem Unglauben geprägt, als er sich der Gruppe zuwandte.

"Nein!", keuchte er. "Nein, das kann er nicht sein."

"Terry glaubt, dass du es warst", bemerkte Raven und bohrte ihre Augen in Terrys Kopf.

Der knurrte sie an: "Ich habe nie etwas dergleichen gesagt."

Cody stützte sich mit einem Arm ab und sackte in sich zusammen, weil seine Knie sein Gewicht nicht mehr tragen konnten. Raven rannte ihm zu Hilfe, bevor er in Ohnmacht fiel.

"Oh, Gott", stöhnte Cody. Er brauchte ein paar Augenblicke, um sich zu erholen, und als er aus seiner gebeugten Haltung aufblickte, fragte er: "War es ein Unfall? Wissen wir, was passiert ist? Was hat er am Strand gemacht?"

Raven starrte Rodney an. "Und?"

Von drei Augenpaaren angestarrt, platzte Rodney heraus: "Ich weiß es nicht. Stacey sagte nur, dass Chris heute Morgen tot am Strand gefunden wurde."

"Das war's?" forderte Cody heraus und richtete sich zu seiner vollen Größe auf. "Das ist alles, was sie zu sagen hatte? Woher wusste sie davon, wenn es sonst niemand hier weiß?"

Rodneys Augen weiteten sich, als er sich an etwas anderes erinnerte: "Sie sagte, die Leiche sei von einem alten Mann gefunden worden. Daher wusste sie es."

"Alter Mann?", fragte Raven und dachte an den Grund, warum sie die Küche betreten hatte. "Da ist ein alter Mann im Laden, der weiß, dass wir die königliche Familie beliefern."

"Was?" Cody packte ihren rechten Bizeps so fest, dass sie sich vor Schmerz krümmte.

"Cody, du tust mir weh."

"Wie kann ein alter Mann über den königlichen Auftrag Bescheid wissen? Hm? Woher? Niemand außer uns vieren weiß es."

Alle bemerkten, dass er vier sagte, womit er die Zahl von fünf bereits reduziert hatte, ohne den Tod von Chris zu erwähnen.

Raven, die immer noch darum kämpfte, sich zu befreien, zischte: "Ich weiß es nicht, Cody. Ich habe keine Ahnung, wer er ist."

Cody grinste ihr ins Gesicht und zeigte seine Zähne, während er seinen Blick auf die anderen Verschwörer richtete. "Na, den sollten wir uns alle mal genau ansehen, nicht wahr?"

Rodney war so dumm, zu fragen: "Warum?"

Cody ließ seinen Griff um Ravens Arm los, um Rodney in den Nacken greifen zu können. Er nutzte den Griff, um Rodney durch die Küche zu führen und spähte durch den Spalt, um die Kunden im Laden zu sehen.

"Weil wir ihn umbringen werden. Das ist der Grund."

Das Paradoxon

Albert verspürte einen kurzen Anflug von Panik, als er Sergeant Andrews auf sich zukommen sah. Sie war nicht mehr in Begleitung des kaum volljährigen Constable mit den roten Wangen, sondern hatte Constable Thorpe bei sich. Es stand außer Frage, dass sie in seine Richtung ging; sie schaute bereits durch die Fenster des Pastyladens, als sie an ihm vorbeiging.

Zwei Polizeibeamte, die ihn unter zwei verschiedenen Namen kannten. Albert fluchte im Geheimen über seine Dummheit. Er holte langsam Luft und blickte auf das Pasty-Display in der Vitrine hinunter.

Das Stimmengewirr im Hinterzimmer wurde immer lauter. Es wurde gestritten, das stand fest, obwohl Albert nur erahnen konnte, worum es gehen könnte. Es hatte nichts mit seiner geflüsterten Enthüllung zu tun, denn der Streit war bereits entbrannt, bevor er den Laden betreten hatte.

Wie auch immer, er musste jetzt gehen.

Er lenkte die Aufmerksamkeit des Teenagers auf sich, auf deren Namensschild er nun "Pamela" erkennen konnte, und sagte: "Ich nehme eine der Steak- und Stiltonpasties, bitte."

Er tat dies, kurz bevor Sergeant Andrews um die Ecke bog und den Laden betrat.

"Ach?", antwortete Pam. "Wollen Sie jetzt nicht auf Raven warten?"

Ihre Frage erforderte eine Antwort, aber er wollte nicht mehr sprechen, weil er befürchtete, Sergeant Andrews könnte seine Stimme oder seinen Akzent erkennen.

Als er seinen Blick zur Küche schweifen ließ, konnte Albert Gesichter sehen, die durch den Spalt spähten. Der Streit war verstummt und die Küchenmitarbeiter starrten ihn alle an.

Natürlich hatte er ihre Aufmerksamkeit erregt und das war auch gut so, aber jetzt war nicht der richtige Zeitpunkt, um seinen Vorteil auszuspielen. Das würde ihn mit Sicherheit der Polizei ausliefern.

Albert, der einen irischen Akzent vortäuschte, was ihm nicht gelang, sagte: "Ja, die Steak- und Stiltonpastete, gerne."

Zum Glück war es Pamela egal, dass der alte Mann mit dem furchterregenden Clown-Make-up jetzt etwas Seltsames mit seiner Stimme machte. Sie ergriff eine Pasty mit einer Edelstahlzange, ließ sie in eine Papiertüte fallen, die sofort Fettflecken aufwies, und kassierte den Betrag.

Albert übergab einen Fünf-Pfund-Schein und drehte eine Pirouette vor der Polizei, damit diese sein Gesicht nicht sahen.

Sergeant Andrews löste Albert am Tresen ab und sprach bereits mit dem Mädchen dahinter, als er die Tür erreichte. Albert hielt inne, einen Fuß auf der Stufe, und hörte zu, um sich zu vergewissern, dass sie da war, um offiziell die Nachricht über Chris Masons Tod zu überbringen und nicht nur dessen Bewegungen festzustellen, sondern auch die der Personen, die dem Opfer am nächsten waren.

Das bedeutete mit Sicherheit, dass Albert in nächster Zeit nicht mit den Angestellten der Pasty-Bäckerei sprechen konnte. Er würde später wiederkommen müssen und hoffte, dass er Stacey dazu bewegen konnte, ihm dabei zu helfen.

In einiger Entfernung von Terrys Laden und der Polizei sah Albert sich um, probierte einen Bissen Pasty und fragte sich, wo Stacey und Rex jetzt wohl waren.

Genau in diesem Moment lugte Stacey durch den Plastikvorhang im hinteren Teil des Pastyladens. Ihr Herz schlug so schnell und heftig, dass sie dachte, es könnte explodieren, und sie war kurz davor, ihren Plan, den Hund zu retten, aufzugeben, als sie seinen Kopf auftauchen sah.

"Rex!", zischte sie, wobei sie den Wunsch, nicht gehört zu werden, mit dem dringenden Bedürfnis verband, die Aufmerksamkeit des Hundes auf sich zu ziehen.

Rex hörte seinen Namen und blickte zu der Frau, mit der ihn sein Mensch zurückgelassen hatte. Sie machte winkende Bewegungen und flehte ihn an, zu ihr zu kommen. Sollte er gehen? Oder seine Nachforschungen fortsetzen? Während Stacey Grimassen schnitt und bettelte, gab sich Rex einen Moment Zeit zum Nachdenken.

Es waren jetzt vier Menschen in der Küche und derjenige, der gerade angekommen war, war derselbe Mann, der seinen Geruch auf der Kleidung des Mordopfers hinterlassen hatte. Das bedeutete nicht, dass er der Mörder war, und Rex konnte keine Spur von Blut in der Luft entdecken, als der Mann vorbeiging. Er brauchte Zeit, um zu überlegen, was er wusste, und auch, um sich mit seinem Menschen in Verbindung zu setzen. Rex hatte gerade gesehen, dass dieser den Laden durch die Vordertür verlassen hatte.

Rex akzeptierte die Situation als das, was sie war, und ging einen Schritt nach links, um sich von Stacey zu entfernen, die seinen Namen zischte und die Dringlichkeit ihrer Bewegungen erhöhte. Ohne seinen Blick von den vier Menschen abzuwenden - Rex konnte ihre Hinterköpfe sehen, während sie sich mit jemandem unterhielten, der nicht im Laden zu sehen war - hob er den Kopf, biss in die nächstgelegene Pasty und trabte fröhlich in Richtung Stacey und Ausgang.

Stacey hatte einige Schimpfwörter mit Rex auszutauschen, packte ihn an der Leine und hielt ihn diesmal fest im Griff. Ihr Plan war, ihn durch den Hof und auf die Straße zu ziehen, aber Rex brauchte keine Ermutigung.

Die Pasty war zu heiß, als dass Rex sie hätte im Maul halten können, so dass er vorsichtig nur seine Zähne benutzte. Es war nicht einfach, seine Zunge und Wangen von dem heißen Gebäck fernzuhalten, was seinem Gesicht einen verrückten Ausdruck verlieh. Das wiederum half ihm, sich einen Weg durch die Menge zu bahnen, denn wer ihn kommen sah, wich zur Seite aus.

Rex entdeckte Albert als erster, sein Schwanz wedelte fröhlich, und er beschleunigte sein Tempo, um die letzten Meter zurückzulegen.

Albert hatte seine Pasty schon halb aufgegessen und konnte sich ein Lachen nicht verkneifen, als er sah, dass Rex auch eine hatte.

"Er ist dir entwischt, was?" fragte Albert und schluckte einen Biss der zu heißen Fleischfüllung hinunter.

Stacey sah den alten Mann im Clownskostüm stirnrunzelnd an.

"Sie hätten erwähnen können, dass er so etwas versuchen könnte."

"In der Pasty-Bäckerei ist etwas im Gange", bemerkte Albert, um das Gespräch in eine andere Richtung zu lenken.

Zu Staceys and Alberts Füßen ließ Rex seine Pasty auf den Boden fallen, wo sie aufbrach, und beugte sich zu ihr nach unten, wobei er sie mit seiner Nase anstupste, um die Stücke zu verteilen. Die Pflastersteine waren kalt und würden dazu beitragen, die Füllung auf Essenstemperatur abzukühlen. Nicht, dass er bereit war zu warten. Eine verbrannte Zunge war eine würdige Kriegsnarbe im Kampf gegen den Hunger.

Nicht dass Rex wirklich wusste, was Hunger war. Wie die meisten Hunde fraß er aus der Defensive heraus. Wenn es etwas zu essen gab und er nicht so satt war, dass er sich unwohl fühlte, fraß er es, denn man wusste nie, wie lange es bis zur nächsten Mahlzeit dauern würde.

Während die Menschen sich unterhielten, machte er kurzen Prozess mit der Fleisch-Kartoffel-Teig-Mischung.

Stacey und Albert hatten sich darüber gestritten, was sie als nächstes tun sollen. Albert konnte nicht zur Polizei gehen: Stacey verstand das, konnte aber nicht verstehen, warum Albert nicht wollte, dass sie sich an seiner Stelle an die Polizei wandte, wenn sie versprach, seinen Namen aus der Sache herauszuhalten.

"Sie werden damit wahrscheinlich die beste Chance ruinieren, die ich habe, meinen Namen reinzuwaschen. Wenn ich Recht habe und alles darauf hindeutet, dass Terry's Pasty Shop das nächste Ziel des Gastrodiebs ist, dann ..."

"Moment mal. Der was? Haben Sie gerade 'Gastrodieb' gesagt?"

Albert seufzte sowohl körperlich als auch geistig. Als er den Namen erfunden hatte, hatte er nicht vorgehabt, ihn jemals mit jemand anderem zu teilen. Damals wollte er eine geistige Referenz für das, was er sah, und Gastrodieb passte gut, weil die Verbrechen alle mit Lebensmitteln oder der Lebensmittelindustrie zu tun hatten.

Erst im Nachhinein, als er den Namen dummerweise im Gespräch mit seinem Sohn Gary verwendet hatte, wurde ihm die Absurdität dieses Namens bewusst.

"Ja", gab Albert zu. "Ich musste die Person, die hinter den Verbrechen steckt, irgendwie nennen. Es ist kein toller Name, aber ich habe ihn gewählt. Es geht um Folgendes: Jemand da draußen hat eine Reihe von Verbrechen im Zusammenhang mit Lebensmitteln inszeniert. Wein, Käse ... spezielle Lebensmittel sind verschwunden, zusammen mit der Ausrüstung und den Rohzutaten, die man braucht, um mehr davon herzustellen, und den Leuten, die wissen, wie man es macht. Diese Person ist mein dummerweise so genannter Gastrodieb. Ich möchte nicht den Begriff 'Meisterverbrecher' verwenden", Albert zeichnete mit den Fingern Anführungszeichen in die Luft, "aber wer auch immer es ist, hat Leute, die für ihn arbeiten. Sie machen die Drecksarbeit und ich bin schon mehr als einem Paar dieser 'Agenten' begegnet." Noch mehr Anführungszeichen. "Sie observieren einen Ort, lernen die Routine kennen und nehmen sich dann, was sie brauchen. Sie geben sich als normale Leute aus, finden eine Person, die in der Firma arbeitet, und stellen ihr Fragen. Ich glaube, diese Person war Chris Mason."

Stacey tat ihr Bestes, um Alberts Logik zu folgen.

"Sie glauben, dass die Pasty-Bäckerei von einem Meisterverbrecher ins Visier genommen wird, der ... was? Die Leute, die dort arbeiten, entführen und die Öfen stehlen will?"

Albert verschränkte mit einem übertriebenen Achselzucken die Arme vor sich.

"So ähnlich. Ich habe genau dasselbe Muster vor einer Woche in Kent gesehen." Oder waren es zwei, fragte er sich in seinem Kopf. Die Tage schienen zu einem einzigen zu verschmelzen. "Wenn Chris Verdacht geschöpft hätte, hätten sie ihn umgebracht. Die Leiche so liegen zu lassen, dass man sie findet, ist ein bisschen ungeschickt, aber ich schätze, sie wollten es wie einen Unfall aussehen lassen."

"Woher wissen Sie, dass es keiner war?"

"Weil Chris Mason nicht schwimmen kann und in einer winzigen Badehose am Strand war, obwohl es um diese Zeit nur ein paar Grad über dem Gefrierpunkt war. Er wurde ermordet", schlussfolgerte Albert.

Für Stacey war es eine Informationsüberflutung. Ihr Verstand wurde mit verrückten neuen Konzepten überschwemmt, die sie zerlegen und verwerfen musste.
"Moment mal", fand sie zum Anfang des Gesprächs zurück, "Sie haben zu Beginn gesagt, dass in dem Laden etwas vor sich geht. In Wirklichkeit habe ich Ihnen gesagt, dass dort etwas vor sich geht. Mein Bruder macht ein Geheimnis daraus und das kann doch nichts mit diesem Gastrodieb zu tun haben, oder?" Obwohl sie ihn darauf hinwies, fügte sie dann, ihre eigene Logik in Frage stellend, hinzu: "Oder doch?"

Unter ihnen hob sich Rex' Kopf gerade vom Boden. Die Pasty war weg, aber winzige Spuren von deren Geschmack klebten an den Pflastersteinen, die von seiner rauen Zunge verdammt gut abgeleckt wurden. Er hielt jedoch augenblicklich inne, als ihm ein vertrauter Geruch in die Nase stieg.

Albert hörte Rex' leises Knurren, das gleiche, das er heute Morgen vor ihrer Frühstückspension von sich gegeben hatte, aber er sah nicht nach unten. Er konnte es nicht.

Gefährliche Gewässer

Wie angewurzelt stand Albert da und wollte seine Füße bewegen, aber sie standen fest. Er wollte, dass sein Mund funktionierte, aber sein Gehirn hatte seine Maschine heruntergefahren und weigerte sich zu rattern.

Aus Sorge, der alte Mann könnte einen Schlaganfall erleiden, fragte Stacey: "Geht es Ihnen gut?" Albert war ganz still geworden und sein Gesichtsausdruck hatte sich in den letzten halben Dutzend Sekunden überhaupt nicht verändert.

Rex kam auf die Beine. Seine Lippen waren nach hinten gezogen, so dass man seine Zähne sehen konnte, und seine Nackenhaare hatten sich aufgerichtet und bildeten einen stolzen Fellkamm entlang seines Rückgrats. Er konnte die Frau, von der er wusste, dass sie irgendwo in der Nähe war, nicht sehen, aber Albert schon.

Die Entdeckung von Tanya hätte eine Erleichterung sein müssen - es bedeutete, dass er Recht hatte. Er hatte Recht damit, dass der Gastrodieb Leute nach Looe geschickt hatte. Recht mit dem Timing. Er hatte mit allem Recht. Sie waren nicht nur jetzt hier, sondern er hatte sie auch gefunden.

Seine rechte Hand zuckte; er wollte sein Handy herausnehmen und die Polizei anrufen.

Tanya hatte ihn nicht entdeckt, aber als er sie hinter seiner Verkleidung beobachtete, konnte er sehen, dass sie nach jemandem Ausschau hielt, selbst als sein Herz wieder seinen normalen Rhythmus fand. Tanyas Verhalten hob sich von den Menschen um sie herum ab. Während diese in Schaufenster guckten und fast ausschließlich in Paaren oder kleinen Gruppen stöberten, war sie allein und ihr Blick schweifte über die Menschen um sie herum, nicht über die angebotenen Waren.

Rex ging einen Schritt vorwärts. Tanyas Duft wurde von der Brise getragen, die vom Kai am Fischmarkt herüberwehte. Und er wurde immer stärker.

Rex' Bewegung unterbrach Alberts Träumerei, als Stacey eine Hand hob, um mit den Fingern in seinem Gesicht zu schnippen.

"Ich habe gerade einen der Agenten des Gastrodiebs gesehen", murmelte er und wandte seinen Blick nicht von Tanya ab.

"Oh, wo?"

Überrascht fragte sich Albert, wo Tanyas Partner war. Er war bereits davon überzeugt, dass Baldwin bei ihrer letzten Begegnung zu schwer verletzt worden war, um jetzt hier zu sein, aber das bedeutete nicht, dass Tanya nicht mit jemand Neuem zusammenarbeitete.

Albert hatte keine Ahnung, wie das funktionierte, aber in dem Moment, als ihr Blick in seine Richtung schweifte, wandte er den Kopf ab. Er wollte nicht riskieren, ihr in die Augen zu sehen, was passieren könnte, wenn sie merkte, dass er sie direkt ansah, aber er hoffte auch, dass er eine zweite Person entdecken würde, die sich genauso verhielt wie Tanya - ihren Partner.

"Albert", zischte Stacey ihn an. "Von wem reden Sie?"

Albert zischte zurück und flehte: "Nennen Sie nicht meinen Namen. Sie kennt ihn."

Rex zerrte an seiner Leine, seine Vorderpfoten hoben vom Boden ab, als er versuchte, die Frau abzufangen, die er als Bedrohung ansah.

"Das ist sie!", jammerte er und machte sich bereit zu bellen. "Das ist die Frau, die auf mich geschossen hat!" Er war immer noch wütend darüber, dass man ihn mit einem Taser markiert hatte.

In der Gewissheit, dass Rex ihn genauso sicher verraten würde, wie wenn er sein Aussehen nicht verändert hätte, legte Albert eine Hand auf die Schnauze des Hundes und lockte ihn zurück an die Seite eines Standes, an dem aus Gabeln gefertigter Müllschmuck verkauft wurde. Tanya kam einen Moment später an der Stelle vorbei, an der sie gestanden hatten, ohne zu bemerken, dass sie weniger als einen Meter von ihrem Ziel entfernt war.

Erleichtert atmete er einen Atemzug aus, den er fast eine ganze Minute lang angehalten hatte, und sackte kurz zusammen, bevor er sich wieder aufrichtete.

"Das ist Tanya. Ich kenne ihren Nachnamen nicht, aber sie ist eine Auftragskillerin und so gefährlich wie nur möglich."

Staceys Augenbrauen formten ein tiefes 'V'. "Wirklich? Sie sieht nicht nach viel aus. Sie kann nicht mehr als 45 kg wiegen." Stacey dachte eigentlich, dass sie Tanya in den Hintern treten könnte, fand aber, dass es kindisch klang, das zu sagen.

Albert begann zu laufen und folgte Tanya, die nun ein paar Meter Vorsprung hatte.

Aus dem Mundwinkel heraus sagte er: "Ich muss wissen, wo sie hingeht."

Stacey ergriff Alberts Arm und hielt ihn auf. "Sie haben gesagt, Sie würden mir mit meinem Bruder helfen. Was ist mit dem Pastyladen und was auch immer er damit zu tun hat?"

Albert begegnete ihrem verärgerten Blick mit freundlichen Augen und nahm sanft ihre Hand von seinem Arm.

"Wenn ich da jetzt reingehe, werde ich verhaftet und nütze Ihnen überhaupt nichts mehr. Ich werde gerne später mit Ihrem Bruder sprechen und mein Bestes tun, um herauszufinden, ob es etwas herauszufinden gibt." Er nickte mit dem Kopf die Straße hinunter in Tanyas Richtung und sagte: "Die Hinweise deuten auf die Beteiligung des Gastrodiebs hin. Ich muss Tanya folgen. Wenn ich herausfinde, mit wem sie zusammenarbeitet und wo sie sich aufhalten, kann ich sie auf frischer Tat ertappen, den ganzen Fall auffliegen lassen und sie daran hindern, ihren Plan für den Pastyladen, in dem Ihr Bruder arbeitet, in die Tat umzusetzen. Sie können mir helfen."

Stacey konnte nicht herausfinden, ob der alte Mann sich die ganze Sache nur ausgedacht hatte oder vielleicht der einzige Mensch auf der Welt war, der wirklich wusste, was vor sich ging.

Widerwillig nickte sie jedoch und ging mit ihm.

Rex ging voran. Seine Nase garantierte, dass sie ihre Beute nicht verlieren würden und die Wahrscheinlichkeit, entdeckt zu werden, auf ein Minimum reduzieren konnten, während sie gleichzeitig Abstand hielten.

Doch während das alberne Clownskostüm, die Perücke und das Make-up seine Identität vor Tanya hervorragend verbargen, lag er hundertprozentig falsch damit, nicht entdeckt zu werden. Oh ja, Tanya würde ihn nicht sehen, aber nachdem Cody sich aus dem hinteren Teil des Pastyladens geschlichen hatte, während die Polizei mit den anderen sprach, hatte dieser keinerlei Probleme, die von Raven beschriebene Person zu finden.

Die Tatsache, dass der alte Mann bei Stacey war, ließ eine Welle der Wut über Codys Gesicht laufen. Der alte Mann wusste über den königlichen Verlobungsauftrag Bescheid und es brauchte nicht den

Verstand eines Erzbischofs um herauszufinden, dass er diese lebenswichtige Information von Rodneys Schwester erhalten hatte.

Cody knackte mit den Fingerknöcheln und hielt Abstand. Er wollte herausfinden, wer der alte Mann war, wo er wohnte, und ihm dann mitten in der Nacht einen kleinen Besuch abstatten.

Zwischenmahlzeit

Viele Meilen von Cornwall entfernt, aber auch nicht so weit, wenn man es global betrachtet, tupfte sich Earl Hubert Bacon mit einer Seidenserviette das Gesicht ab. Ein paar Krümel purzelten von einem seiner Kinns und landeten auf seinem Hemd, wo sein dicker Bauch den Stoff nach außen drückte.

Mit einer pummeligen Hand griff er nach rechts und nahm seinen Handstaubsauger in die Hand, um den Abfall seiner Zwischenmahlzeit zu entfernen.

Die Cornish Pasty, eine Wahl, die dadurch inspiriert wurde, dass er kürzlich erfahren hatte, dass sein entfernter Verwandter, Prinz Marcus, eine Bürgerliche heiraten würde, die die Leckereien für ihre Verlobungsfeier ausgewählt hatte, überbrückte die Lücke zwischen dem zweiten Frühstück und dem Mittagessen.

Er hatte schon immer vorgehabt, einen Cornish Pasty-Hersteller zu "retten" und änderte seine ursprüngliche Wahl, eine preisgekrönte Familie in Falmouth, erst, als er die Neuigkeiten über Marcus und sein Mädchen aus der Bürgerschicht hörte. Sie war anscheinend Anwältin oder so etwas.

Die Einladung zu ihrer Verlobungsfeier war vor weniger als drei Tagen angekommen - die ganze Sache war sehr geheim, als ob sie glaubten, sie könnten es vor der Presse verborgen halten. Nun, die Presse würde es nicht von Hubert Bacon erfahren, so viel war sicher.

Kelly und Liam waren in Cornwall, um ihm die Leute zu besorgen, die in Terry's Pasty Shop im Zentrum von Looe arbeiteten. Ein Lächeln zeichnete sich auf dem Gesicht des Earls ab, als er daran dachte, wie sein Plan Norma Morleys Pläne durchkreuzen würde.

"Ideen, die über ihren Stand hinausgehen", bemerkte er zu sich selbst.

Einer der Köche des Hauses räumte den Teller des Earls ab und wischte ein paar übrig gebliebene Krümel vom Tisch. Der Koch, der nicht gerne verweilte, zog sich eilig zurück, als der Earl, der seine überschüssigen Gase nach Bedarf ausstieß, schamlos einen fahren ließ.

Die Pastymacher würden sich seiner fröhlichen Schar von Arbeitern anschließen und den Holocaust überleben, vor dem sie im unterirdischen Bunker des Earls in Sicherheit waren. Im Gegenzug für ihre Sicherheit und ihr langes Leben würde er Cornish Pasties bekommen, wann immer er sie wollte. Es war nicht einmal annähernd ein fairer Tausch, aber das machte ihm nichts aus.

Seine Agenten würden den Laden niederbrennen und dafür sorgen, dass niemand mehr in den Genuss der Köstlichkeiten kam, die er für seine Speisekammer ausgewählt hatte. Für ihn war es ein unschätzbarer Vorteil, dass er der Einzige auf der Welt war, der die besonderen Spezialitäten, zu denen er Zugang hatte, essen konnte. Er wünschte, er hätte schon früher mit der Zerstörung der Fabrikationsgebäude begonnen.

Mit nichts als glücklichen Gedanken im Kopf begann Earl Bacon, über sein Mittagessen nachzusinnen.

Wer verfolgt wen?

Wie Albert erwartet hatte, war es einfach, Tanya zu folgen. Sie schaute mehrmals nach hinten, aber wenn ihr etwas an dem Clown, der ihr folgte, verdächtig vorkam, verbarg sie es auf beeindruckende Weise. Albert wusste, dass er auffallen würde, aber es waren so viele Leute auf der Straße, die alle in die eine oder andere Richtung gingen, dass er glaubte, es würde nichts ausmachen. In gewisser Weise war er auffallend unsichtbar.

Albert wandte einen alten Trick an und ließ Stacey zwei Zuckerwatte am Stiel kaufen. Die klebrige, rosafarbene Leckerei war allerdings nicht zum Essen gedacht, sondern sollte ihre Gesichter verdecken. So konnten sie sich unterhalten und aus der Ferne sah es so aus, als ob sie essen würden.

Tanya steckte ihren Kopf in die Läden, schaute hinein, ging aber selten über die Schwelle hinaus.

"Was sucht sie?" fragte Stacey, kurz nachdem sie die Verfolgung der zierlichen Berufsverbrecherin aufgenommen hatten.

Albert ließ ein schiefes Lächeln über seine Augen huschen.

"Mich."

Es war eine einfache Aussage, die alles zusammenfasste, was sein Leben auf seiner Reise durch das Vereinigte Königreich ausgemacht hatte. Nicht zum ersten Mal fragte sich Albert, was er heute tun würde, wenn er sich aus den Geheimnissen, über die er gestolpert war, einfach herausgehalten hätte.

"Sie?"

"Ja, mich. Ich musste mich nicht nur verkleiden, um die Polizei von mir fernzuhalten. Das erinnert mich daran, dass ich aus meiner Pension ausziehen muss. Die Polizei wird mich dort suchen - sie werden eine Aussage darüber aufnehmen wollen, wie ich die Leiche von Chris Mason gefunden habe. Ich habe ihnen einen falschen Namen angegeben."

Stacey hätte fast gefragt, warum er das getan hatte.

Tanya führte sie den ganzen Weg entlang der Fore Street, bis diese in die Buller Street überging. Dort bog sie links in die Higher Market Street ein, die ebenfalls mit Ständen in der Mitte der Straße und Geschäften auf beiden Seiten übersät war.

Albert betete inständig, dass sie sie zu ihrer Unterkunft führen würde, damit er wusste, wo er sie später beobachten konnte, oder dass sie sich mit ihrem Vorgesetzten treffen würde - der Person, die ihr die Befehle gab. Es musste jemanden geben und für ihn war es ein reizvolles Vorhaben, sich einen Rang nach oben zu krallen, während er versuchte, das Imperium des Gastrodiebs zu stürzen.

Eine von Alberts größten Befürchtungen war, dass er Tanya auf frischer Tat ertappen und ihr die Behörden auf den Hals hetzen könnte, nur um dann festzustellen, dass sie zu wenig wusste, um von Nutzen zu sein. Was wäre, wenn der Gastrodieb sie über einen Handlanger verwaltete, wie Albert vermutete, und zwar so, dass sie keine brauchbaren Informationen preisgeben konnte, falls sie jemals gefasst werden würde?

Das war genug, um ihn nachts wach zu halten.

Doch jetzt, wo er ihr auf den Fersen war, schöpfte er Hoffnung. Das war besser, als er es sich je hätte träumen lassen. Er musste nur geduldig sein - eine Aufgabe, die viel schwieriger war, als sie sich anhörte - und Tanya würde ihm alles zeigen, was er wissen musste. Mit diesem Wissen bewaffnet, würde er die Polizei rufen und stolz die wahren Bösewichte bei ihren Verbrechen präsentieren.

Wenn er wartete, bis Tanya ihren Angriff startete, bestand die Gefahr, dass er Menschen in Gefahr brachte, aber er hoffte, dass er sie durch Stacey warnen und vorbereiten konnte. Es war ein hinterhältiges Spiel, das räumte er ein, aber er sah keine Alternative.

Wie bald würde es sein? Nun, wenn man ihn um eine Antwort bäte, würde Albert wohl auf heute Abend tippen. Schon heute Abend. Tanya war weder wegen der Seeluft noch wegen des Festes hier, wie man daran sehen konnte, dass sie an jedem Stand in der Stadt vorbeiging, ohne auch nur einmal innezuhalten und etwas zu probieren.

Rex hielt seine Nase in die Luft und blieb dicht bei seinem Menschen. Die Frau, die sie verfolgten, hatte den alten Mann mehr als einmal fast verletzt und Rex' natürlicher Beschützerinstinkt war stärker ausgeprägt als sonst.

Der Mord war etwas, auf das er zurückkommen wollte, wenn die Zeit reichte, aber obwohl sein Hundehirn die Komplexität der Verbrechen, in die Tanya verwickelt war, nicht begreifen konnte, wusste er, dass sie gefährlich war und aufgehalten werden musste.

In dem Moment, in dem sein Mensch ihm sagte, er solle gehen, würde Rex die Frau jagen und sie nicht mehr loslassen, bis die Polizei kam, so wie es ihm beigebracht worden war.

Ohne Vorwarnung streckte Albert eine Hand aus, um Stacey aufzuhalten, während er selbst stehen blieb.

"Warten Sie", beharrte er und sprach in kaum hörbarer Lautstärke, obwohl er von Tanya nicht gehört worden wäre, wenn er nicht geschrien hätte.

"Was ist los?" fragte Stacey und verdeckte ihr Gesicht mit der Zuckerwatte.

Albert nickte mit dem Kopf in Tanyas Richtung, ohne seinen Blick von ihr abzuwenden.

Tanya hatte auf jemanden reagiert, den sie sehen konnte, und ihre Schritte beschleunigten sich. Zumindest glaubte Albert, das zu beobachten. Seine Geduld wurde einen Moment später belohnt, als sie einem Mann auf die Schulter tippte und zu sprechen begann.

Der Mann drehte sich zu Tanya um und antwortete auf das, was sie gesagt hatte.

Ein Grinsen breitete sich auf Alberts Gesicht aus. "Bingo."

Vor ihm quietschte ein kleines Mädchen und klammerte sich an ihre Mutter, was Albert dazu zwang, das Lächeln zu unterlassen.

Stacey wusste immer noch nicht, warum sie angehalten hatten oder was Alberts jubelnden Gesichtsausdruck verursacht haben könnte.

"Sie hat sich gerade mit zwei Leuten getroffen, die sie kennen." Albert drehte sich zur Seite, damit er sie nicht anstarrte. "Sie sind Agenten des Gastrodiebs", verkündete er selbstbewusst.

"Oder sie könnten ein Paar sein, das sie gestern Abend in einer Bar getroffen hat."

Albert schüttelte den Kopf. Sie waren im richtigen Alter, in der richtigen Bevölkerungsgruppe und das neue Paar verhielt sich nicht wie ein … Paar. Selbst diejenigen, die schon seit Jahren verheiratet waren, würden näher beieinander stehen.

Er zückte sein Handy und fragte: "Können Sie mir helfen? Ich muss Fotos von ihnen machen. Wie mache ich das mit dem Heranzoomen?"

Er bot Stacey sein Telefon mit einem entschuldigenden Lächeln an.

"Sie müssen damit aufhören", sagte Stacey stirnrunzelnd, als sie das Telefon nahm. "Ihr Make-up ist nicht zum Lächeln geeignet. Ich werde noch wochenlang Albträume haben. So." Sie reichte das Telefon zurück, nachdem sie ein halbes Dutzend Fotos von den Leuten gemacht hatte, die Albert wollte.

Albert wollte gerade sagen, dass sie sich vielleicht trennen müssten, wenn Tanya und ihre neuen Freunde in verschiedene Richtungen gingen, als sein Blick auf eine andere Person fiel.

"Nun, ich werde ...", murmelte er verärgert.

Der magere Junge, der ihm die Brieftasche gestohlen hatte, lehnte an einer Wand, gleich hinter Tanya und dem Paar, mit dem sie sprach. Er trug genau die gleichen Klamotten wie gestern Abend und Albert hätte ihn mit Leichtigkeit aus einer Reihe herauspicken können.

Der Taschendieb stieß sich mit einem Fuß, der auf dem Mauerwerk auflag, ab und bahnte sich einen winkligen Weg durch die Menge, stieß eine Dame an, die Arm in Arm mit ihrem Ehemann oder Freund ging und entwendete eine Geldbörse aus ihrer offenen Handtasche, während er sich für seine Ungeschicklichkeit entschuldigte.

Albert spuckte Gift und Galle.

Ständig zweifelte Stacey an ihrer Entscheidung, dem alten Mann zu helfen, und stöhnte: "Was jetzt?"

Er wusste, dass er es sich nicht leisten konnte, die Aufmerksamkeit auf sich zu ziehen, aber Albert war zu wütend, um sich zurückzuhalten.

Mit einem sanften Ruck an Rex' Leine, um ihn auf Trab zu bringen, pirschte sich Albert an einen Stand heran, an dem Würste verkauft wurden. Die ausgestellten Waren waren roh, aber der Metzger, der sie verkaufte, war klug genug, einige auf einer Kochplatte zuzubereiten. Der Geruch lockte die Kunden an, die dann die Ware vor dem Kauf probieren konnten.

"Pass auf, Rex", sagte Albert und führte seinen Hund in Richtung des Stands. Er warf einen Blick nach links, um sich zu vergewissern, dass Tanya noch da war. Erleichtert stellte er fest, dass sie sich nicht bewegt hatte. Albert schob sich in Richtung der Kochplatte, nickte dem Standbesitzer zu und nahm einen Cocktailspieß, auf dem ein fertig gegartes Stück Wurst aufgespießt war.

Rex' Augen fixierten es wie das Radarsystem eines Kampfflugzeugs, das ein Ziel erfasst. Seine Pfoten führten einen kleinen Tanz auf und seine Zunge leckte um sein ganzes Maul, als er zu speicheln begann.

War es für ihn?

Albert pustete auf das Stück Fleisch und wandte sich vom Stand ab, um sein Tun zu verbergen. Er beobachtete, wie der Taschendieb unbeirrt von seinem letzten Opfer wegschlenderte. Die Frau hatte inzwischen das Fehlen ihrer Geldbörse bemerkt und war auf der Straße stehen geblieben, um in ihrer Handtasche zu wühlen.

Als ihre Bewegungen immer hektischer wurden, entfernte Albert den Cocktailspieß und warf das Stück saftiges Fleisch.

Rex hätte nicht widerstehen können, ihm nachzujagen, selbst wenn er es versucht hätte.

Das Stückchen schlug einen Bogen, als es träge zur Erde fiel. Rex stürzte sich darauf, während Albert gleichzeitig die Hundeleine mit beiden Händen packte und sich zurücklehnte.

Die Leine spannte sich genau in dem Moment, als der Taschendieb durch die Luftstelle ging, die eine halbe Sekunde zuvor noch leer gewesen war.

Rex spürte, wie etwas an seinem Hals zerrte, aber das einzige, was ihm durch den Kopf ging, war das Stück Wurst. Mit einem Happs war es weg, kaum gekostet, aber dennoch geschätzt.

Als er sich umdrehte, um zu sehen, ob noch mehr da war, fand Rex einen mageren Jungen unter seinem Schwanz auf dem Boden liegen.

"Ich nehme das, danke." Albert schnappte sich den Geldbeutel der Dame aus der dünnen Jacke des Taschendiebs. Er wollte unbedingt dafür sorgen, dass der Junge verhaftet wurde, aber das würde es Tanya und ihren Kollegen ermöglichen, sich ihm zu entziehen und ihn wieder einmal in direkten Kontakt mit der Polizei zu bringen.

Albert packte den Jugendlichen an der Schulter, als dieser zu fliehen versuchte, und knurrte: "Nächstes Mal kommst du in den Knast." Dann schickte er den Taschendieb mit einem Schubs in die Flucht.

"Soll ich ihn jagen?", fragte Rex, der auf den Beinen war und loslegen wollte. "Und beißen?", fügte er hoffnungsvoll hinzu. Ihm war nicht entgangen, dass es derselbe Mensch war, den er letzte Nacht gejagt und verloren hatte, und er fühlte sich ein wenig enttäuscht, dass seine Nase den Geruch des Jungen vorhin nicht entdeckt hatte. "Abgelenkt durch die Wurst", brummte er vor sich hin.

Albert sah zu, verärgert darüber, dass er sich gezwungen sah, den Verbrecher gehen zu lassen.

Ein paar Meter weiter hinten in der Higher Market Street beobachtete Cody das Geschehen und fragte sich, was er da eigentlich sah. Das Clownskostüm war verwirrend. Ganz gleich, wer der Mann darin war, die Wahl des Kostüms war bizarr. Er mischte sich in Angelegenheiten ein, von denen er keine Ahnung haben sollte, und allein das sollte ihn dazu bringen, unauffällig wirken zu wollen.

Warum hatte er stattdessen beschlossen, sich so sichtbar zu machen?

War er von der Polizei? Terrorismusbekämpfung? Wie viel hatte Rodney seiner Schwester erzählt? Die Antwort auf die letzte Frage wollte Cody bald erhalten. Er würde Rodney einladen, mit ihm einen kleinen Spaziergang zu machen. Terry würde es nicht gefallen - das Geschäft war so voll wie nie zuvor, aber das Konzept ihrer Pläne war wichtiger als der Verkauf von ein paar Pasties.

Jedes Mal, wenn Cody sah, wie die Kunden ihm Geldscheine überreichten und der Kopf der Königin ihn anlächelte, wollte er ihnen ins Gesicht schreien. Je mehr Geld sie einnahmen, desto wütender wurde er.

Terry könnte später Geld verdienen. Cody würde helfen. Sobald sie das Klassensystem gestürzt hatten, das so viel Geld der Steuerzahler verschwendete, würde Cody dafür sorgen, dass seine ältesten Freunde ... diejenigen, die seine Sache unterstützten und teilten, belohnt würden.

Er würde Rodney zu seinem Boot bringen. Ja, genau das würde er tun. Rodney war zu dumm, um zu ahnen, dass irgendetwas nicht stimmte, und er würde auf dem Meer sein, mit einem auf seinen Kopf gerichteten Schläger, bevor er merkte, wie sehr er in Schwierigkeiten steckte.

Codys Füße zuckten, er wollte zurück in den Laden und zu Rodney, der in Codys Augen bereits als "Verräter" abgestempelt war, aber der Mann im Clownskostüm weckte weiterhin sein Interesse.

Gerade als Cody ihn verfolgte, schien der Clown jemand anderen zu verfolgen. Es hatte eine Weile gedauert, bis er es herausgefunden hatte, aber der Clown hatte sich gerade wieder auf den Weg gemacht und war einem Mann und einer Frau gefolgt, die sich in Richtung Küste schlängelten. Eine zweite Frau hatte sich eben noch mit ihnen unterhalten, ging jetzt aber in eine andere Richtung.

So konnte Cody herausfinden, was der Clown vorhatte - der wich der zweiten Frau aus und verschwand aus dem Blickfeld, als sie in seine Richtung ging.

Stacey duckte sich jedoch nicht, sondern blieb, wo sie war.

Cody überlegte einen Moment lang, aber nicht länger. Der alte Mann hatte etwas zu Stacey gesagt und nun folgten die beiden dem Paar.

Er schloss sich an, um zu sehen, wohin sie gehen würden.

Die Macht der großen Schwester

Stacey gab die wiederbeschaffte Geldbörse ihrer Besitzerin zurück und fragte: "Haben Sie das fallen lassen?"

Albert hatte sie davon überzeugt, dass es das Beste war, was sie tun konnte. Sie glaubte, den Taschendieb zu erkennen, war sich aber nicht ganz sicher. Auf jeden Fall versprach Albert, sich um den Typen zu kümmern, sobald er seinen Namen reinwaschen konnte. Er glaubte, dass er kurz davor war, genau das zu tun.

Stacey war entschlossen, Albert zu helfen, aber sie wollte lieber herausfinden, ob ihr Bruder in Schwierigkeiten steckte, und rief Rodneys Handy an.

"Rodney, bist du beschäftigt?"

"Natürlich bin ich beschäftigt! Es ist eine der arbeitsreichsten Zeiten des Jahres! Terry lässt uns auf Hochtouren arbeiten und Chris ... nun, das mit Chris weißt du ja bereits. Wir sind unterbesetzt."

"Aber du musst doch eine Mittagspause machen, oder?"

Widerwillig gab Rodney zu: "Ja. Sie wird allerdings nicht lange dauern. Die Polizei hat uns die letzten zwanzig Minuten nicht in Ruhe gelassen und Fragen über Chris gestellt. Sie wollen von uns allen genaue Aussagen, was wir gestern Abend und heute Morgen getan haben, und wo. Ich ..." Rodney wollte gerade fragen, was er der Polizei sagen sollte, als er sich selbst stoppte.

Er teilte alles mit seiner Schwester, das hatte er schon immer getan. Sie war fünf Jahre älter als er und hatte sich immer um ihn gekümmert. Jetzt aber hatte er ein Geheimnis, das er vor ihr verbergen sollte.

Cody hatte sehr deutlich gemacht, welche Konsequenzen es haben könnte, wenn er jemandem von seinem Plan erzählte. Das war natürlich, bevor der Plan Wirklichkeit geworden war. Damals war es nur Gerede. Bis vor ein paar Tagen war es nicht mehr als ein Gespräch in einer Ecke des Pubs gewesen. Zumindest glaubte Rodney das.

Cody hasste die königliche Familie; nicht dass er jemals vollständig erklärt hätte, warum, und Terry stimmte ihm zu. Das reichte aus, um Rodney zum Mitmachen zu bewegen, obwohl er selbst keine wirkliche Meinung dazu hatte. Aber das Gerede davon, dass man sich eines Tages erheben würde, um das Klassensystem zu stürzen, das den einfachen Mann unterdrückte und die Arbeiter unter dem Stiefel hielt, hatte sich plötzlich geändert.

Die Gehässigkeit hatte sich nicht geändert, aber die Möglichkeit zu handeln war ihnen unerwartet in den Schoß geworfen worden. Codys Augen hatten geglänzt, als sich ihm die Gelegenheit geboten hatte, genau das Herz all dessen zu treffen, was er hasste.

"Du wolltest etwas sagen?" fragte Stacey.

"Nein, ich ... ah, ich ... was brauchst du, Stacey?" Rodney versuchte, nicht ungeduldig zu werden. Da er jedoch gereizt war und seine Zeit mehrfach beansprucht wurde, wurde er genau das.

"Bruder, du musst auf deinen Tonfall achten." Stacey hatte Rodney die meiste Zeit ihres Lebens die Ersatzmutter vorgespielt, obwohl ihre Mutter noch lebte und in dem Haus wohnte, in dem sie zusammen mit ihrem Vater aufgewachsen waren. "Ich brauche zehn Minuten deiner Zeit. Es ist SEHR wichtig. Wann hast du denn Pause?"

Er ließ die Schultern hängen und machte sich nicht die Mühe zu kämpfen, weil er wusste, dass er sowieso verlieren würde. "Zwölf Uhr, Stacey. Ich kann um zwölf eine Pause machen."

"Ich warte in meinem Laden. Komm nicht zu spät", warnte sie im Tonfall der großen Schwester. "Sonst komme ich und ziehe dich an deinem Ohr aus der Pasty-Bäckerei."

Rodney wollte eine Antwort geben, aber Stacey hatte das Gespräch bereits beendet. Das Schlimmste war, dass er wusste, dass sie das tatsächlich tun würde. Sie hatte es schon einmal getan und sie verabscheute jeden, mit dem er zusammenarbeitete. Besonders Terry. Rodney war sich nicht sicher, warum, und niemand wollte es ihm sagen, aber Terry machte einen großen Bogen um Stacey, so dass er sicher war, dass sie ihre Drohung wahr machen würde, wenn er nicht pünktlich käme.

Verärgert schob er das nächste Blech mit den Pasties mit der doppelten Kraft in den Ofen und verlor dabei drei von denen, die vorne auf dem Blech lagen, wobei die Gesetze der Physik zeigten, wie die Trägheit funktioniert.

Ein Blickpunkt

Albert beobachtete das Paar, das Tanya kannte, während sie mit mehreren Standbetreibern sprachen, und erkannte sehr schnell ein Muster: Sie kauften nichts, sie probierten nichts und sie sprachen nur mit Ciderproduzenten.

Für jeden anderen hätte es harmlos erscheinen können. Albert wusste es besser. Er glaubte immer noch, dass seine Vermutung bezüglich des Pastyladens richtig war, aber jetzt hatte er ein zweites Ziel ausgemacht. Oder vielleicht war es ein drittes, er konnte es nicht genau wissen.

Eines wusste er jedoch: Der Mann und die Frau verhielten sich wie niemand sonst in der Stadt. Überall um sie herum wetteiferten die hungrigen Besucher darum, die angebotenen Speisen oder Getränke zu probieren, die aus Plastikbechern in alle Richtungen geschlürft wurden. Alle trugen Taschen mit den gekauften Leckereien.

Alle außer den Agenten des Gastrodiebs. Keine Macht der Welt konnte Albert davon überzeugen, dass er sich irrte.

"Gibt es einen Wettbewerb im Ciderherstellen?" fragte Albert und musterte Stacey, nachdem ihr Telefonat beendet war.

Stacey richtete ihren Blick nach oben und rechts, um ihr Gedächtnis zu aktivieren.

"Ja, ich glaube schon."

Albert nickte vor sich hin. Das war es also. Sie wollten einen Ciderhersteller und wahrscheinlich auch dessen Lagerbestände entführen und möglicherweise mit dem Lieferwagen wegfahren, in dem der Brauer gekommen war.

Das erklärte, warum sie noch nicht in den Pastyladen gegangen waren. Oder besser gesagt, es gab eine mögliche Erklärung: Sie mussten ihre Opfer erst einmal gewählt und günstig platziert haben, bevor sie zuschlagen konnten.

"Wie lange werden wir ihnen folgen?" fragte Stacey und tat nichts, um ihre wachsende Frustration zu verbergen. Es war kurz vor halb zwölf und sie wollte viel lieber, dass Albert mit Rodney sprach, als dass sie einem potenziellen Kriminellen durch ihre Heimatstadt folgte.

Die Hälfte der Leute, die sie kannte, hatte sie bereits mit dem Clown gesehen und gefragt, was sie vorhatte. Es würde eine Menge Erklärungen erfordern, wenn er irgendetwas tun würde, während er noch das Kostüm trug.

Albert sprach aus dem Mundwinkel. "Ich muss wissen, wo sie sich aufhalten." Er begann zu befürchten, dass seine lokale Helferin zu ungeduldig werden und ihn zwingen würde, woanders hinzugehen, bevor er wusste, wo er die Agenten wiederfinden konnte. Wenn er wüsste, wo sie sich aufhielten, hätte er Optionen und wüsste, wo er nach ihnen suchen müsste. Er stellte sich vor, dass er einen Blick in das Gästebuch des Hotels werfen oder vielleicht jemandem ein paar Banknoten zustecken könnte, um ihre Namen zu erfahren.

Gerade als er das dachte, kam ihm eine weitere Idee in den Sinn.

"Wie sicher sind Sie sich, dass Sie wissen, wer dieser junge Taschendieb war?"

Staceys Gesicht verzog sich. "Wie? Was hat das denn mit all dem zu tun? Hören Sie zu, Albert, Sie haben mir versprochen, mir dabei zu helfen, herauszufinden, ob mein Bruder in Schwierigkeiten steckt, und bis jetzt haben wir nur Leute in Looe verfolgt. In einer halben Stunde wird er in meinem Laden sein und Sie sollten besser auch dort sein. Sonst könnte ich das Bedürfnis verspüren, einen anonymen Anruf zu tätigen."

Albert unterbrach seine Arbeit und drehte sich zu Stacey um.

"Es tut mir leid. Sie haben recht. Ich glaube, dass ich bereits helfe. Höchstwahrscheinlich sind die Leute, die ich beschatte, für den Mord an Chris Mason verantwortlich ..."

"Sie wissen nicht, dass es Mord war", argumentierte Stacey hitzig.

Albert akzeptierte ihren Standpunkt.

"Nein, aber ich glaube, dass es so war. Ich kann Ihnen keine stichhaltigen Beweise liefern und genau deshalb befinde ich mich in meiner jetzigen Lage. Wenn sie Chris Mason getötet haben, dann wollen sie den Pastyladen überfallen, um mindestens eine Person zu entführen, die in der Lage ist, die Pasties herzustellen, von denen Sie behaupten, dass sie von Prinz Marcus' Verlobter bevorzugt werden. Es könnte Ihr Bruder sein, den sie entführen. Ich bitte nur darum, dass Sie mich noch ein Weilchen gewähren lassen." Nachdem er seinen Satz beendet hatte, drehte sich Albert um, um sich zu vergewissern, dass er das Paar noch im Blick hatte.

Das hatte er nicht.

"Wo sind sie hin?", platzte er heraus, starrte die Straße hinunter und duckte sich nach links und rechts, um sie zu entdecken.

In den zehn Sekunden, in denen er sich auf Stacey konzentriert hatte, waren sie verschwunden.

Panisch rannte er zwischen zwei Ständen hindurch, um auf der anderen Straßenseite nachzusehen. Auch dort waren sie nicht.

Er zwang sich zur Ruhe und wandte sich an Rex.

Rex war gehorsam an der Seite seines Menschen mitgegangen. Er war zufrieden damit, draußen zu sein und die Gegend zu erkunden. Er hatte seine Verwirrung darüber zum Ausdruck gebracht, dass er Tanya hatte gehen lassen, und sich gefragt, was Albert wohl vorhatte. Nur weil er glaubte, dass der alte Mann fähig war und höchstwahrscheinlich einen Plan hatte, den Rex nicht verstand, ließ er Albert weitermachen.

Ihnen folgte der Mann, der seinen Geruch auf der Kleidung des Toten hinterlassen hatte. Rex hatte mehr als einmal vergeblich versucht, seinen Menschen darauf hinzuweisen, und er hätte vielleicht noch mehr Aufhebens davon gemacht, wenn er überzeugt gewesen wäre, dass es wichtig war.

Der Geruch des Mannes war auf der Kleidung des Mordopfers, das machte ihn interessant, aber mehr auch nicht. Sein Mensch schien jedoch nicht zu versuchen, den Mord aufzuklären, und das brachte Rex dazu, sich zu fragen, was er tun sollte.

Jetzt kam sein Mensch auf Rex' Niveau herab.

"Rex, Junge, du musst jemanden finden. Kannst du das tun?"

Rex wedelte mit dem Schwanz. "Leute zu finden ist meine Spezialität. Hast du etwas von ihnen? Ich brauche es, um ihre Fährte zu verfolgen."

Albert sagte: "Das Paar, das wir verfolgt haben, Junge. Kannst du sie finden?"

Rex wedelte wieder mit dem Schwanz, hörte aber abrupt auf.

"Du hast nicht zufällig etwas mit ihrem Geruch an dir, oder? Ich bin kein Wundertäter, Mann. Ich meine, komm mir wenigstens auf halbem Weg entgegen."

Da er die Geräusche, die von Rex kamen, nicht verstand, stützte sich Albert mit beiden Händen auf die Knie, um sich wieder aufzurichten, streckte einen Arm aus und forderte Rex auf: "Fang an zu schnüffeln."

Rex starrte zu Albert hinauf und überlegte kurz, ob er sein Hinterbein an seiner grellen Clownshose heben sollte.

Als Rex sich nicht bewegte, schaute Albert zu Boden und hätte sich gefragt, warum sein Hund nicht nach den Bösewichten suchte, wäre Stacey nicht wieder aufgetaucht.

"Sie sind in diese Richtung gegangen", verkündete sie.

Da Stacey die Stadt gut kannte, wusste sie, dass es nur einen Ort gab, an den das Paar gegangen sein konnte, als es plötzlich verschwand.

Als die Higher Market Street in Richtung Küste abbog, führte eine schmale Gasse zu zwei Hotels, die sich an die Klippen schmiegten. Beide Hotels genossen eine herrliche Aussicht auf das Meer und und das Paar hätte in jedes der beiden gehen können. Stacey lag beim ersten Mal richtig und sah den Mann gerade in einen Aufzug treten, als sie die Rezeption betrat.

Ein junger Mann an der Rezeption hatte mit einem Lächeln zur Begrüßung aufgeschaut, das sich jedoch in eine Frage mit einer gehobenen Augenbraue verwandelte, als Stacey eine prompte Kehrtwendung machte.

In der Hoffnung, dass sie Alberts Bedürfnis befriedigen konnte, zu erfahren, wo sich das Paar aufhielt, obwohl sie nicht ganz sicher war, dass die ganze Gastrodieb-Geschichte nicht nur in seinem Kopf existierte, führte sie ihn zum Ende der Gasse und zeigte auf das Hotel.

"Das da. Cliff View Hotel und Spa. Nicht, dass es ein Spa hätte. Es sei denn, Sie bezeichnen eine Sauna von der Größe eines Schrankes und einen Pool, in den vier Personen passen, als Spa. Wie dem auch sei..." Stacey merkte, dass sie ihre Aussage sinnlos ausschmückte. "Sie sind da reingegangen und in einen Aufzug gestiegen. Reicht das? Können wir jetzt gehen?" Sie schaute auf ihre Uhr und sagte: "Wir haben zwanzig Minuten, um zu meinem Laden zu kommen."

Albert saugte an seinen Zähnen. Eigentlich wollte er das Hotel betreten und vorsichtig ein paar gezielte Fragen stellen. Das konnte er aber nicht in einem Clownskostüm tun, nicht wenn er Antworten bekommen wollte. Ob es ihm gefiel oder nicht, er musste tun, was Stacey verlangte. Entweder das oder er riskierte, sie als Fremdenführerin zu verlieren, mit der zusätzlichen Sorge, dass sie die Polizei rufen könnte.

"Ja", antwortete er und ging durch die Gasse zurück zur Higher Market Street. "Ich denke, es ist auch für mich an der Zeit, mein Outfit zu ändern. Außerdem", sprach er, während er nachdachte, "muss ich meine Unterkunft räumen."

"Ja, das haben Sie vorhin gesagt", erinnerte sich Stacey. "Wo wohnen Sie?"

Lose Lippen

Stacey kannte alle Abkürzungen und nahm Albert mit auf einen Weg, den er zunächst für einen Umweg hielt, bis er weniger als eine Minute später vor seiner Frühstückspension landete.

"Donnerwetter", murmelte er, als er sah, wo er war. In diesem Moment meldete sich sein Gedächtnis mit einer lustigen Kleinigkeit. Mit einem Stöhnen verriet er: "Ich habe meinen Schlüssel nicht dabei. Er ist in meiner Hose."

Stacey schien das nicht zu stören; sie lief einfach weiter.

"Dann ist es ja gut, dass ich weiß, wo Joseph seine Ersatzschlüssel aufbewahrt, nicht wahr?" Stacey marschierte direkt auf die Frühstückspension zu, an der Eingangstür vorbei, und beugte sich über ein schmales Blumenbeet, um einen losen Ziegelstein aus dem Mauersockel zu ziehen.

Fünf Sekunden später war der Schlüssel wieder da, wo er hingehörte, und Albert war drinnen. Er ließ Rex wieder bei Stacey zurück. Sein Hund runzelte zwar hündisch die Stirn, aber gehorchte.

Es war nicht so sehr, dass er die neue Gefährtin seines Menschen nicht mochte oder ihr nicht traute, davon hatte es in den letzten Wochen weiß Gott eine ganze Reihe gegeben. Es war eher so, dass er sie nicht kannte und seine Loyalität Albert galt. Rex sorgte sich um Albert, einen Menschen mit einer erstaunlichen Neigung, sich in gefährliche Situationen zu bringen. Im Großen und Ganzen konnte Rex sich einen Dreck um andere scheren.

Aus dem Haus waren keine Geräusche zu hören, worüber Albert erleichtert war. Er schnappte den Ersatzschlüssel für sein Zimmer von einem Haken in der Küche und packte schnell seine Sachen, in der

Hoffnung, eine Begegnung mit dem Vermieter zu vermeiden. War die Polizei auf der Suche nach ihm schon vorbeigekommen? Er hatte Sergeant Andrews vorhin in diese Richtung gehen sehen. Hatte sie also schon heute Morgen am Strand herausgefunden, dass er einen falschen Namen angegeben hatte?

Ohne das jetzt herausfinden zu können, packte Albert die letzten Habseligkeiten in seinen Rucksack und eilte zur Tür.

Dann rannte er zurück, um die Gegenstände aus dem Badezimmer zu holen, die er vergessen hatte, und schaffte es schließlich bei seinem zweiten Versuch, das Haus zu verlassen.

Albert atmete erleichtert auf, als er sich wieder auf der Straße befand. Er übernahm wieder Rex' Hundeleine, lehnte das Angebot von Stacey ab, ein paar seiner Sachen zu tragen, und folgte ihr zurück zum Kostümverleih.

"Machen Sie sich keine Sorgen wegen des entgangenen Umsatzes?", fragte er, zum einen, um sich zu unterhalten und Interesse zu zeigen, zum anderen aber auch, weil ihm gerade einfiel, dass sie in den letzten anderthalb Stunden nicht in ihrem Geschäft gewesen war und keinen Assistenten hatte, der sie hätte ablösen können. Jedenfalls hatter er keinen gesehen.

Stacey zuckte resigniert mit den Schultern.

"Ihr Umsatz von heute Morgen ist der erste seit zwei Wochen. Das ist der Direktumsatz aus dem Laden. Das Geschäft ist eine totale Sackgasse. Ich habe aber angefangen, im Internet Werbung dafür zu machen. Es gibt mehrere Online-Shops, in denen man ein virtuelles Schaufenster einrichten kann. Kostüme verkaufen sich dort recht gut, aber ich war so kurz davor", sie hielt ihre rechte Hand hoch, wobei sich Daumen und Zeigefinger fast berührten, "meinen Kredit nicht mehr bedienen zu können. Ich habe die Miete für sechs Monate im Voraus bezahlt, weil sie günstig war, und ich habe noch zehn Wochen davon übrig, also dachte ich mir, ich könnte den Laden auch genauso gut offen lassen, nur für den Fall, dass jemand vorbeikommt."

"Sie werden das Geschäft online weiterführen, wenn Sie den eigentlichen Laden schließen?" fragte Albert und zeigte damit, dass er aufmerksam zugehört hatte, während er sich fragte, ob "eigentlicher" Laden das Gegenteil von "virtuell" war.

Stacey hob einen Arm, um Albert auf eine Straße zu lenken, die er sonst nicht genommen hätte. "Das ist der Plan."

Rex' Nase begann zu zucken. Der Mann verfolgte sie immer noch, der Mann, dessen Geruch an der Kleidung des Toten haftete. Rex war sich immer noch nicht sicher, ob er nachforschen sollte oder nicht - sein Mensch schien nicht interessiert zu sein. Tatsächlich interessierte sich der alte Mann viel mehr für die Frau, die Rex von früheren Begegnungen her kannte - Tanya, der Name schoss Rex in den Kopf.

Er kannte den Namen, weil er mehrmals in direktem Zusammenhang mit ihr genannt worden war. Um Rex noch mehr zu verunsichern, hatte sein Mensch die Verfolgung von Tanya aufgegeben, um stattdessen einen neuen Mann und eine neue Frau zu verfolgen.

Zufrieden genug, dabei mitzuspielen, beschloss Rex trotzdem, dass er, wenn er die Gelegenheit bekam, herausfinden würde, wer hinter dem Mord steckte, nur um seine eigene Neugier zu befriedigen.

Im Laden schloss Stacey die Tür auf, stieß sie auf und trat zur Seite, um Albert und Rex einzulassen, während sie auf ihre Uhr sah.

Es war eine Minute nach zwölf, aber als sie sich umdrehte, um die Schaufenster der Pasty-Bäckerei am Ende der Straße anzustarren, erschien ihr Bruder auf der Straße.

Seine Stirn war schweißnass von der heißen Küche und unter seinen Armen waren feuchte Flecken zu sehen. Mit einem Haarnetz in der Hand eilte Rodney die Straße hinunter und zog sich eine dünne Jacke über seine Arbeitskleidung. Auf der linken Brustseite war der Schriftzug "Terry's Pasty Shop" eingestickt.

Stacey hielt die Tür offen und wartete auf ihn.

"Ich hoffe, das ist wichtig, Schwesterherz. Terry dreht völlig durch."

"Können die anderen nicht mal ein paar Minuten ohne dich aushalten?"

"Nein", stellte Rodney unmissverständlich fest. "Chris ist tot und Cody ist vor mehr als einer Stunde verschwunden. Terry sagt, er geht nicht an sein Telefon."

Stacey legte die Stirn in Falten und wollte gerade etwas sagen, doch dann entschloss sie sich doch, sich zurückzuhalten. Es lag alles an den Leuten, mit denen er arbeitete. Nun, es war an der Zeit, ihm die Wahrheit zu entlocken. Sie hoffte nur, dass ein erfahrener ehemaliger Polizist das schaffen würde, was ihr nicht gelungen war.

Die Tür schloss sich hinter ihnen und keiner der beiden bemerkte die Gestalt, die sie beobachtete.

Codys Hände waren zu Fäusten geballt. Rodney arbeitete mit den beiden zusammen, daran konnte es jetzt keinen Zweifel mehr geben. Der Mann im Clownskostüm - Cody bewunderte jetzt die Verkleidung, denn er wusste, dass er die Person unter der Schminke nicht wiedererkennen würde, wenn er sie ablegte - musste mit der Sonderabteilung zusammenarbeiten, oder welcher Abteilung der Polizei auch immer, die mit dem Schutz der königlichen Familie beauftragt war.

Rodney war vor dem Plan ausgekniffen. Bestimmt war das Chris' Schuld; Cody wusste, wie leicht Rodney zu beeinflussen war. Rodney war aus demselben Holz wie ein Fußsoldat geschnitzt - Kanonenfutter, während Cody sich als General sah. Wie Oliver Cromwell wollte er die Nation dazu bringen, sich gegen ihre Unterdrücker zu vereinen. Das begann damit, den Kopf der Schlange zu treffen, und er würde sich nicht davon abhalten lassen, dass die Menschen um ihn herum zu schwach waren, die Aufgabe zu Ende zu führen.

Voller Wut zwang Cody seinen Blick von Staceys Ladentür weg. Er musste sich fertig machen.

Lügen

Albert kam aus dem Hinterzimmer und trug wieder seine eigenen Kleider. In der kleinen Toilette, die sich hinter dem Kundenbereich des Ladens befand, hatte er ein Waschbecken und etwas Seife gefunden. Das Make-up wurde auf diese Weise mehr oder weniger entfernt; nicht dass Albert in dem schummerigen Licht der schwachen Deckenlampe die Reste sehen konnte, die er übersehen hatte. Trotzdem sah er wieder wie Albert aus.

"Wer ist das?" wollte Rodney wissen, der sich umdrehte, als sich die Tür hinter ihm unerwartet öffnete.

Stacey stellte die beiden einander vor. "Rodders, das ist Albert. Er ist ein Freund von mir. Albert, bitte lernen Sie meinen Bruder kennen. Rodney, Albert hat ein paar Fragen an dich."

"Sind das dieselben Fragen, die du gerade gestellt hast?" schnauzte Rodney seine Schwester an.

Während sie darauf wartete, dass Albert sich fertig anzog, hatte Stacey wieder einmal wissen wollen, was seine idiotischen Freunde im Pastyladen vorhatten. Da war sie allerdings noch nett gewesen. Jetzt fing sie an zu keifen.

"Chris ist tot!", wies Stacey ihn zurecht und ihre Stimme stieg mit der Verzweiflung, die sie empfand. "Jemand hat ihn umgebracht, Rodney."

Rodney zog die Augenbrauen zusammen und runzelte die Stirn.

"Das ist nicht das, was die Polizei gesagt hat. Sie sagten uns, dass er wahrscheinlich in den Tod gestürzt ist, aber sie müssten untersuchen, was er vor seinem Tod gemacht hat, um ..."

"... jede Möglichkeit eines Verbrechens auszuschließen", beendete Albert die Worte, von denen er wusste, dass sie kommen würden. Da Rodney nun in seine Richtung schaute, fuhr Albert fort: "Man sagt, dass, wenn man einmal behauptet, dass eine Person ermordet wurde, eine Kette von Ereignissen beginnt, die nicht mehr rückgängig gemacht werden kann. Es ist besser, einen Todesfall als verdächtig zu behandeln und ihn aufzuklären, bevor die Presse Wind davon bekommt."

Rodney war schon defensiv, bevor der alte Mann den Raum betreten hatte - seine Schwester hatte dafür gesorgt, indem sie ihm auf den Kopf zugesagt hatte, dass er sie anlog. Jetzt wurde es noch schlimmer.

"Was wollen Sie damit sagen? Glauben Sie, ich habe Chris getötet? Er war mein Freund!"

Alberts jahrelange Arbeit als Detektive, die Tausende von Stunden an Interviews, die er geführt hatte, ermöglichten es ihm, Rodneys Gedanken zu lesen. Der jüngere Bruder von Stacey war aufgebracht – das war nur natürlich nach dem Tod seines Freundes heute Morgen. Die Emotionen, die in ihm hochkochten, brachten ihn dazu, um sich zu schlagen, und im Moment hatte er ein Opfer, um dessen Gefühle er sich nicht zu kümmern brauchte.

Albert schenkte dem jungen Mann ein trauriges Lächeln und sagte: "Es ist schwer, einen Freund zu verlieren. Ich habe im Laufe meines Lebens schon einige verloren. Sein Tod muss ein ziemlicher Schock gewesen sein."

Durch den Tonfall und die Wortwahl des alten Mannes aus dem Gleichgewicht gebracht - Rodney hatte damit gerechnet, angeschrien zu werden, und war bereit, entsprechend zu reagieren - ließ der Wind in seinen Segeln etwas nach.

Sein Zorn verringerte sich noch mehr, als Stacey einen sanften Arm um seine Schultern legte.

"Chris war ein netter Kerl." Ihre Worte waren sanft gesprochen und von zärtlicher Zuneigung durchzogen. "Ich mochte ihn."

Rodney trieb auf einem Meer von Traurigkeit. Die Nachricht hatte ihn wie ein Eimer Eiswasser ins Gesicht getroffen, aber angesichts der Menschenmassen auf dem Festival und all der Kunden, die durch die Tür der Pasty-Bäckerei strömten, hatte er seine Gefühle beiseite geschoben und sich darauf konzentriert, das zu tun, was Terry verlangte - es war einer der geschäftigsten Tage des Jahres und Terry brauchte ihn. Jetzt wurde ihm die Wahrheit über die Situation klar und Rodney brach zusammen.

In Staceys Umarmung gezogen, weinte er und schluchzte ganze fünf Minuten lang, bevor er sich wieder unter Kontrolle hatte.

Als das Weinen nachließ und Rodney sich vorsichtig von seiner Schwester löste, kam Albert zur Sache.

"Rodney, ich habe Grund zu der Annahme, dass eine Bande von Kriminellen es auf den Laden abgesehen hat, in dem Sie arbeiten. Die dort beschäftigten Personen, darunter auch Sie, könnten in Gefahr sein."

Albert wartete eine Sekunde, bis Rodney die Worte verinnerlicht hatte, und beobachtete sein Gesicht, während sich in dessen Kopf die Fragen formten. Bevor Rodney antworten konnte, hob Albert sein Handy und begann zu sprechen.

"Erkennen Sie eine dieser Personen?" Er hielt Rodney das Handy vor die Augen und zeigte ihm Tanya, dann den Mann, den sie getroffen hatte, und dann die Frau, die bei ihm war. Albert beobachtete, wie sich die Augen von Staceys Bruder nacheinander auf jedes Bild konzentrierten.

"Wer sind diese Leute?" fragte Rodney, ohne auf Alberts Frage zu antworten.

Albert hielt das Handy weiterhin hoch und sagte: "Das ist schwer zu erklären. Erkennen Sie jemanden von ihnen?" Er blätterte mit einem Finger durch die Bilder und fragte: "War jemand im Laden und hat Fragen zum Geschäft gestellt?"

Rodney sah vom Handy auf.

"Was für Fragen?"

Albert ließ sein Telefon sinken. "Öffnungs- und Schließzeiten", zählte er eine kurze Liste von Fragen auf, die Tanya und Baldwin scheinbar den Mitarbeitern der Porkers Sausage Factory gestellt hatten. "Wer kennt das Rezept für die Pasties? Wer kommt als Erster zur Arbeit oder geht als Letzter? Alles Mögliche."

Rodney antwortete nicht, obwohl es keine bewusste Entscheidung war. Verwirrt über die Art der Befragung, antwortete er mit einer eigenen.

"Worum geht es hier eigentlich?"

Stacey konnte sich nicht länger zurückhalten und mischte sich ein.

"Was ist das große Geheimnis, das ihr alle hütet, Rodney? Ich weiß, dass ihr euch nach der Arbeit getroffen habt. Was ist da los? Sind es Drogen? Schmuggeln Terry und Cody Drogen? Wirst du als Drogenkurier benutzt?"

"Was? Nein! Wie kommst du auf die Idee, dass wir etwas mit Drogen machen?"

"Nun, was ist es dann?"

"Nichts, Stacey. Wir tun gar nichts."

"Lügner!" Stacey spuckte das Wort aus und es hallte in dem leeren Raum ihres Ladens wider. Stille trat ein.

Um das Gespräch zu entspannen, sagte Albert: "Die Leute, die ich Ihnen gerade gezeigt habe, sind jetzt gerade hier in Looe. Das haben Sie zweifellos auf den Bildern gesehen. Die beiden sind gefährlich. Ich habe keine Zeit, auf die ganze Geschichte einzugehen ..." Eine Erinnerung tauchte auf. "Warum erzählen Sie mir nicht, was gestern Abend in dem Laden passiert ist?"

Stacey runzelte die Stirn. "Gestern Abend?"

Albert ignorierte sie und fuhr fort: "Ich habe Sie gestern Abend dort weggehen sehen. Es war nach neun Uhr." Es war eine Notlüge - er hatte nichts dergleichen gesehen, aber seine Vermutung erwies sich als goldrichtig.

"Sie haben uns ausspioniert? Wer sind Sie?"

"Wer ist wir?" entgegnete Albert. Da er Rodneys Gedanken gut genug lesen konnte, um zu wissen, dass er nicht antworten würde, sagte Albert: "Die Polizei war da, nicht wahr?" Die Antwort darauf kannte er bereits. "Sie bekamen einen Hinweis von jemandem, dass in das Gebäude eingebrochen würde. Ich schätze, sie haben im Keller Licht gesehen, lange nachdem der Laden geschlossen war. Hatten Sie im Vorfeld des Festes nur eine Feierabenddiskussion - haben Sie Überstunden gemacht, um für den heutigen Tag gerüstet zu sein? Oder wurden Sie von den Leuten, die ich Ihnen gezeigt habe, dorthin gelockt?"

Albert untersuchte Rodneys Gesicht auf Anzeichen, dass er auf die Wahrheit gestoßen sein könnte.

"Ja", Rodney klammerte sich an das, was ihm wie ein Rettungsanker vorkam. "Ja, genau das haben wir getan. Terry wollte gestern Abend so viel wie möglich erledigen. Wir wussten alle, dass heute viel los sein würde." Rodneys Worte wurden immer selbstbewusster, je mehr sich die Lüge in seinem Kopf verfestigte.

Doch Albert konnte die Lüge als das erkennen, was sie war. Er erkannte auch, dass er Rodney mit seinem Versuch, die Wahrheit zu verschleiern, einen bequemen Weg eröffnet hatte.

Albert wechselte den Blickwinkel: "Ihre Schwester hat mir von der königlichen Hochzeit erzählt und davon, dass der Laden die Pasties für die Verlobungsfeier liefern wird. Wer weiß noch davon?"

Rodney platzte heraus: "Niemand." Seine Schuldgefühle und die Angst, weil er es Stacey erzählt hatte, zwangen ihn zu einem Dementi. "Ich hätte es Stacey nicht sagen sollen und habe es ganz sicher niemandem sonst gesagt."

Albert sog die Luft durch die Nase ein, während er darüber nachdachte, was er wusste und wie er es nutzen könnte. Er war sich sicher, ungeachtet dessen, was Rodney zu sagen hatte, dass die Mitarbeiter von Terry's Pasty Shop entführt werden würden. Zumindest einige von ihnen. Alles an der Situation passte, nicht zuletzt Rodneys eigene Nervosität und sein Bedürfnis nach Geheimhaltung. Er wusste, dass etwas vor sich ging; vielleicht hatten sie alle das Gefühl, dass etwas nicht stimmte. Oder war es so, dass Rodney das schwache Glied war, das Plappermaul? Hatte er Tanya und Co. mehr erzählt, als er sollte, und fühlte sich jetzt schuldig?

"Rodney, wenn Sie mit den Leuten gesprochen haben, die ich Ihnen gezeigt habe, können Sie es uns sagen. Es wird Sie nicht in Schwierigkeiten bringen. Es wird schlimmer sein, wenn Sie es geheim halten."

Stacey schaltete sich ein, bevor ihr Bruder antworten konnte.

"Und bitte, Rodders, sag uns, was in der Bäckerei los ist. Cody und Terry haben etwas vor. Hat einer von ihnen Chris umgebracht? Was ist mit ihm passiert?"

Albert hatte den Verdacht, dass Stacey wegen der Ereignisse in der Pasty-Bäckerei nicht ganz richtig lag. Warum sollte jemand dort seinen Freund und Mitarbeiter umbringen? Anstatt seinen Standpunkt zu den Agenten des Gastrodiebs zu wiederholen, ließ Albert die Sache auf sich beruhen.

Rodneys Telefon klingelte; ein plötzliches Geräusch, das ihn zusammenzucken ließ.

"Das wird Terry sein", sagte er und ging zur Tür. "Ich muss gehen. Ich weiß nicht, was der verrückte alte Mann will. Ich habe diese Leute noch nie gesehen. Wir machen Pasties und wir verkaufen sie. Das ist alles."

Es stand außer Frage, dass er gelogen hatte, aber als Stacey nach vorne trat, um ihn aufzuhalten, legte Albert ihr eine Hand auf den Arm. Dadurch wurde sie um eine Sekunde aufgehalten und das war alles, was Rodney brauchte, um aus der Tür zu kommen.

Sie drehte sich zu Albert um und ließ ihren Ärger an ihm aus.

"Sie haben ihn gehen lassen!"

Ruhig antwortete Albert: "Er hat zu viel Angst, um Ihnen die Wahrheit zu sagen."

Stacey blinzelte. "Angst? Angst wovor?"

Besonderer Auftrag

"Hallo, Rodney."

Der Klang von Codys Stimme stoppte Rodneys Vorwärtsbewegung so effektiv wie eine Ziegelmauer.

"Cody", hauchte er den Namen.

"Ja", Cody legte kameradschaftlich einen Arm um Rodneys Schultern. "Wir müssen reden, du und ich."

Sie standen auf der Straße, auf halbem Weg zwischen Staceys Laden und ihrer eigenen Arbeitsstelle. Die Menschen bewegten sich um sie herum, strichen an ihnen vorbei, aber Rodney fühlte sich irgendwie isoliert von ihnen.

"Reden? Ich muss zurück an die Arbeit, Cody. Terry hat sich darüber aufgeregt, dass du vorhin verschwunden bist."

Cody stieß ein Lachen aus, als ob er Rodneys Bedenken amüsant fände.

"Terry versteht die Natur des Ziels, auf das wir hinarbeiten. Es ist größer als du oder ich. Wichtiger als die Tageseinnahmen eines Pastyladens. Komm mit, ich habe einen besonderen Auftrag für dich."

Cody benutzte seinen Arm, um Rodney die Straße entlang zu lenken. Sie kamen an dem Pastyladen vorbei und Rodney reckte seinen Hals in der Hoffnung, Terry würde ihn sehen und herauslaufen, um Cody zu fragen, was das sollte.

"Ich sollte wirklich zurück in den Laden gehen", versuchte er es erneut.

"Nein!" bellte Cody, dann drückte er Rodney freundlich die Schulter. "Nein, Rodney. Das ist zu wichtig. Wenn wir jetzt nicht handeln, werden wir die Chance verpassen."

"Welche Chance? Was müssen wir tun?"

Cody ignorierte die Frage und sagte: "Wir sind Soldaten, du und ich, Rodney. Die Geschichte wird sich an uns erinnern, aber nur, wenn wir Erfolg haben. Die Sache ist größer als die Summe ihrer Teile. Jetzt schnell, Rodders. Die Zeit ist von entscheidender Bedeutung."

Rodney hatte keine Ahnung, wohin sie gingen, bis Cody ihn zum Kai und zu dem kleinen Fischerboot steuerte, auf dem Cody lebte. Zu diesem Zeitpunkt war es zu spät, sich zu streiten. Zu spät, um ein Verhaltensmuster zu ändern, das sein Leben beherrscht hatte. Rodney wusste, dass er ein Feigling war und immer vor einem Kampf zurückschrecken würde. Er wusste auch, dass mit Cody zu gehen das Letzte war, was er tun sollte.

Sanftmütig fragte er noch einmal, wohin sie gingen und was sie zu tun hatten, aber ihm wurde gesagt, er solle "die Leinen einholen". Sie machten einen kleinen Ausflug auf das Meer hinaus.

Ein Plan. In gewisser Weise.

Stacey hatte die Hände in den Haaren und griff sich an den Schädel, während sie sich vor lauter Sorge fast übergeben musste.

"Glauben Sie wirklich, dass das alles nur mit dieser ... Gastrodieb-Sache zu tun hat?"

Albert hatte sich auf einen praktischen Stuhl am Fenster gesetzt. Seine Knie schmerzten ein wenig vom morgendlichen Laufen und sein Rücken schmerzte vom Sturz am Vorabend. Rex lag auf den Dielen neben seinen Füßen.

"Ja, Stacey, das tue ich. Es passt alles zusammen. Ich kann nicht erklären, woher sie von dem königlichen Verlobungsvertrag wissen, aber ich muss davon ausgehen, dass sie es wissen. Sie werden jemanden gesucht haben, den sie über das Geschäft ausfragen konnten; das muss Chris Mason gewesen sein. Ihr Bruder hat leider über fast alles gelogen, aber ich habe seine Augen gesehen, als ich ihm die Bilder gezeigt habe - er hatte Tanya und die beiden anderen noch nie gesehen. Chris muss misstrauisch geworden sein oder eine Frage gestellt haben, die ihnen nicht gefiel. Sie haben ihn getötet und seinen Tod inszeniert. Ich sage nur ungern, dass das nichts Neues für sie ist."

"Die haben schon mal Leute umgebracht?" Staceys Augen weiteten sich.

Albert nickte und streichelte Rex' Kopf träge mit einer Hand. "Mehr als einmal." Ehrlich gesagt konnte er die Zahl der Toten nur erahnen und im Stillen räumte er ein, dass es sich bei einigen der Toten wahrscheinlich um Unfälle handelte, wie bei dem Weinkenner in Kent. "Ich glaube, sie werden heute Nacht zuschlagen."

"Heute Nacht! Wir müssen die Polizei rufen!" Stacey nahm ihre Hände vom Kopf und zog ihr Handy aus einer Gesäßtasche.

"Und was wollen Sie ihnen sagen?" fragte Albert, dessen Stimme ruhig und bedächtig klang. "Wenn sie Sie fragen, warum Sie glauben, dass es eine Verschwörung zur Entführung von Angestellten einer Pasty-Bäckerei gibt, was werden Sie ihnen sagen?" Er neigte den Kopf zur Seite und hob sein Kinn, um eine Antwort zu ermutigen. Als keine kam, sagte er: "Genau. Jetzt verstehen Sie mein Dilemma. Selbst wenn Sie mich ins Spiel bringen, werden die Polizeibeamten sich auf Albert Smith konzentrieren und nicht auf irgendeine wilde Verschwörung, die er sich ausgedacht hat. Wenn sie Terry's Pastry Shop aufsuchen, werden sie damit wahrscheinlich die Agenten des Gastrodiebs warnen, und das Verbrechen wird nie stattfinden. Das mag sich gut anhören, aber nur für diese wenigen Personen. Der Gastrodieb wird zu seinem nächsten Ziel weiterziehen, was immer das auch sein mag. Schlimmer noch, seine Agenten könnten jederzeit hierher zurückkehren."

"Aber wir können doch nichts tun!"

Albert erhob sich und schritt durch den Laden. "Ich schlage nicht vor, nichts zu tun. Wir haben einen Vorteil auf unserer Seite."

"Wie das?" Stacey hörte zu, ihr Handy noch immer in der rechten Hand, um einen Anruf zu tätigen.

"Die Agenten des Gastrodiebs haben nicht die geringste Ahnung, dass wir sie beobachten. Außerdem wimmelt es in der Stadt von Polizisten, weil das Fest stattfindet und heute Morgen eine Leiche am Strand gefunden wurde. Wir können im Voraus nur wenig tun, außer die Figuren auf dem Schachbrett zu positionieren."

Stacey verschluckte ein Lachen, das keinen Humor enthielt. "Und was soll das bedeuten, Albert?"

"Wir werden bereit sein. Wir wissen, wo sie sich aufhalten, und wir wissen, hinter wem sie her sind. Ich habe beobachtet, wie sie heute die verschiedenen Ciderhersteller ausgekundschaftet haben. Dafür gibt es nur einen Grund: Sie wollen sich heute Abend den Gewinner schnappen, wenn die Ergebnisse des Cider-Wettbewerbs bekannt gegeben werden. Jetzt wissen wir also eine Sache mehr."

"Welche Sache?"

"Sie werden erst dann zuschlagen, wenn sie wissen, wen sie entführen müssen. Sie werden vielleicht zuerst die Pastybäcker kidnappen, aber in einem so engen Umfeld riskieren sie, enttarnt zu werden, sobald sie zuschlagen. Sie werden einen Plan haben, um sauber zu entkommen, aber sie werden nicht in der Lage sein, alle Variablen vorherzusehen. Ich werde sie beobachten und Sie werden die Pasty-Bäckerei beobachten. Wenn sie zuschlagen, rufen wir die Polizei."

"Wirklich?" Stacey war wirklich überrascht über Alberts einfachen Plan.

Er schmunzelte. "Ja, die Zeiten, in denen ich Verbrecher selbst zur Strecke gebracht habe, liegen lange hinter mir. Sie werden bewaffnet sein und Sie werden die Polizei warnen müssen - beschönigen Sie, wenn nötig. Sagen Sie, Sie hätten Waffen gesehen."

"Und wenn ich tatsächlich Waffen sehe?"

"Dann werden Sie nichts beschönigen, oder?" Albert hielt kurz vor Stacey inne und sah ihr direkt in die Augen. "Ich kann nicht genug betonen, wie gefährlich das ist. Sie müssen aus der Ferne zusehen."

"Was werden Sie tun?"

Albert atmete aus und gab sich einen Moment Zeit zum Nachdenken. Er sog einen frischen Atemzug ein und richtete sich wieder zu seiner vollen Größe auf, wobei er sich einredete, dass er kurz vor dem Ende der Aktion stand und in ein paar Stunden nach Hause zurückkehren konnte. Er war nicht müde. Er war nicht zu alt. Er war durchaus in der Lage, es bis zum Schluss durchzuhalten.

Wenn er nur seinen Körper davon überzeugen könnte.

"Ich gehe zum Cliff View Hotel. Ich möchte die Namen von Tanyas Kollegen erfahren. Es könnte sich als nützlich erweisen."

Stacey nickte verständnisvoll und zu ihrer Rechten, als ob er Alberts Ankündigung gehört hätte, erhob sich Rex.

Albert ging zu ihm, tätschelte dem Hund den Kopf und ging auf ein Knie, damit er Rex' Blick begegnen konnte.

"Diesmal nicht, Junge. Wenn ich schon nicht verkleidet sein kann, sollte ich wenigstens nicht mit dir gesehen werden. Wenn jemand nach mir sucht, kann man mich mit deinem großen pelzigen Rücken viel leichter aus der Menge herausfinden. Ich brauche nur ein paar Minuten. Geradewegs hin und zurück, das verspreche ich."

Rex gefiel das nicht, er stützte seinen Kopf auf Alberts Knie und sah ihn mit großen, traurigen Augen an.

"Ohne mich bist du nicht sicher, dummer Mensch."

Albert griff nach der Armlehne des Stuhls, sträubte Rex' Fell und richtete sich auf.

Um Stacey zu beruhigen, hielt er an der Tür inne.

"Ich werde nicht lange brauchen. Das wird bald vorbei sein. Denken Sie daran, die haben keine Ahnung, dass sie beobachtet werden. Diese Sache endet heute Abend."

"Sollten Sie sich nicht wieder verkleiden?"

Die Frage hatte Albert gequält, seit er das Clownskostüm ausgezogen hatte. Er glaubte, dass die Verkleidung hervorragend funktioniert hatte ... er wusste es, denn Tanya war direkt an ihm vorbeigegangen. Aber wenn Tanya den Clown noch einmal sehen würde, würde sie sich sicher fragen, warum, und sobald sie aufpasste, würde sie erkennen, wer unter der Schminke steckte.

Es gab andere Kostüme, die er tragen konnte, aber um dem Personal des Cliff View Hotels Informationen zu entlocken, musste er wie ein harmloser alter Mann aussehen. Für diesen Teil des Abenteuers musste er Albert sein und beten, dass er niemanden traf, der ihn erkannte.

Albert sah sich um und fragte: "Haben Sie auch Hüte?"

Wertlose Informationen

Albert hielt seinen Kopf gesenkt und seine Füße in Bewegung, als er den Laden verließ. Rex hatte versucht, sich den Weg nach draußen zu bahnen, als Albert die Tür öffnete, und musste von Stacey mit einer Hand an seinem Halsband zurückgehalten werden, damit Albert ihn einschließen konnte.

Ein Blick über die Schulter zeigte ihm, wie Rex im Schaufenster des Ladens die Schaufensterpuppen umwarf und Alberts Entschluss, allein zu gehen, missbilligend hinterherbellte.

Allein unterwegs zu sein und so auszusehen wie er selbst, war für ihn ein Risiko, das er eingehen musste. In Looe gab es so viele Menschen, dass er sich in der Menge verbergen konnte, und es war wirklich nicht weit weg.

Er beeilte sich, lief aber nicht so schnell, dass er Aufmerksamkeit auf sich ziehen könnte, und behielt seine Augen auf den Bürgersteig gesenkt. Diese Taktik verringerte die Chance, Blickkontakt mit Tanya aufzunehmen, falls sie noch unterwegs war, erhöhte aber auch die Wahrscheinlichkeit, dass er sie nicht zuerst sah und seinen Kurs ändern konnte.

Es gab keine gute Strategie, die man anwenden konnte.

Trotz seiner Bedenken kam er nur fünf Minuten nach Verlassen von Staceys Laden ungehindert zum Hotel. Mit einem Seufzer der Erleichterung betrat er die Lobby des Hotels und nahm seinen Hut ab.

Jetzt sah er wirklich wie Albert Smith aus und falls Tanya hier war und die Lobby beträte, würde sie ihn sofort erkennen.

Mit einem Lächeln im Gesicht richtete er seine Schritte auf die Rezeption des Hotels.

Das Cliff View Hotel wurde nächstes Jahr hundertfünfzig Jahre alt und die Hotelleitung bereitete sich auf die große Party vor, die das Haus ihrer Meinung nach verdient hatte. In der Zwischenzeit sollte das Dekor in den zentralen Bereichen auf den neuesten Stand gebracht und die Fassade von Kopf bis Fuß gewaschen werden, um ihr den Glanz zurückzugeben, den der Möwenkot über die Jahre bedeckt hatte.

Die Lobby war weit entfernt von dem modernen Design mit hohen Decken, das man in einem neuen Hotel finden würde, und bevorzugte dunkle Eiche und Ölgemälde zugunsten von Chrom, Glas und hochmodernen Touchscreen-Videodisplays.

Der Empfangstresen aus Eiche war ein Original, das aus einem einzigen Stück Holz geschnitzt war. Dahinter herrschte der Chef des Tagespersonals, Larry Johnson, der alles tat, um durch einen guten Eindruck zu glänzen, denn er strebte eine Führungsposition an.

Er begrüßte den Besucher mit einem professionellen Lächeln - Larry wusste auf den ersten Blick, dass der alte Mann, der sich ihm näherte, kein Gast des Hotels war - und sagte: "Guten Tag, Sir. Willkommen im Cliff View Hotel. Wie kann ich Ihnen helfen?"

Albert hatte seinen Text im Kopf vorbereitet.

"Hallo." Er holte sein Handy heraus. "Mein Name ist Roy Hope", gab er wieder den falschen Namen an. "Wing Commander Roy Hope. Ich hoffe, Sie können mir helfen, zwei Leute zu finden. Ich habe etwas Geld für sie."

Er brauchte einen Moment, um sich daran zu erinnern, wie er auf dem Handy zu seinen Fotos navigieren konnte. Doch als er es geschafft hatte, hielt er das Bild des Mannes hoch, den er mit Tanya hatte sprechen sehen. Als der Mann hinter dem Empfang es sich angesehen hatte, scrollte er mit einem Finger über den Bildschirm, um die Frau zu zeigen.

"Ich war beim Mittagessen und hatte mein Portemonnaie vergessen. Sie saßen am Nachbartisch und waren so freundlich, meine Rechnung zu bezahlen. Wir stritten uns darüber, wie Sie sich vorstellen können, aber sie waren zu schnell für mich, gaben dem Kellner das Geld und verschwanden mit einem großzügigen Lächeln."

Larry lächelte nachsichtig. Er konnte sehen, worauf die Geschichte hinauslief, aber er ließ den Herrn höflich fortfahren.

"Nun, ich konnte sie nicht einholen, daher die Fotos aus der Ferne - meine Beine sind nicht mehr das, was sie einmal waren. Aber ich habe gehört, wie sie über dieses Hotel gesprochen haben; wie gesagt, sie saßen am Nebentisch. Sind sie hier zu Gast?"

Larry dachte einen Moment lang über die Frage nach. Unter normalen Umständen würde er niemals Informationen über Hotelgäste preisgeben. In diesem Fall schien es jedoch harmlos genug, eine einfache "Ja"- oder "Nein"-Frage zu beantworten.

"Das sind sie, Sir."

Mit einem Lächeln, das zeigen sollte, dass er mit sich selbst zufrieden war, steckte Albert sein Telefon weg und holte seine Brieftasche heraus. Er holte zwei Zwanziger heraus und fragte: "Haben Sie vielleicht einen Umschlag, in den ich sie stecken kann?"

Larry wich an das andere Ende des Schreibtisches aus und zog aus einer Schublade ein weißes Rechteck heraus.

Albert bemerkte das hochwertige Papier, aus dem er hergestellt war. Seiner Meinung nach war ein Hotel, das auf so kleine Details wie die Qualität der Umschläge achtete, einen Besuch wert.

Er steckte den Umschlag ein, hielt aber inne, bevor er ihn aushändigte.

Während Larrys Hand in der Luft schwebte, sagte Albert: "Ich habe das Bedürfnis, ihnen eine kleine Notiz zu schreiben." Er hob seine rechte Hand und tat mit einem fragenden Blick, als würde er einen Stift halten.

Larry öffnete seine Jacke und wählte seinen Kugelschreiber aus, nicht seinen Mont-Blanc-Füllfederhalter, den er niemandem in die Hand drückte. Mit einem Schnörkel klickte er auf das Ende, um die Kugel zu verlängern, und hielt sie heraus.

Albert nickte dankend, tastete nach seiner Lesebrille und richtete sich schließlich auf, um mit dem Schreiben zu beginnen.

"Ihre Namen", fragte er. "Sind es Herr und Frau?"

Hinter Albert standen noch andere Kunden und Larry wollte den älteren Herrn unbedingt loswerden. In seinem Nacken krampfte sich eine Ader zusammen, aber in der Überzeugung, dass es sich um eine unbedeutende und berechtigte Verletzung der Privatsphäre der Gäste handelte, sagte er: "Mr. Baker und Miss Bancroft."

Zufrieden mit sich selbst, machte Albert eine Show, indem er so tat, als bemerke er die anderen Gäste hinter sich erst jetzt.

"Oh, ich halte die Schlange auf. Ich ... ähm", er sah sich um und sein Blick fiel auf ein Paar Stühle, die um einen niedrigen Tisch herum angeordnet waren. "Ich bringe den Stift gleich zurück."

Erst als er die Zwanziger heimlich wieder in seine Brieftasche steckte, wurde ihm klar, wie wenig die Namen wert waren. Als er Tanya und Baldwin zum ersten Mal getroffen hatte, hatten sie falsche Namen benutzt. Das taten sie auch in Whitstable. Bei Baker und Bancroft war es nicht wahrscheinlicher, dass sie echt waren, aber in diesem Moment, als er einsah, wie vergeblich seine Bemühungen waren, fasste er einen Plan, der eine weitaus höhere Erfolgswahrscheinlichkeit hatte. Er würde eine kriminelle Handlung beinhalten und zum ersten Mal in seinem Leben war Albert damit absolut einverstanden.

Albert gab Larry den Umschlag und den Stift zurück, nickte ihm dankend zu und eilte wieder nach draußen.

Nachdem er den Spießrutenlauf noch einmal durchlaufen hatte, schlängelte er sich durch die Gasse und bog rechts in die Higher Market Street ein. Wieder inmitten der geschäftigen Menschenmenge des Festes und dankbar, dass er sich unter sie mischen und verstecken konnte, ging er weiter in Richtung von Staceys Laden.

Er hatte eine Frage an sie.

Als fünf Schritte später eine Hand nach seinem Arm griff und sich etwas Stahlhartes in seine Niere bohrte, blieb ihm nichts anderes übrig, als zu erstarren.

Als er sich der Gestalt zuwandte, die sich an seine linke Seite drückte, war er nicht überrascht, dass Tanya zu ihm aufsah.

Tanya

"Hallo, Albert. Komisch, dass ich Sie hier treffe", höhnte sie grausam und stieß die Pistole, die sie in der Hand hielt, noch etwas tiefer in sein Fleisch.

Albert stöhnte gegen den Schmerz an, machte aber keine Anstalten, sich wegzubewegen.

"Wenn Sie um Hilfe rufen; wenn Sie versuchen zu fliehen; wenn Sie auch nur mit dem Zeh über einen Pflasterstein stolpern, werde ich Sie erschießen, Albert Smith. Ich werde Sie erschießen und dann wahllos in die Menge schießen, um meine Flucht zu decken." Tanya kannte Alberts beruflichen Werdegang; sie wusste, dass er niemanden in Gefahr bringen würde, um sich selbst zu retten. "Der einzige Grund, warum ich Sie nicht schon erschossen habe, ist, dass mein Auftraggeber mit Ihnen sprechen möchte."

"Ihr Auftraggeber", raunte Albert die Worte zurück. "Ein dreckiger Krimineller mit einem Plan, Lebensmittel zu stehlen und Menschen zu entführen. Wer ist er?" Albert formulierte die Frage mit einem männlichen Pronomen, um zu sehen, wie Tanya reagieren würde. Das Geschlecht des Drahtziehers herauszufinden, würde nicht viel bringen, aber es wäre ein Anfang.

Um sie herum gingen die fröhlichen Festbesucher ihren Beschäftigungen nach. Eine Frau rempelte sie an und lächelte entschuldigend, bis sie die eisernen Mienen von Tanya und Albert sah.

Als die Frau zurück zu ihrer Gruppe eilte, trat Tanya ein wenig näher an Albert heran.

"*Er* ist jemand, den Sie sehr bald kennenlernen werden, Albert. Ich bin so froh, dass Sie diesen verdammten Hund heute nicht dabei haben. Zum Glück für ihn, denn ich habe noch eine Rechnung offen."

Alberts Herz hämmerte in seiner Brust. Das war's – seine schlimmste Vorstellung war eingetreten. Kurz davor, sie auf frischer Tat zu ertappen, war er ihnen zu nahe gekommen, hatte zu viel riskiert und musste nun den Preis dafür zahlen. Genau wie Tanya war er froh, dass Rex nicht bei ihm war. Albert konnte sich nur vorstellen, was sie getan hätte, um Rex als Bedrohung auszuschalten, bevor sie die Menschen im Team in Angriff nahm.

"Gehen Sie los." Tanya rammte ihm die Pistole erneut in die Niere und zwang Albert zu einem schmerzhaften Aufstöhnen.

"Wohin gehen wir?"

Sie stach erneut zu und verletzte ihn mit der Mündung ihrer Handfeuerwaffe in den Eingeweiden.

"Keine Fragen, Albert. Sie werden noch früh genug Antworten bekommen, aber sie werden Ihnen nichts nützen." Sie verstummte und lenkte ihn mit der Pistole und dem Schraubstockgriff, mit dem sie das Ellbogengelenk seines linken Arms umklammerte.

Fünfzig Meter später meldete sie sich erneut zu Wort, diesmal um eine Frage zu stellen.

"Wer sind Sie, Albert? Ich meine, für wen arbeiten Sie? Das will mein Chef wissen. Wie kommt es, dass Sie immer wieder dort auftauchen, wo wir arbeiten?"

Arbeiten? Albert fand ihre Wortwahl amüsant.

Mit einem müden Achselzucken gab er zu: "Ich bin niemand. Nur ein Ex-Polizist, der einen Hinweis entdeckt hat und ihm nachgeht."

"Warum, Albert? Warum haben Sie sich all diese Mühe gemacht? Sie hätten jederzeit gehen können und wir hätten Sie gehen lassen. Aber Sie mussten ja weitermachen, nicht wahr? Sehen Sie nur, wohin es Sie gebracht hat."

"Jemand muss euch aufhalten."

Tanya lachte. "So so. Und Sie sind der richtige Mann für den Job?"

Albert drehte den Kopf, um sich umzusehen und auf sie herabzublicken. "Nein, aber ich war der einzige Mann in der Gleichung. Ich musste ständig versuchen herauszufinden, was vor sich ging, weil es sonst niemand tat." Ihm kam eine neue Frage in den Sinn. "Haben Sie Argyll entführt?"

"Argyll? Ich weiß nicht, wer das ist ... oh, warten Sie mal, der Bückling-Räucherer?"

"Eigentlich sind es Schellfische, aber ja. Waren Sie das?"

Tanya lächelte bei der Erinnerung daran. "Ja", brüstete sie sich. "Ich bin mitten in Arbroath direkt hinter ihn getreten und habe ihn mit einem Elektroschocker getroffen. Baldwin hat ihn geschnappt und er ist im Lieferwagen gelandet."

Sie verließen die Higher Market Street und bogen rechts in die Buller Street ein. Sie würden an Staceys Laden vorbeikommen, wenn sie so weitermachten wie bisher. Würde sie es sehen? Würde sie die Polizei rufen? Albert hatte seit seiner Ankunft sein Bestes getan, um die Behörden zu meiden. In Anbetracht seiner derzeitigen Lage wäre es eine deutliche Verbesserung, wenn er verhaftet und eingesperrt würde, während sie herausfanden, wer was verbrochen hatte.

"Wo ist Baldwin?", fragte er. "Zu schwer verletzt, um mitzuspielen, nachdem Rex ihn gebissen hat?" Albert legte einen Hauch von Überlegenheit in seinen Ton, um seine Entführerin zu ärgern und ihre Aufmerksamkeit auf sich zu lenken, damit sie nicht sah, wie Stacey oder Rex aus dem Schaufenster guckten und auf seine Rückkehr warteten.

Tanya kicherte. "Baldwin ist tot." Sie spürte, wie Albert sich versteifte, und das Kichern verwandelte sich in ein Lachen. "Machen Sie sich keine Sorgen, Albert. Er ist nicht an seinen Verletzungen gestorben. Jedenfalls nicht direkt. Ich habe ihm in den Kopf geschossen."

Die Nachricht und die Art, wie sie lachte, als sie das sagte, ließen Albert verstummen und machten ihm klar, wie tief er in Schwierigkeiten steckte.

Tanya klang glücklich darüber und fügte hinzu: "Wahrscheinlich werde ich morgen um diese Zeit das Gleiche mit Ihnen machen."

Das Team aufteilen

Rex hielt an der Tür Wache und beobachtete durch das Fenster die Leute, die draußen vorbeigingen. Sein Mensch war ohne ihn losgezogen. Zugegeben, Rex war in den letzten Wochen einige Male von dem alten Mann getrennt worden, wenn auch selten mit Absicht.

Es war jedoch ungewöhnlich, dass Albert ohne Rex an seiner Seite loszog, und der Hund empfand dies als äußerst beunruhigend.

Stacey hatte sich an ihren Computer gesetzt, um sich abzulenken, indem sie die Online-Verkäufe überprüfte. Es gab einige, die sie verpacken und im Laufe des Tages oder vielleicht auch erst morgen verschicken würde, je nachdem, wie der Tag verlief.

Als ihr Telefon klingelte, fuhr sie fast aus der Haut.

Sie erkannte die Nummer nicht und hätte sie fast mit einer Fingerbewegung abgetan, bevor sie es sich anders überlegte.

"Hallo?"

"Stacey, ich bin's, Terry."

Staceys freie Hand bildete eine Faust.

"Was willst du, Terry? Reicht es nicht, dass du meinen Bruder wie einen Sklaven behandelst? Sein Freund ist heute gestorben." Sie wollte ihn gerade mit Fragen aufspießen, ob sie Drogen schmuggelten oder so etwas, als Terrys Antwort sie aufhielt.

"Wo ist Rodney?"

Sie antwortete eine Sekunde lang nicht und als sie es dann tat, war ihre Gegenfrage nicht die schillerndste.

"Was meinst du damit, wo ist Rodney? Er ist in deiner Küche und macht Pasties wie ein Sklave, so wie er es jeden Tag macht."

"Oh ja, das ist er", spottete Terry sarkastisch. "Deshalb habe ich die Frau angerufen, die mich in dieser Stadt mehr als alle anderen hasst. Sieh mal da, er schiebt gerade Pasties in den Ofen. Doch nein, das tut er nicht! Er ist vor einer halben Stunde gegangen und seitdem habe ich ihn nicht mehr gesehen. Ich habe Raven, die seine Arbeit macht, und Pamela, die versucht, den Laden allein zu führen!"

Stacey versuchte, sich einen Reim auf die Informationen zu machen. Rodney hatte ihren Laden vor mehr als zwanzig Minuten verlassen und beteuert, er müsse zurück zur Arbeit. Wenn er nicht da war, wo war er dann hingegangen?

"Ich ... ich muss ihn anrufen", platzte sie heraus und ihr Daumen bewegte sich, um das Gespräch mit Terry zu beenden.

"Bemühe dich nicht", rief Terry. "Er geht nicht ans Telefon. Wenn ich es mir recht überlege, bemühe dich doch. Bitte. Vielleicht geht er ja für dich ran. Wenn du ihn erreichst, frag ihn, ob er Cody gesehen hat."

"Ist Cody auch verschwunden?"

"Der ist schon seit Stunden weg", rief Terry. "Ich würde die beiden entlassen, wenn ich.... ." Nach der Hälfte seines letzten Satzes brach die Leitung ab, weil Stacey das Gespräch unterbrochen hatte. Terry starrte auf sein Handy, bis ein Schrei von Raven ihn dazu brachte, zu einem der Öfen zu rennen, wo die letzte Ladung Pasties zu rauchen begann.

In ihrem Geschäft blätterte Stacey ihre Liste der kürzlich gewählten Nummern zum Namen von Rodney. Ihr Puls raste, sie fühlte sich unruhig und schwindelig.

Die Mailbox ging an und sie versuchte es noch einmal mit demselben Ergebnis. Ihre Füße zuckten vor Unentschlossenheit. Was sollte sie tun? Es war genau das, was Albert gesagt hatte, nur früher als er vorausgesagt hatte. Cody und Rodney waren verschwunden. Waren sie bereits entführt worden?

Sie wollte Albert anrufen, aber sie hatte keine Nummer von ihm. Heute war es ihr zu keinem Zeitpunkt in den Sinn gekommen, ihn danach zu fragen.

Sollte sie die Polizei rufen? War es an der Zeit? Ihr Finger schwebte über der Tastatur, bereit, die Nummer neun zu drücken.

Was würde sie ihnen sagen? Alberts Frage hallte in ihrem Kopf nach.

Stacey steckte das Handy zurück in ihre Tasche und ging zur Eingangstür, wo sie sich über Rex beugen musste, um an das Schloss zu gelangen und abzuschließen. Mit einem Ruck, um sicherzugehen, dass die Tür nicht aufging, sagte sie: "Tut mir leid, Rex, ich muss rausgehen. Du bleibst hier, okay? Albert wird sicher bald zurück sein. Ich weiß, dass er nicht reinkommt, aber es wird nicht lange dauern."

Rex drehte sich um, um der Frau zu folgen, während sie auf die Tür zuging, die zum hinteren Teil des Ladens führte.

"Warte mal. Wo willst du denn hin?" Stacey war die zweite Person in den letzten dreißig Minuten, die Rex sagte, dass es nicht mehr lange dauern würde. Wie für jeden anderen Hund auch, bedeutete Zeit für Rex sehr wenig. Die Sonne ging auf, die Sonne ging unter, es gab Zeiten zum Fressen … na ja, okay, jede Zeit war zum Fressen da, wenn sich die Gelegenheit ergab, aber der Punkt war, wenn es um Menschen ging, bedeutete "Es wird nicht lange dauern" nichts. Alles, was ein Hund wusste, war, dass die Person weg war.

Stacey rannte aus der Tür, die sich hinter ihr schloss, und verließ das Gebäude durch den Notausgang, den ein Vormieter vor vielen Jahren gemäß den Bauvorschriften installiert hatte.

Sie war auf dem Weg zum Kai, wo Cody sein Boot aufbewahrte. Sie hatte keine Ahnung, ob es besser wäre, es dort zu finden oder festzustellen, dass es fehlte, aber es war ein Ausgangspunkt.

Eilig wählte sie Rodneys Nummer erneut und hielt das Telefon an ihr Ohr.

Zurück im Laden, beäugte Rex stirnrunzelnd die Tür. Nicht die Vordertür, sondern die Innentür, die zum hinteren Teil des Ladens führte. Stacey hatte das Gebäude verlassen, das versicherte ihm seine Nase, und der frische Geruch, der von draußen hereinwehte, sagte ihm, dass es noch einen anderen Weg nach draußen gab.

Sein Mensch war irgendwo da draußen und die jüngste Vergangenheit zeigte, dass er wahrscheinlich in Schwierigkeiten steckte. Rex stieß die Innentür mit seiner Schnauze auf und folgte seiner Nase in Richtung des Geruchs von draußen. Sie führte ihn zu einem kleinen Spalt unter einer Tür.

Eine Brandschutztür.

Eine mit einer Stange in der Mitte, die im Notfall das Verlassen der Räumlichkeiten erleichtern sollte.

Er hätte gelächelt wie der Grinch, wenn er es gekonnt hätte.

Draußen angekommen, hob Rex seine Nase zum Himmel und atmete tief ein. Er konnte keine Spur des Geruchs seines Menschen finden und wusste nun, dass er auf der falschen Seite des Gebäudes war und ganz herumgehen musste, um dorthin zu gelangen, wo er den alten Mann zuletzt gesehen hatte.

Doch gerade als er sich auf den Weg machte, nahm er einen anderen Geruch auf und beschloss, stattdessen diesem zu folgen.

Vom Regen in die Traufe

Gerade als Rex losrannte, näherte sich Albert der Fassade von Staceys Kostümverleih. Er konnte hineinsehen, warf aber nur einen kurzen Blick darauf, weil er befürchtete, dass ein Blick in diese Richtung Tanyas Aufmerksamkeit auf sich ziehen könnte, falls Rex auftauchte. Es war eine Sache, sich in einer Notlage zu befinden, und eine ganz andere, wenn Rex darin verwickelt war.

Zehn Minuten lang hatte er überlegt, was er tun könnte, um ihren Griff zu lockern oder etwas zu tun, das ihm die Flucht ermöglichte, ohne andere zu gefährden. Sie gingen aus dem zentralen Geschäftsviertel der Stadt heraus und würden bald die alte Steinbrücke sehen können, die die beiden Hälften des alten Badeortes miteinander verband.

Wohin sie gingen, wollte Tanya nicht verraten, aber Albert war sich sicher, dass er etwas unternehmen musste, bevor sie sich von den Menschenmassen entfernten. Wenn er zuließ, dass Tanya ihn in einem Fahrzeug einschloss oder bewusstlos machte, würde er so bleiben, bis er dort ankam, wo sie ihn haben wollten.

Dann würde es zu spät sein.

Natürlich wollte er wissen, wer dahinter steckte, aber Albert würde sich damit begnügen, darüber in der Zeitung zu lesen, nachdem er der Polizei die Beweise geliefert hatte, die sie für ihre eigenen Ermittlungen brauchte.

Er hatte keine Lust, den Gastrodieb persönlich zu treffen.

"Mr. Smith!" Albert zuckte zusammen, als er seinen Namen hörte. "Ich sagte, Mr. Smith. Albert Smith." Er wusste bereits, wessen Stimme über die Menge hinweg zu hören war. Sie kam von ganz vorne und als sich die

Menge bewegte, teilte sie sich ein wenig, so dass Albert einen freien Blick auf Superintendent Charters hatte.

Sie lächelte und hob ihre Hand über ihren Kopf, um seine Aufmerksamkeit zu erregen.

Albert hörte Tanya fluchen, zuckte zusammen, als er die Pistole wieder in seinem Rücken spürte, und mit einem Stoß, der ihn stolpern ließ, war seine Möchtegern-Entführerin verschwunden.

Albert gewann die Kontrolle über seine Füße zurück und drehte sich um, um zu sehen, wohin sie gegangen war.

Tanya war nirgends zu sehen.

Eine Welle der Erleichterung durchflutete ihn und hinterließ ein schwereloses, schwindelerregendes Gefühl. Er hatte jedoch keine Zeit, sich zu erholen, denn Superintendent Charters war schon fast da.

Albert murmelte: "Vom Regen in die Traufe ..." und drehte sich zu ihr um. Sollte er die Hände heben, die Handgelenke zusammenlegen und für die Handschellen bereithalten? Er konnte sich nicht entscheiden. Sicherlich rief sie seinen Namen, weil sie jetzt wusste, wer er war.

"Mr. Smith, geht es Ihnen gut? Sie sehen so blass aus."

Albert konnte sein Glück nicht fassen und zwang sein Gesicht, mit den wechselnden Gefühlen Schritt zu halten. Sie wusste offensichtlich noch nicht, wer er war, sonst hätte sie um Hilfe gerufen und versucht, ihn festzuhalten.

"Ein bisschen zu viel Cider", griff Albert zu einer glaubwürdigen Lüge. "Wie läuft das Fest? Gibt es viel Kleinkriminalität?"

"Ein paar Diebstähle. Eine kurze Panik wegen eines vermissten Kindes. Das Übliche eben. Und es gibt einen Taschendieb in der Stadt. Wir hatten heute Morgen eine Reihe von Anrufen wegen vermisster Brieftaschen und Geldbörsen. Seltsamerweise gab es in der letzten Stunde nichts mehr. Es ist fast so, als ob der Übeltäter beschlossen hat, aufzuhören."

Albert tat sein Bestes, um sein Gesicht nicht zu verziehen. Er wollte diesen Teil der Stadt verlassen und Rex einsammeln - wenn Tanya zurückkäme, würde sie gebissen werden.

Er setzte sich in Bewegung und ging in die Richtung, in die die Kommissarin lief. "Ich habe gehört, dass heute Morgen eine Leiche am Strand gefunden wurde. Nichts Verdächtiges, hoffe ich."

Superintendent Charters schien die Abwesenheit von Alberts Hund zum ersten Mal zu bemerken.

Mit einem leichten Stirnrunzeln sagte sie: "Dazu kann ich leider nichts sagen, außer dass es eine Leiche gab. Sie wurde von einem Mann gefunden, der mit seinem Hund spazieren ging. Ein großer Deutscher Schäferhund."

Albert bemerkte: "Davon gibt es viele."

"Ja", antwortete die Kommissarin, wobei sie das Wort ein wenig in die Länge zog, während sie darüber nachdachte. "Nun, der betreffende Herr ist verschwunden, was ein wenig seltsam ist, aber ich bin sicher, dass solche Dinge zu Ihrer Zeit genauso passiert sind wie heute."

"Nun", sagte Albert und blieb auf der Straße stehen, als sie auf der Höhe des Kostümverleihs ankamen. "Ich glaube, ich sollte mich ausruhen und erstmal abwarten, bis der Cider aus meinem Körper abgebaut ist. Viel Glück mit der ganzen Polizeiarbeit."

Er wünschte Superintendent Charters einen guten Tag und kehrte zu Staceys Haus zurück.

Sie sah ihm hinterher und sah, wie er versuchte, die Tür zum Laden zu öffnen, aber sie ließ sich nicht öffnen. Irgendetwas schwirrte in ihrem Kopf herum, aber da sie keine Ahnung hatte, warum, und ein Dutzend anderer Dinge ihre Gedanken beschäftigten, drehte sie ihre Füße zurück in Richtung Strandpromenade und setzte ihren Weg fort.

Weniger als eine Minute später ertönte die Stimme von Sergeant Andrews über ihr Funkgerät.

"Ma'am, ich habe Neuigkeiten über das Mordopfer von heute Morgen und Sie werden es nicht glauben."

Superintendent Charters ermutigte ihren Sergeant, weiterzumachen.

"Es ist der Mann, der die Leiche gefunden hat, Ma'am. Er hat einen falschen Namen angegeben."

"Ja, das haben Sie mir vorhin schon gesagt."

"Nun, Thorpe hat gerade mit dem Vermieter der Frühstückspension gesprochen. Der Mann, der dort wohnt, war unter diesem Namen registriert: Roy Hope, aber er passt auf die Beschreibung des alten Mannes, den wir gestern Abend getroffen haben."

"Albert Smith?" Superintendent Charters Augenbrauen zogen sich zusammen.

"Ja, Ma'am. Es gibt einen Haftbefehl gegen ihn! Er steckt hinter der Explosion in Kent vor zwei Tagen!"

Aufgeflogen

Rex war eindeutig nicht im Laden und auch von Stacey gab es keine Spur. Albert schlug frustriert mit der Faust gegen den Türrahmen, zog eine Grimasse und überlegte, was er tun sollte.

Er musste sich hinsetzen. Seine linke Niere fühlte sich wie geprellt an. Er blies die Backen auf und beschloss, die Straße zu verlassen. Er hielt es für durchaus möglich, dass Tanya ihn immer noch beobachtete.

Als er wegging, bog er in die erste Gasse ein, die zwischen einem Sandwich-Laden und einer Kneipe hindurchführte, um in die Quay Street zu gelangen. Der Fluss floss auf der anderen Seite der Straße vorbei, die mehr ein geteertes Vorfeld zwischen der äußeren Reihe von Geschäften und dem Wasser war als eine Straße.

Albert blieb stehen, um sich zu orientieren und zu fragen, welchen Weg er einschlagen sollte, und gestand sich ein, dass er einen Moment brauchte. Die Schmerzen in seiner Seite konnten nicht ignoriert werden und vielleicht war es richtig, in der Nähe des Ladens zu bleiben.

Er hatte Staceys Nummer nicht, ein großes Versäumnis seinerseits, wie er jetzt feststellte, aber anstatt das Schlimmste zu befürchten, redete er sich ein, dass sie vielleicht nur mit dem Hund spazieren gegangen war. In all der Aufregung hatte Albert nicht daran gedacht, dass sein Hund auch mal sein Beinchen heben musste.

Widerwillig akzeptierte Albert seine Grenzen, ging zurück zum Pub und betrat ihn gerade noch rechtzeitig, so dass Superintendent Charters nicht sah, wie er die Straße verließ.

Er sah sie auch nicht; sein Blick war auf einen bequemen Stuhl in der Nähe der Fenster gerichtet, die auf die Fore Street hinausgingen.

Ein kurzer Besuch an der Bar brachte ihn in den Genuss eines steifen Whiskys, eines Getränks, das er nie trank, von dem er aber glaubte, dass es die Schmerzen in seinem unteren Rücken lindern würde, und eines großen Glases Cider, den er sich holte, weil er sich im West Country befand und den beunruhigenden Verdacht hatte, dass es für eine Weile sein letzter sein könnte.

Sein Hinterteil hatte gerade die Sitzfläche des Stuhls berührt, als ein halbes Dutzend Polizisten am Fenster vorbeirannte. Sein Ciderglas blieb einen Zentimeter vor seinen Lippen stehen und seine Augen weiteten sich, als er Superintendent Charters wieder in Sichtweite kommen sah.

Die leitende Polizeibeamtin bellte Befehle. Er konnte nicht hören, was sie sagte, nicht durch die Wand der Kneipe und die Hintergrundgespräche um ihn herum, aber obwohl er nicht von den Lippen lesen konnte, erkannte er seinen Namen, wenn sie ihn sagte.

Er sollte verhaftet werden.

Das Ciderglas wackelte mehr, als er zugeben wollte, als er es die restliche Strecke zu seinem Mund führte. Albert dachte später daran zurück, dass er sich nicht daran erinnern konnte, das Glas in einem Zug getrunken zu haben, aber als er es wieder auf den Tisch stellte, war es leer.

Es war ein enttäuschendes Ende seines Abenteuers und kam gerade dann, als er dachte, er hätte den Gastrodieb im Visier. Es war nicht so sehr die Verlegenheit, die seinen Kindern widerfahren würde, obwohl ihn das störte; es war der Zweifel. Die Leute zweifelten an ihm. Sie glaubten ihm nicht. Er hatte Recht und war nicht in der Lage gewesen, es zu beweisen.

Das hätte sich heute Abend ändern können. Und jetzt würde es das nicht.

Albert nahm den Becher mit dem Whisky in die Hand, schwenkte die honigfarbene Flüssigkeit und betrachtete sie, während er über das Leben nachdachte und darauf wartete, dass die Polizei in die Kneipe kam.

Seufzend wünschte er sich, Rex wäre an seiner Seite.

Etwas im Wasser

Rex kam am Kai an, wo die Geruchsspur endete. Als er den hinteren Teil von Staceys Laden verließ, hatte es nur Sekunden gedauert, bis seine Nase einen Geruch fand, den er kannte: den des Mannes, dessen Geruch an der Kleidung des Toten haftete.

Es gab keine Spur von Alberts Geruch und als er durch die Hintertür ging, schien ihm die Ausrichtung der Gebäude verwirrend. Wenn er die Möglichkeit gehabt hätte, wäre Rex zur Vorderseite von Staceys Laden gegangen und hätte sich dann in die Richtung aufgemacht, in der er seinen Menschen zuletzt gesehen hatte.

Aber jetzt hatte er eine andere Fährte, der er folgen musste, und er fragte sich, ob er vielleicht einfach herausfinden sollte, wer den Mann am Strand getötet hatte.

Die Spur führte ihn am Kai entlang und weg von den vielen Menschen im Stadtzentrum. Es dauerte mehr als eine Minute, bis Rex herausfand, dass er zwei Spuren verfolgte. Da es in der Umgebung so viele menschliche Gerüche gab, die sich mit einer Fülle anderer Gerüche vermischten, darunter ein starker Gestank, der vom Fischmarkt den Fluss entlang zog, nahm er zunächst an, dass der zweite Geruch eines männlichen Menschen einfach in dieselbe Richtung führte.

Das war es aber nicht und Rex kannte auch die Person, zu der dieser Geruch gehörte - Staceys Bruder. Er war bei dem Mann, dessen Geruch auf der Kleidung des Toten war. Rex ließ seine Nase weiterarbeiten und hielt ab und zu inne, um sich zu vergewissern, dass er noch auf der richtigen Spur war.

Wenn die beiden Männer zusammen waren, waren sie dann beide irgendwie in den Mord an dem Mann am Strand verwickelt? Rex wollte keine voreiligen Schlüsse ziehen, aber sie waren auf jeden Fall zur selben

Zeit am selben Ort und beide rochen nach der Arbeit in der Pasty-Bäckerei.

Rex folgte den Gerüchen, bis er am Ende des Kais ankam. Es waren Menschen da, wenn auch nicht sehr viele. Hier war es kühler; er war der Brise vom Meer ausgesetzt, die sein Fell ständig zerzauste. Die Menschen waren in den Straßen der Stadt versammelt, weg vom Strand und dem Wasser.

Rex beobachtete den Wellenschlag, der seit heute Morgen stark zugenommen hatte, und kam zu dem unausweichlichen Schluss, dass die Spur verloren gegangen war.

Er stand auf dem Beton am Rande des Kais und schnupperte in der Luft. Die Männer waren verschwunden und Rex konnte nur eine Schlussfolgerung ziehen: Sie hatten den Kai verlassen und waren auf ein Boot gestiegen. Oder sie waren ins Meer getaucht, was Rex für deutlich unwahrscheinlicher hielt.

Enttäuscht wandte sich Rex ab, als er ein verzweifeltes Geräusch hörte. Es war so merkwürdig, dass er sich umdrehte. Er starrte in die Richtung, aus der es gekommen war, konnte aber nichts sehen. Rex, der es gewohnt war, sich auf seine Nase zu verlassen, um Informationen zu erhalten, wusste, dass sein starkes Geruchssystem in diesem Fall keine Antwort liefern würde - das Meer hatte die Angewohnheit, Gerüche zu ersticken.

Rex lauschte auf die Wiederholung des Geräusches und wollte sich gerade ein zweites Mal abwenden, als er es erneut hörte.

Es war tierischen Ursprungs und nicht menschlich, da war sich Rex sicher.

Er starrte über die Mündung des Flusses auf das Meer und richtete seine Augen auf eine Stelle in der Nähe des felsigen Ufers auf der anderen Seite. Hatte er etwas gesehen, das sich bewegte?

Er bewegte sich vorwärts und hätte dabei fast seinen Vorderfuß über die Kante des Kais gesetzt. Rex machte einen Schritt zurück, um sich zu vergewissern, dass er auf festem Boden stand, und schaute in die richtige Richtung, als das Geräusch erneut ertönte und er diesmal eine Flosse sah, die sich über die Wasseroberfläche erhob.

Es war eine Robbe.

Unsicher, was er da sah, bellte Rex: "Hey!"

Die einzige Antwort, die sie gab, war dasselbe klägliche, verzweifelte Wimmern.

Als Rex jedoch starrte und sich fragte, ob die Robbe ihm vielleicht einen Streich spielte, tauchte eine weitere direkt unter Rex' Kinn auf.

Als sie von der Oberfläche der Wellen auftauchte, überraschte das Rex und ließ ihn einen Meter zurücktanzen, bevor er wieder über den Rand blickte.

"Bist du gekommen, um mich zu warnen, wieder am Ufer zu bleiben?" knurrte Rex und blickte mit mürrischer Miene auf die Robbe herab. Es war eine Art Trick - eine Robbe lenkte ihn ab, damit er zu ihr schaute und die andere ihn dann zum Springen bringen konnte. Wahrscheinlich würden sie gemeinsam darüber lachen und es ihren Freunden erzählen.

Rex hatte nicht mit der Antwort des Seehunds gerechnet.

"Es ist Gus! Er ist in der Falle!" bellte die Robbe. "Ich kriege ihn nicht raus!"

Rex verengte seine Augen.

"Gefangen, wie? Im Wasser. Ich wette, das passiert oft. Was ist der Trick? Soll ich reinspringen, um zu helfen?"

Rex verließ den Kai, ohne einen zweiten Blick auf die Robbe zu werfen, und erstarrte, als die Robbe erneut jaulte.

"Biiiiiiiiitte!"

Der Hilfeschrei war von einer tiefen Emotion getragen, die Rex nicht ignorieren konnte. Wütend auf sich selbst, drehte er sich um und sah der Robbe in die Augen.

"Er steckt in einem alten Fischernetz fest", verriet der Seehund. "Es hat sich in einigen Felsen verkeilt und Gus kann sich nicht befreien. Außerdem kommt die Flut. Er wird ertrinken!"

Rex runzelte die Stirn. "Ertrinken? Wie kann eine Robbe ertrinken?"

"Wir sind keine Fische! Wir halten den Atem an, genau wie andere Säugetiere auch."

Das war eine große Neuigkeit für Rex, der dachte, dass alle Meeresbewohner unter Wasser atmen konnten.

Als Rex über das Wasser zu dem Freund der Robbe blickte, hörte er den verzweifelten Laut, den Gus von sich gab, und jetzt ergab es einen Sinn. Er verweilte an der gleichen Stelle und obwohl Rex nicht sicher sein konnte, glaubte er, etwas Blaues zu sehen - das Fischernetz.

Rex atmete verärgert aus und wollte eigentlich nicht helfen, aber er akzeptierte seine Natur als das, was sie war. Wenn er davonlief, würde ihn das wochenlang quälen.

Er drehte sich um, um ins Landesinnere zu schauen, und begann zu bellen.

"Hey! Hey, Menschen! Ein Seehund steckt in Schwierigkeiten. Ich weiß, dass ihr diese Robben liebt. Kommt her und helft mir!"

Das wilde Bellen erregte die Aufmerksamkeit von mehr als zwei Dutzend Menschen, die sich alle in einem kurzen Radius von seinem Standort befanden. Zuerst dachte er, dass sie ihn alle ignorieren würden, und das taten die meisten auch, aber ein Paar kam, um nach ihm zu sehen.

"Gut", bellte Rex und drehte sich auf der Stelle, als sie sich näherten. "Gut gemacht. Jetzt braucht ihr ein Boot oder so."

"Was bellt er denn da?", fragte Beryl und richtete die Frage an ihren Mann Alf.

"Woher soll ich das wissen, Liebes?"

Während ihrer sechsundvierzigjährigen Ehe hatten sie die Gesellschaft von Hunden genossen, aber jetzt waren sie ohne einen, nachdem sie im Frühjahr ihren geliebten Springer Spaniel verloren hatten.

"Oh, sieh mal, da ist ein Seehund", bemerkte Beryl, die sich freute, das wilde Tier aus der Nähe zu sehen.

"Ich schätze, das war es, warum er gebellt hat."

"Nein, nein, nein!" bellte Rex und richtete seine Nase auf das Wasser. "Ihr müsst dort drüben hinsehen. Da sitzt eine Robbe in einem Fischernetz fest."

Alf klopfte dem Deutschen Schäferhund auf die Schulter.

"Was glaubst du, wo der Besitzer dieses Kerls ist?"

Beryl sah sich um.

"Aber es ist doch niemand in Sicht, oder? Vielleicht hat er sich verlaufen."

Alf konzentrierte sich auf den Hund.

"Er starrt aufs Meer hinaus. Vielleicht ist sein Besitzer mit dem Boot rausgefahren und hat den Kerl irgendwo angebunden, nur er konnte sich befreien."

"Das macht Sinn", stimmte Beryl zu.

Der Seehund fragte: "Wie kommt es, dass ihr Hunde immer mit Menschen herumhängt? Seid ihr nicht frustriert von deren absoluter Dummheit?"

Rex hatte keine Antwort darauf und war zu sehr damit beschäftigt, die relativen Geschwindigkeiten, Gezeitenstärken und andere Faktoren zu berechnen. Er hatte einen Plan. Es war keiner, der ihm gefiel, aber es gab auch keine anderen Möglichkeiten.

Alf griff nach Rex' Halsband.

"Ich denke, wir sollten die Polizei rufen und den Kerl an einen sicheren Ort bringen lassen. Es wäre nicht richtig, ihn einfach hier zu lassen."

Beryl nickte mit dem Kopf und griff in ihre Handtasche, um ihr Handy zu suchen.

Was dann geschah, hatte keiner von beiden erwartet.

Mit einer rasanten Bewegung bockte und drehte sich Rex und löste Alfs halbherzigen Griff. Der Mensch fluchte und jaulte, als sein Schultergelenk einen Ruck bekam, aber Rex schaute nicht zurück.

Ein kleines Fischerboot war auf dem Rückweg zum Kai und Rex war bereit zu wetten, dass sie den Kurs ändern würden, um ihn aus dem Wasser zu fischen. Oder besser gesagt, als er sich über den Kopf der Robbe hinwegstürzte, betete er, dass dies der Fall sein würde, denn es gab jetzt keinen Weg mehr zurück an Land, ohne ordentlich lange zu schwimmen.

Tierischer Held

Der kalte Biss des Wassers erfasste Rex' Haut und das Salz stach in seiner Nase. Die rauschende Flut hatte das Meer angehoben, so dass die Fallhöhe zur Oberfläche weniger als einen Meter betrug, aber die Schwerkraft zog ihn immer noch unter die Oberfläche.

Beryl und Alf beobachteten vom Kai aus mit ungläubigem Blick die Stelle, an der der Hund in den dunklen Wellen verschwunden war, und die Zwei atmeten erleichtert auf, als er einen Moment später wieder auftauchte.

Rex holte tief Luft und paddelte mit aller Kraft auf das ferne Ufer zu. Als er noch an Land war, hatte es gar nicht so weit ausgesehen. Jetzt, auf Meereshöhe, mit den Wellen, die ständig gegen ihn schlugen und ihm die Sicht nahmen, nur um sie einen Moment später wieder freizugeben, fragte sich Rex, ob das eine so gute Idee gewesen war.

"Kannst du nicht schneller?", fragte Robbie und schwamm zu ihm zurück. Als er sah, wie der Hund sich ins Wasser gestürzt hatte, war auch er auf das andere Ufer zugeschwommen und schon auf halbem Weg, als er sich umdrehte und Rex kaum drei Meter vom Ufer entfernt entdeckte.

Rex' Wangen flatterten, als er etwas Luft einsaugte und zischte: "Ja! Wenn das hier vorbei ist, sollten wir beide vielleicht ein Wettrennen an Land veranstalten."

"Ein fairer Kommentar", räumte Robbie ein.

Gus' verzweifelter Hilferuf hallte über das Wasser und dieses Mal hörten Beryl und Alf ihn, die sich fragten, was der Hund da tat.

"Was ist das?", fragte Alf und blinzelte auf etwas Blaues. Es war nur eine Sekunde lang zwischen den Wellen zu sehen gewesen und er hätte es vielleicht ignoriert, wenn das seltsame Geräusch eines in Not geratenen Tieres nicht aus derselben Richtung gekommen wäre.

"Weißt du", Beryl spannte ihre Augen an. "Ich glaube, das könnte eine Robbe sein."

Mit den neuen Informationen ausgestattet, brauchte Alf nur eine Sekunde, um zu beurteilen, was er sah. Es stand außer Frage, dass der Deutsche Schäferhund direkt auf den Seehund am anderen Ufer zusteuerte. Oder besser gesagt, er versuchte es. Die Flut, die in die Mündung des Flusses strömte, drängte Rex vom Kurs ab. Für jeden Meter, den er sich vorwärts bewegte, musste er drei schwimmen, nur um in Richtung des Ziels zu bleiben.

Robbie hat es eine Zeit lang toleriert, aber es war einfach zu langsam.

"Hier, halt still", hupte er Rex ins Ohr. "Ich werde dich schleppen."

Rex hatte kein Mitspracherecht und seine Proteste wurden unterdrückt, als die Robbe ihn am Halsband packte und seine Geschwindigkeit verdreifachte. Rex, der jetzt durch die Brandung raste, konnte nicht sprechen, weil er Angst hatte, zu ertrinken, und er war seitwärts unterwegs, mit dem halben Gesicht im Wasser.

Was er entwickeln musste, dachte Rex zwischen panischen Atemzügen, war die Fähigkeit, durch sein linkes Ohr zu atmen.

Rex bellte und bekam fast eine Lunge voll Meerwasser, als er rief: "Stopp!"

Sie befanden sich zu drei Vierteln auf der anderen Seite der Flussmündung und damit weniger als zwanzig Meter von der gefangenen Robbe entfernt. Das war nah genug und das Fischereifahrzeug kam auf sie zu. Es würde sie an ihrer Backbordseite passieren und in der Mitte des

Flusses fahren. Rex war sich sicher, dass es ihn im Wasser nicht übersehen konnte.

Um das Ganze abzurunden, fing er an zu bellen, während er gegen den Strom paddelte.

"Hey! Hey, Menschen! Kommt her!"

Robbie schloss sich an und fügte seine Geheule zu einem Akt hinzu, der die Einheimischen verblüffte und über den noch jahrelang diskutiert werden sollte.

Im Steuerhaus des kleinen Fischerbootes blinzelte John Marcone und rieb sich die Augen. Seit sechsunddreißig Jahren fischte er in den Gewässern vor Looe und noch nie hatte er etwas so Bizarres gesehen. Er lehnte sich aus dem Seitenfenster und rief den beiden Männern an Deck zu.

"Hier, Leute. Das müsst ihr euch ansehen."

Er schaltete den Motor ab, legte den Rückwärtsgang ein und gab Gas, bis das Boot gegen die Flut anhielt.

Auf der Steuerbordseite trieben ein großer Hund und ein Seehund in den Wellen und bellten wie wild. Als er nachsehen wollte, drehten beide den Schwanz um und schwammen bellend und heulend zum Ufer.

"Das war bizarr", bemerkte Johns Sohn Leslie. "Ich habe noch nie gehört, dass eine Robbe mit einem Hund im Wasser spielt."

"Ich schätze, er muss den Leuten da drüben gehören", sagte Tommy, der dritte Mann, zündete sich eine Zigarette an und nickte einem älteren Ehepaar am Kai zu.

"Kannst du verstehen, was sie sagen?", fragte John und bemühte sich, ihre Worte gegen die auflandige Brise zu hören.

Sowohl Beryl als auch Alf zeigten und gestikulierten, ganz zu schweigen davon, dass sie sich darüber stritten, was das internationale Zeichen für "gefangene Robbe" sein könnte. Alf blies die Backen auf, stemmte die Ellbogen in die Seiten und klatschte in die Hände, während er wie ein Seehund bellte.

Während es keinen Zweifel daran gab, welches Tier er zu imitieren versuchte, hatte die Besatzung des Fischereifahrzeugs keine Ahnung, was seine nächsten Aktionen bedeuten sollten.

"Was machst du da?", fragte Beryl und starrte auf ihren Mann hinunter, der nun auf dem Beton des Kais lag und sich wie eine Robbe verhielt, die in einem Netz gefangen war.

"Ich bin eine Robbe, die in einem Netz gefangen ist", antwortete er, ärgerlich, dass er auf das Offensichtliche hinweisen musste.

"Glaubst du, er ist in Ordnung?", fragte Leslie. "Hat er einen Anfall?"

John verzog das Gesicht und versuchte zu entscheiden, ob er einfach weitermachen und ihren Fang an Land ziehen sollte. Er drehte sich um, um nach dem Hund zu sehen - er mochte Hunde und war besorgt, dass das Tier in größerer Gefahr schwebte, als alle dachten. Die Flut war fast da und würde bald zurückgehen. Direkt vor der Küste gab es eine reißende Flut, die ihn mindestens eine Meile weit mit sich tragen würde.

In diesem Moment entdeckte er eine Robbe. Die Wellen fielen für den Bruchteil einer Sekunde und gaben den Blick frei auf ein Gesicht, das sich eng an die blauen Nylonmaschen eines Netzes presste.

Er fluchte, rannte zurück ins Steuerhaus und ließ seinen Sohn und Tommy zurück, die sich fragten, was sie verpasst hatten.

Nachdem sie das Boot über die Flussmündung gelotst und vorsichtig um die Felsen am anderen Ufer herumgeschifft hatten, brauchten sie nicht viel näher heranzukommen, um zu sehen, warum der Hund und der Seehund so viel Lärm gemacht hatten.

Rex erreichte die Felsen am anderen Ufer und kletterte dort, vom Meer verschmutzt, hin und her. Wasser tropfte aus seinem Fell, aber es blieb keine Zeit, den Überschuss auszuschütteln.

Als er zehn Meter stromaufwärts von Gus aus dem Wasser stieg, musste Rex die schwierigen Felsen überwinden, um zu ihm zu gelangen. Robbie war schon da und trieb nur einen Meter von seinem Freund entfernt im Wasser.

Von dort aus gab die Robbe Worte der Ermutigung.

"Halte durch, Gus. Die Menschen werden kommen. Sie werden dich befreien."

Für Robben war es völlig unnatürlich, die Menschen auch nur in ihre Nähe zu lassen. Natürlich kamen sie sich manchmal nahe, wenn die seltsamen zweibeinigen Kreaturen vor der Küste tauchten, aber das war nur Neugier und Spielerei. Jetzt mussten sie sich mit der Anwesenheit der Fischräuber abfinden und hoffen, dass sie einen Weg fanden, Gus zu befreien, bevor die Flut noch weiter anstieg.

Rex kam die Felsen hinunter, bis seine Pfoten wieder im Wasser waren. Er watete bis auf Brusthöhe hinaus und rutschte mit dem Vorderfuß wieder ins Nichts, als er zum Abgrund kam, nur dass er diesmal nicht hineinfiel.

"Du hast den Hund mitgebracht?", fragte Gus. Er wollte etwas Böses sagen, aber seine Energie war durch den Kampf um die Freiheit verbraucht.

„Und er hat die Menschen mitgebracht", antwortete Robbie.

Rex beschloss, Gus' Ton zu ignorieren, und tauchte mit dem Kopf unter die Wellen, um in das Netz zu beißen.

Konnte er es vielleicht durchbeißen?

Es dauerte nicht lange, bis ihm klar wurde, dass er diesen Kampf niemals gewinnen würde, aber das war in Ordnung, denn die Menschen kamen nun wirklich an.

John brachte das Boot so nah wie möglich heran und rief Leslie zu, er solle Tommy helfen, das Gleichgewicht zu halten. Mit dem Timing der Dünung und einem Taschenmesser zwischen den Lippen flüsterte Tommy ein Gebet und sprang.

Sein Timing war nicht besonders gut, aber das Zusammentreffen von Faktoren, die er berechnen musste, war zahlreich und unvorhersehbar. Das Boot bewegte sich, als er sich abstieß und einen Meter ins Wasser sank, und vergrößerte die Distanz. Glücklicherweise fand Tommy bei der Landung Fels unter seinen Füßen, auch wenn dieser einen Meter unter den Wellen lag.

Die Temperatur des Meeres mochte zwar als warm gelten, aber das kalte Wasser, das mit der nächsten Welle aufstieg und sanft die Unterseite von Tommys Unterleib umschloss, ließ ihn trotzdem einige Schimpfwörter ausstoßen.

Er kämpfte sich durch das Wasser und hielt sich an den Felsen fest, um nicht reinzufallen, falls er den Halt verlor, und näherte sich der gefangenen Robbe.

Am Kai hatte sich eine kleine Menschenmenge versammelt. Angelockt von Alf und Beryls Rufen, filmten viele das Ereignis. Weitere sahen vom anderen Ufer aus zu, wo die Straße steil nach Hannafore Point hinaufführte. Ein Ehepaar, das wegen des Festivals in der Stadt war, hatte angehalten, um sich das Geschehen besser ansehen zu können. Am Straßenrand war nicht wirklich Platz zum Anhalten und die Autos hinter ihnen, die versuchten, um sie herumzufahren, hatten einen Rückstau verursacht, von dem nun keiner mehr Interesse hatte, weiterzufahren.

Im Wasser verstand Gus, dass der Mensch kam, um ihm zu helfen, und dass er sich nicht selbst befreien konnte, aber ein Leben in der Wildnis löste eine impulsive Reaktion aus. Er bockte und heulte und bedrohte den Mann.

Fast am Ziel angekommen, zuckte Tommy mit den Augen und sah den Hund an. Rex hielt Wache, unfähig, mehr zu tun, als er bereits getan hatte.

"Mach schon", ermutigte ihn Rex. "Schneid das Netz durch. So ist es brav."

Der Hund war ruhig und freundlich. Warum war es die Robbe nicht? Er war hier, um ihr zu helfen. Beide Hände zeigend, auch wenn eine ein Messer hielt, legte Tommy die letzten Meter im Schneckentempo zurück.

Die Robbe bockte und krümmte sich weiter unter dem Beifall der Zuschauer.

Das Netz, das die Robbe an Ort und Stelle hielt, befand sich unter der Wasseroberfläche und wurde von dem darin befindlichen Tier gespannt, das darum kämpfte, über den Wellen zu bleiben.

Tommy versuchte, das Nylonseil zu packen, in der Hoffnung, es schnell durchschneiden zu können, aber Gus schnappte nach ihm, so dass sein Retter rückwärts in die Wellen fiel.

Tommy, der nun bis zu den Brustwarzen durchnässt war, war erstaunt, dass er das Messer in der Hand behalten hatte. Leider lachten die Zuschauer jetzt über seine Aktionen, die er, offen gesagt, für geradezu heldenhaft hielt.

In diesem Sinne raffte er sich auf, stieg aus dem Wasser, packte das blaue Nylon und hielt es fest. Das Messer war scharf, aber es kostete Mühe und einige Sekunden, den Schnitt zu machen. Ein zweiter und dann ein dritter Schnitt befreiten die Robbe, die mit einem Aufbäumen ihres Körpers in den dunklen Wellen verschwand.

Ein Jubel brach aus und es gab Applaus. Alles für den Menschen, der der Menge auf beiden Seiten des Flusses zuwinkte wie ein Goldmedaillengewinner auf seiner Siegesrunde, bemerkte Rex.

Die Arbeit war getan und die Anzahl der Leute, die fotografierten oder filmten, garantierte Tommy einen Platz in der Lokalzeitung. Der Nachteil war die Wahrscheinlichkeit, dass er gezwungen sein würde, eine Runde in seinem Lokal auszugeben, wenn sie die Bilder an die Wand hängen würden, aber vielleicht würde sein neuer Ruhm endlich ausreichen, um Sadie Black zu überzeugen, mit ihm auszugehen.

Von diesem Gedanken ermutigt, begann Tommy, die Felsen hinaufzuklettern.

Rex beobachtete das Wasser, bis Gus' Kopf wieder auftauchte. Es folgten Freudenschreie und die Menschen freuten sich über das Happy End. Rex bekam ein müdes Nicken von der Robbe und ein weiteres von Robbie, als sie wieder unter der Oberfläche verschwanden.

Wie viel Zeit war verstrichen, während er den tierischen Helden gespielt hatte? Rex wusste, dass es deutlich länger war, als er geplant hatte, und jetzt war er auf der falschen Seite des Flusses. Das Schwimmen hatte ihn müde gemacht - ein Imbiss wäre angebracht gewesen, aber sein eigener Mensch war nicht da, um ihn zu versorgen. Und Albert war wahrscheinlich genauso in Schwierigkeiten, wie vorhin, als Rex Staceys Laden verlassen hatte.

Rex folgte Tommys Pfad die Felsen hinauf, wich den Menschen aus und machte sich auf den Weg zur Brücke. Um zu seinem Ausgangspunkt zurückzukehren, musste er mit müden Gliedern vielleicht zwei Meilen zurücklegen. Zu allem Übel war er auch noch klatschnass und ihm wurde kalt.

Er schüttelte sich, um so viel Wasser wie möglich aus seinem Fell zu bekommen, und begann zu laufen.

Eine neue Verkleidung

Alberts Whisky blieb mehr als eine Stunde lang im Glas. Eine Stunde, in der er darauf gewartet hatte, dass die Polizisten ihn fanden. Albert saß in seinem Sessel, blickte auf die Straßen von Looe und hatte eine Szene im Kopf.

Die Polizisten würden das Lokal betreten - nur ein paar von ihnen. Wenn sie den Verdächtigen sahen, der still für sich allein saß, würden sie vorsichtshalber Verstärkung rufen, die außer Sichtweite wartete, obwohl sie vergaßen, dass Albert ihr Funkgerät hören würde. Die Verstärkung würde kommen, vielleicht in Gestalt eines ranghöheren Mitarbeiters, und sie würden die Gäste leise auffordern, die Bar zu verlassen. Übervorsichtig für den Fall, dass der mutmaßliche Terrorist bewaffnet wäre, würde die ranghöhere Person - möglicherweise Superintendent Charters selbst - ihn ansprechen.

An diesem Punkt und ohne einen Blick in ihre Richtung zu werfen, plante Albert, den Whisky langsam an seine Lippen zu heben und in einem Zug zu trinken. Das Szenario hatte eine gewisse ... Clint-Eastwoodness an sich. Alles, was er brauchte, waren ein Poncho und ein Hut. Und vielleicht ein Blinzeln.

Doch die Szene blieb ungespielt; die Polizisten schwärmten aus, um die Stadt still und leise abzuriegeln, und betraten nicht ein einziges Mal die Kneipe, in der ihr Verdächtiger saß.

Das brachte Albert in ein Dilemma: Was sollte er tun?

So wie es aussah, stand es ihm frei, seine Ermittlungen fortzusetzen. Das bedeutete, dass er immer noch eine Chance hatte, Tanya und ihre Freunde auf frischer Tat zu ertappen. Die Polizei war überall in der Stadt, was ihm bei der Verhaftung zugute kam, aber seiner Meinung nach auch die Wahrscheinlichkeit verringerte, dass die Agenten des Gastrodiebs ihr Ziel weiterverfolgen würden.

Was auch immer er tat, er konnte auf keinen Fall so gekleidet bleiben, wie er war. Superintendent Charters hatte sein Outfit und sein Aussehen sicher sehr genau beschrieben.

Er musste es ändern.

Konnte er in Staceys Laden eindringen? War sie da? Die Eingangstür war verschlossen, so viel wusste er. Aber wenn man bedachte, wie tief er bereits in der Klemme steckte, war ein kleiner Einbruch in der Freizeit kein Problem.

Er kippte den Whisky hinunter und war ein wenig enttäuscht, dass er die Szene in seinem Kopf nicht nachspielen konnte. Albert nahm seine Gläser mit an die Bar und hielt mit gesenktem Kopf Ausschau nach Polizisten vor den Fenstern. Als er keine sah, nickte er dem Wirt mit dem Kopf zu und ging auf die Straße hinaus.

Die Sonne hatte sich auf den Horizont zubewegt und das Licht mit sich genommen. Es war noch nicht ganz dunkel, aber Albert wusste, dass die Dämmerung höchstens noch eine halbe Stunde andauern würde.

In der Hoffnung, dass Stacey jetzt im Laden sein könnte, war Albert auf dem Weg zur Fore Street, als er eine Tür entdeckte, die einen Spalt breit offen stand. Er reckte den Hals, um nachzusehen, und stellte seine eigene Einschätzung zweimal in Frage, doch war sich schließlich sicher, dass die Tür in den hinteren Teil ihres Ladens führen musste. Es war ein Notausgang, stellte er fest, als er die Tür mit den Fingerspitzen weiter öffnete. Er hatte keine Ahnung, wie es dazu gekommen war, dass sie offen stand, und es war ihm auch egal. Er stieß einen Seufzer der Erleichterung aus, außer Sichtweite zu sein, doch Zeit zur Muße hatte er nicht - er musste mit der anstehenden Aufgabe weitermachen.

"Rex? Stacey?"

Es kam keine Antwort. Das war enttäuschend, aber er nahm an, dass sie zusammen waren, wo auch immer sie waren.

"Wahrscheinlich sind sie auf der Suche nach dir", sagte er zu sich selbst, als er aus den hinteren Räumen in den vorderen Teil von Staceys Laden ging.

In den Regalen fand er eine Reihe von Kleidungsstücken, aus denen er auswählen konnte. Nichts davon war jedoch geeignet. Sich als Clown zu verkleiden war out. Tanya würde die Verkleidung diesmal mit Sicherheit erkennen und in dem Moment, in dem sie sich fragte, warum sie schon wieder den Clown sah, würde sie die Schminke durchschauen.

Nein, er brauchte etwas anderes. Etwas, das sein Gesicht verdeckte.

Er betrachtete ein Raumfahrer-Outfit und nahm den Helm in die Hand. Er erfüllte den Zweck, aber mit heruntergeklapptem Visier war es schwer zu sehen und mit hochgeklapptem Visier war sein Gesicht ungeschützt. Außerdem hatte er kein peripheres Sichtfeld.

Er stellte den Helm zurück ins Regal und schob einen Kleiderbügel nach dem anderen von links nach rechts, bis ihm eine Idee in den Kopf schoss.

Albert griff nach dem zweiten Kostüm auf dem Ständer und hielt es hoch. Es war mit einem Bowlerhut ausgestattet. Das trug nicht dazu bei, sein Gesicht zu verbergen, aber als er sich langsam umdrehte, um seinen Blick noch einmal auf Staceys Schminkkasten zu richten, breitete sich ein Grinsen auf seinem Gesicht aus.

Einfach nicht bewegen

Es dauerte eine Viertelstunde, bis Albert mit der Wirkung, die er erzielen wollte, zufrieden war. Es war bei weitem nicht perfekt, aber es war definitiv das Beste, was er tun konnte. Da die Sonne bereits vom Himmel verschwunden war, konnte er nur annehmen, dass seine Chance, die Agenten des Gastrodiebs zu erwischen, unmittelbar bevorstand. Sie würden vielleicht erst in einer Stunde oder sogar erst in ein paar Stunden zuschlagen, aber wenn sie handeln wollten, dann bald.

Er musste an Ort und Stelle und bereit sein.

Er richtete seinen Blick nach draußen auf die Straße und hätte seine falschen Zähne ausgespuckt, wenn er welche gehabt hätte. Tanyas Freunde, der Mann und die Frau, gingen direkt vor dem Schaufenster vorbei.

Er rannte zur Vordertür, um ihnen zu folgen, musste aber feststellen, dass man einen Schlüssel brauchte, um sie zu öffnen. Fluchend rannte Albert so schnell er konnte zum Notausgang auf der Rückseite. Er vergewisserte sich, dass er ihn hinter sich schloss, und flitzte dann um die angrenzenden Gebäude herum, um durch eine Gasse etwa vierzig Meter weiter auf die Fore Street zu gelangen.

Als er sich nach den beiden umsah, blieb sein Herz fast stehen, als er merkte, dass sie direkt auf ihn zukamen. Die blinde Panik, dass er es bereits vermasselt hatte, verflog schnell, als er sich daran erinnerte, dass er verkleidet war.

Seine Verkleidung verlangte jedoch eine absolute Bewegungslosigkeit. In einer Pose, von der er hoffte, sie halten zu können, lehnte sich Albert mit dem Rücken gegen eine Wand und erstarrte.

"Oh, sieh mal, George, das ist eine dieser lebenden Statuen. Diese Leute schaffen es, sich stundenlang überhaupt nicht zu bewegen."

Albert versuchte, seine Augen nicht zu bewegen, um zu sehen, wer da sprach.

Ein Ehepaar in den Sechzigern blieb direkt vor ihm stehen und der Mann wedelte fröhlich mit der Hand vor Alberts Gesicht, um zu sehen, ob er die Statue zum Blinzeln bewegen konnte.

"Sie brauchen eine Mütze oder einen Topf oder so etwas", riet die Frau und kramte in ihrer Handtasche nach ein paar Münzen. "Ich stecke sie einfach hier rein", sagte sie lächelnd und ließ etwas Kleingeld in seine linke Brusttasche fallen.

Tanyas Kollegen gingen vorbei und weiter die Straße entlang.

Das Ehepaar zog weiter und ließ Albert zurück, um die Zwei zu beobachten, die er verfolgte.

"Sieh mal, Bob, das ist eine dieser blöden lebenden Statuen", bemerkte ein Jugendlicher und stieß seinen Freund mit dem Ellbogen an. "Ich wette, ich kann sie zum Laufen bringen." Der Junge wollte es gerade seinen Kumpels zeigen, von denen es eine ganze Menge gab, als Albert beschloss, dass seine Zielpersonen weit genug entfernt war.

Der Junge wollte Albert gerade gegen das Schienbein treten und sprang halb aus der Haut, als sich die Statue abrupt bewegte.

Albert wich dem Tritt aus, stieß gegen die Schulter des Jungen und warf ihn unter dem Gelächter seiner Freunde um.

Albert erntete Blicke von den Menschen in seiner unmittelbaren Umgebung und beeilte sich weiterzugehen. Die Verkleidung funktionierte, das war die gute Nachricht. Die Idee war ihm in einem Geistesblitz gekommen. Er brauchte etwas, das sein Gesicht verbarg, aber er wollte keine Maske tragen, denn die Polizei und wahrscheinlich auch Tanya würden es sehen und Verdacht schöpfen.

Aber eine lebende Statue auf einem Festival mit Tausenden von Menschen - das war überhaupt nicht verdächtig. Er könnte bei Bedarf stehen bleiben und die Polizei würde einfach vorbeigehen.

Ehrlich gesagt war er nicht annähernd sicher, dass es funktionieren würde, und hoffte, dass er es nicht auf die bittere Tour herausfinden musste.

Tanyas Kollegen waren ein paar Meter vor ihm; gerade weit genug, dass er sie im Blick behalten konnte. Er würde es schaffen, das sagte sich Albert immer wieder, während er sich seinen Weg durch die Stadt bahnte. Sie warteten auf den Beginn der abendlichen Feierlichkeiten und auf die Bekanntgabe des Gewinners des Ciderwettbewerbs. Er hoffte, dass dies der Auslöser für ihren Plan sein würde. Alles, was er tun musste, war ihnen zu folgen, außer Sichtweite zu bleiben und zu warten. Wenn sie loslegten, würde er die Polizei rufen.

Vorausgesetzt, die Polizei entdeckte ihn nicht vorher, war es narrensicher.

All das wäre auch möglich gewesen, wenn Albert nicht ein entscheidendes Element übersehen hätte.

Cody.

Den Laden schließen

Cody war sich sicher, dass Rodney ihm alles gesagt hatte. Es war ja nicht so, dass er dem Idioten eine Wahl gelassen hätte. Stacey wusste von der königlichen Verlobung, aber nicht von Codys Plan dafür, wenn man Rodney glauben wollte. Und Cody glaubte ihm.

Um Stacey würde er sich später kümmern, das wäre einfach genug, wenn auch ein wenig chaotisch und unglücklich, aber es war der alte Mann, der Cody am meisten zu schaffen machte.

Rodney hatte keine Ahnung, wer das war. Laut Rodney hatte der Mann viele Fragen zum Pastyladen gehabt und eine wilde Geschichte darüber erzählt, dass jemand die Leute, die dort arbeiteten, entführen wollte. Das war natürlich völliger Blödsinn, aber Cody konnte sich nicht erklären, was den alten Mann dazu trieb, sich so eine dumme Geschichte auszudenken.

Zu alt, um irgendetwas mit der Polizei zu tun zu haben … zu alt, um überhaupt irgendetwas zu sein, wie Cody fand. Der alte Mann war jetzt bizarrerweise wie eine lebende Statue gekleidet, sein Gesicht passend zu seiner Kleidung geschminkt, so dass alles zu einer Einheit verschmolz.

Noch bizarrer war das Verhalten des alten Mannes. Cody hatte die Vorderseite des Ladens beobachtet, um zu sehen, ob Stacey zurückkam, als er den alten Mann im Laden sah. Da die Ladenbesitzerin nicht zu sehen gewesen war, hatte Cody beobachtet, wie der alte Mann seine Kleidung wechselte und sich schminkte, bevor er durch die Tür auf der Rückseite des Ladens eilte.

In dem Moment war Cody unsicher geworden und hatte überlegt, was er tun sollte, doch als der alte Mann weiter unten auf der Straße aufgetaucht war, hatte er beschlossen, ihm zu folgen. Stacey konnte warten. Wenn der Mann im Kostüm der lebenden Statue, wer auch immer er war, seinen Plan für die königliche Familie kannte, dann musste Cody wissen, wie und wer noch davon wusste. Und was der alte Mann vorhatte.

Er spazierte die Straße hinunter, ohne sich die Mühe zu machen, den Abstand zu verringern, denn die Kleidung des alten Mannes machte es leicht, ihn zu verfolgen, und Cody überlegte, was er tun wollte.

Es gab eine einmalige Gelegenheit, das zu bekommen, was er wollte - die Royals anzugreifen und einen Sieg für das einfache Volk zu erzielen. Sein Bedürfnis, den Plan zu schützen, stand an erster Stelle, und das bedeutete, mit dem alten Mann genauso umzugehen wie mit Rodney.

Die anderen mussten jedoch einbezogen werden. Sie mussten verstehen, was auf dem Spiel stand.

Cody zückte sein Handy und rief Terry an.

"Cody! Cody, wo zum Teufel hast du den ganzen Tag gesteckt? Wir waren überfordert ..."

Codys harte Stimme unterbrach Terry. "Halt die Klappe! Während du Pasties gemacht hast, habe ich uns beschützt. Wir haben eine undichte Stelle. Einen Verräter in unserer Mitte. Hast du das gewusst?"

Terrys Wut auf Cody trat in den Hintergrund und wurde von Angst und Sorge verdrängt.

"Was? Wie meinst du das? Keiner würde etwas sagen."

"Rodney hat es getan", zischte Cody, wobei seine Augen den Hinterkopf des alten Mannes nicht aus den Augen ließen. "Rodney hat es seiner Schwester erzählt und jetzt kommt ein alter Mann und stellt Fragen."

Terrys Kopf drehte sich und Panik erfasste sein Inneres.

"Ein alter Mann? Der von heute Morgen im Laden? Der mit dem Clownskostüm? Wer ist er?"

"Das werden wir gleich herausfinden."

"Wir ... nein, Cody, es sind Kunden im Laden. Ich kann nicht einfach ..."

"Du kannst und du wirst. Schließ den Laden, Terry. Schmeiß die letzten Kunden mit kostenlosen Pasties raus. Das ist mir egal. Alles, worüber wir gesprochen haben ...alles, was wir gehofft und geplant haben, wird sich sonst in Luft auflösen. Ich gehe zum Bootsschuppen meines Onkels. Triff mich dort in zehn Minuten. Bring Raven mit."

Terry wollte streiten. Aber er wollte auch kotzen. Ein Blick zeigte ihm, wie viele Kunden in der Schlange standen und darauf warteten, bedient zu werden. Der heutige Tag war unmöglich gewesen und in gewisser Weise war er froh, dass Cody ihn nicht vor die Wahl gestellt hatte, für heute zu schließen.

"Terry", warnte Cody, als der Pastyladenbesitzer nicht antwortete.

Terry durchlief ein Schauer, der ihn schwach werden ließ. Cody hatte recht - sie hatten schon als Teenager darüber gesprochen, die Royals zu stürzen. Seit Codys Vater seinen Titel 'By Royal Appointment' und damit auch sein Geschäft verloren hatte. Codys Vater war danach nie mehr derselbe gewesen und hatte sich in weniger als fünf Jahren zu Tode getrunken.

Aber nicht wegen Cody wollte Terry die Monarchie angreifen, sondern weil er wirklich glaubte, dass ihr Fortbestehen und ihre Privilegien ein Skandal waren, für dessen Ende die britische Öffentlichkeit kämpfen sollte. Er wollte, ebenso wie Cody, einen Aufstand inszenieren. Die Französische Revolution, das war ihr Vorbild. Sie wollten die Royals zu deren Hinrichtung führen und tanzen, während eine neue Ära des Wohlstands und der Gleichheit anbrach.

Er hielt sein Handy fest in der Hand und sagte: "Ich bin auf dem Weg."

Bauer schlägt Springer

Die scharfe Spitze des Messers in seinem Rücken schockierte ihn, aber nicht so sehr wie die Person, die es in der Hand hielt.

"Wer sind Sie?" wollte Albert wissen.

Er hatte versucht, dem jungen Mann in einem dieser "Rechts oder links?"-Momente auszuweichen, in denen zwei Menschen, die sich einander nähern, beide in die gleiche Richtung gehen, wenn sie versuchen, dem anderen auszuweichen. Es kam unweigerlich zu einem Zusammenstoß und in diesem Moment merkte Albert, dass der Mann absichtlich auf Kollisionskurs gegangen war.

Das Messer, das unsichtbar im Jackenärmel des jungen Mannes steckte, sprang erst heraus, als sie sich berührten. Die andere Hand des Mannes wurde zum Schraubstockgriff an Alberts rechtem Bizeps.

Cody beugte sich dicht an Albert heran und knurrte: "Ich bin der Kerl, der Ihre Geweide ausnimmt, wenn Sie nicht tun, was ich sage."

Albert konnte über den Kopf des Mannes hinwegsehen und suchte nach Tanya, in der Annahme, dass sein neuester Angreifer das vierte Mitglied ihres Teams war.

Sie befanden sich wieder am Ende der Higher Market Street und direkt an der Gasse, die zum Cliff View Hotel führte.

"Bewegen Sie sich", stieß Cody hervor und rammte das Messer in Alberts Fleisch.

Albert zuckte zusammen und bewegte sich, weil er keine andere Wahl hatte, während er verzweifelt die vorbeiziehende Menge absuchte. Er könnte jetzt sofort nach der Polizei schreien. Er wurde von einem der Agenten des Gastrodiebs mit einem Messer bedroht und wusste, wo sie sich aufhielten. Wenn es jemals einen Zeitpunkt gab, die Sache auffliegen zu lassen, dann jetzt.

Er wurde in die enge Gasse gezwungen und holte tief Luft, um um Hilfe zu rufen.

Cody ließ Alberts Arm los, schwang seine Hand zurück und versetzte dem alten Mann einen Schlag in den Bauch. Er beobachtete mit Genugtuung, wie die lebende Statue hustend und keuchend zusammenbrach.

Cody griff mit seinen Fingern in Alberts Schulter und zwang Albert, sich aufzurichten.

"Wenn Sie noch einmal versuchen, zu schreien, steche ich Sie ab. Es wird Zeit, dass Sie ein paar Fragen beantworten."

Nach Atem ringend war Albert machtlos, sich dem jüngeren, stärkeren Mann zu widersetzen. Während sich die Klinge schmerzhaft in seinen Rücken bohrte und eine Hand, die sich wie Stahl anfühlte, ihn am Hotel vorbeiführte, fragte er sich, wie es sein konnte, dass niemand in der Nähe war.

Als er vorhin zum Hotel gekommen war, waren draußen Leute auf der Straße gewesen und Gäste des Hotels waren ein und aus gegangen. In diesem Moment war niemand da.

Das bedeutete jedoch nicht, dass sein Vorbeigehen unbemerkt blieb.

Im Inneren des Hotels verengte Tanya ihre Augen auf die beiden Männer, die vorbeigingen. Die lebende Statue hatte Schmerzen und obwohl es schwer war, sein Gesicht im schwindenden Licht zu erkennen, überzeugte Tanyas Verstand sie davon, dass sie Albert Smith sah.

Er hatte die richtige Größe und den richtigen Körperbau. Sie konnte sich das Kostüm nicht erklären, aber als sie darüber nachdachte, tauchte eine Erinnerung auf. Heute Morgen war da ein Clown gewesen. Sie hatte ihn ein halbes Dutzend Mal oder öfter gesehen und obwohl sie ihm da keine Beachtung geschenkt hatte, *hatte er* etwas Vertrautes an sich gehabt.

Im Nachhinein verfluchte sie sich dafür, dass sie nicht genauer hingesehen hatte, denn sie war nun davon überzeugt, dass es Albert Smith war, der sich hinter dem verrückten, gruseligen Make-up verborgen hatte.

Sie erhob sich von ihrem Stuhl am Fenster, wo sie auf die Rückkehr von Kelly und Liam gewartet hatte, und änderte ihren Plan. Ihre Kollegen wollten ihre Hilfe nicht, aber sie wusste, dass Albert hier war, und das bedeutete Ärger. Tanyas Plan war es gewesen, ihre Kollegen zu verfolgen und zu beobachten, in der Erwartung, den alten Mann und seinen Hund beim Schnüffeln zu erwischen, weil er ihnen die Polizei auf den Hals hetzen wollte.

Es war jedoch etwas anderes passiert, das Alberts Einmischung in ihre Aktionen unterbrochen hatte. Tanya hatte keine Ahnung, was sie da sah, aber der muskulöse Mann, der Albert Smith aus der Stadt führte, erledigte ihre Arbeit für sie. Sie würde ihn töten, wer auch immer er war, und Albert zum Earl bringen. Dort wartete ein fetter Scheck auf ihre erfolgreiche Rückkehr und Tanya hatte beschlossen, dass dies das Ende der Geschichte sein würde.

Sie könnte noch mehr Geld aus dem dicken Earl herausleiern, aber das wurde ihr alles ein bisschen zu riskant. Es war an der Zeit, die Sache abzubrechen.

"Ein letzter Job", murmelte sie vor sich hin und nahm ihre Waffe und ihr Handy heraus.

Stacey und Rex

Stacey kam aufgeregt, besorgt und am Rande der Tränen in ihren Laden zurück. Rodney ging immer noch nicht an sein Telefon, was überhaupt nicht zu ihm passte. Sie hatte sich auf die Suche nach ihm und/oder Cody gemacht, von denen Terry behauptete, dass sie beide vermisst würden, und war direkt dorthin gegangen, wo ihres Wissens nach Codys Boot lag.

Er war nicht da. Sie hatte einige der anderen Fischer und die Leute, die in den Geschäften in der Nähe seiner Anlegestelle arbeiteten, gefragt, aber niemand konnte mit Sicherheit sagen, ob sie ihn oder Rodney in den letzten Stunden gesehen hatten. Niemand konnte sich daran erinnern, Codys Boot hinausfahren gesehen zu haben.

Zweimal hatte sie das Stadtzentrum umrundet, alle Lieblingsorte ihres Bruders aufgesucht und sogar bei seiner Ex-Freundin angerufen, um zu fragen, ob sie etwas wusste.

Überall waren Polizisten und als sie sich entschloss zu fragen, was los war - nur für den Fall, dass es irgendwie mit ihrem Bruder zu tun hatte - wurde ihr ein Lächeln geschenkt und gesagt, sie seien hier, um den reibungslosen Ablauf des Festes zu gewährleisten. Das sei alles.

Es war eine Lüge und sie wusste es.

Das Festival fand jedes Jahr statt und noch nie waren so viele Polizisten in Looe gewesen. Als sie sich in deren Nähe aufhielt, nachdem sie ihre Lügen erzählt hatten, hörte sie den Namen "Albert Smith" über das Radio kommen.

Ein Ruck, der sich wie Elektrizität anfühlte, war durch ihre Adern geschossen. Sie wussten, dass er hier war. Aber was bedeutete das für sie? Hatten sie ihn bereits geschnappt? Die Nachricht war schwer zu verstehen gewesen, aber es hatte sich nicht so angehört, als ob das der Fall wäre.

Zurück in ihrem Laden schloss sie die Tür auf und stürzte fast hinein. War ihr Bruder verschwunden oder ging er nur nicht an sein Telefon? Wenn er mit Cody aufs Meer hinausgefahren war, erreichte ihn das Telefonsignal vielleicht nicht.

Zu sagen, dass sie besorgt war, würde die aufsteigenden Emotionen, die ihr Gehirn überfluteten, nur unzureichend wiedergeben, und das Ganze wurde noch schlimmer, weil ihr Plan, Terry auf dem Weg zurück zum Laden direkt zu konfrontieren, eine weitere schreckliche Wahrheit ans Licht gebracht hatte: Die Pasty-Bäckerei war geschlossen.

Auf dem Höhepunkt des Festes, wo die Kunden vom Himmel regneten, war Terrys Laden geschlossen.

Bedeutete das, was sie dachte, dass es bedeutete? Albert sagte, es gäbe Leute ... die Agenten des Gastrodiebs, die es auf Terry und seine Mitarbeiter abgesehen hätten. Unerklärlicherweise war ihr Bruder nirgends zu finden und jetzt war die Pasty-Bäckerei geschlossen.

Stacey wollte sich bei Albert erkundigen und wünschte sich, seine Telefonnummer zu haben. Wenn die Polizei ihn nicht hatte, lag es vielleicht daran, dass er die Entführer verfolgte.

"Komm schon, Stacey", wütete sie gegen sich selbst. "Triff eine Entscheidung." Sollte sie mit der Polizei sprechen? Alles gestehen? Ihnen sagen, dass sie mit Albert Smith zusammengearbeitet hatte? Sie könnte lügen und sagen, dass sie damals keine Ahnung gehabt hätte, wer er war, aber sie bezweifelte, dass sie das durchziehen konnte. Man würde sie durchschauen. Aber würde das eine Rolle spielen, wenn er letztendlich unschuldig war? Sie könnten die Hintermänner des Verbrechens fassen und ihren Bruder finden, bevor ... bevor was? Albert hatte nicht erklärt, was geschah, nachdem die Agenten des Gastrodiebs ihre Gefangenen gekidnappt hatten.

Unfähig, sich eine Alternative vorzustellen, schloss Stacey ihre Augen, akzeptierte ihr Schicksal und drehte sich, als sie sie wieder öffnete, zur Tür. Sie würde der Polizei alles erzählen. Das war besser, als zu schweigen und die ... Freiheit ihres Bruders zu riskieren? Oder sein Leben?

Sie machte einen Schritt nach vorn und zuckte zusammen, als Rex im Schaufenster erschien.

Er stand vor der Haustür und schaute hinein.

Rex hatte fast eine Stunde gebraucht, um zum Laden zurückzukehren; ein langer Weg, der ihn an einem Flussufer entlang und über die Brücke in drei Seiten eines Rechtecks führte, das nur hundert Meter lang gewesen wäre, wenn er das Wasser hätte überqueren können, ohne noch einmal hineinspringen zu müssen.

Sein Fell war unterwegs getrocknet, so dass jetzt nur noch die dicksten Stellen feucht waren. Die Bewegung hatte ihn aufgewärmt und das fallengelassene Straßenessen von den verschiedenen Ständen bedeutete, dass sein Magen nicht mehr leer war.

Als er Stacey auf sich zukommen sah, wedelte Rex mit dem Schwanz.

"Wo ist mein Mensch?", fragte er, als sie die Tür öffnete. Er konnte riechen, dass Albert nicht im Laden war. Sein Geruch hielt sich, war aber nicht so stark, wie er es gewesen wäre, wenn der alte Mann anwesend gewesen wäre.

Stacey, die ihren Plan klar vor Augen hatte, kam auf Rex' Höhe herunter.

"Wo ist Albert?", fragte sie und kraulte das Fell um seinen Hals.

Rex' Augenbrauen tanzten.

"Du weißt es auch nicht?" Rex vermutete, dass die Menschen miteinander kommunizierten. Er sah, wie sie mit den seltsamen Geräten, die sie überall mit sich trugen, herumhantierten und manchmal in sie hineinsprachen. Rex konnte nicht ganz verstehen, was ein Telefon tat, aber dann hörte er Stimmen von Menschen, die er kannte, obwohl er ihre Gerüche nie wahrnehmen konnte.

Rex drehte sich um, um die Straße hinunterzusehen, und rümpfte die Nase. Bei einer Million sich überlagernder Gerüche, die sein Geruchssystem durchströmten, dauerte es einen Moment, bis er den gewünschten Geruch gefunden hatte.

Er machte sich ohne ein Wort oder einen Blick in Staceys Richtung auf den Weg und der entschlossene Gang seiner Schritte veranlasste sie, ihm zu folgen.

"Hey, warte!", rief sie hinter dem Hinterteil des Schäferhundes her. In ihrer Eile, die Tür abzuschließen, riss sie fast den Schlüssel ab und musste rennen, um ihn einzuholen. "Wo willst du hin, Rex? Kannst du Albert finden?"

Rex runzelte ein wenig die Stirn und hielt kurz inne, um die Luft zu prüfen.

"Wenn ich eine Fährte finden kann, kann ich sie verfolgen. Die meisten Hunde können das, Lady." Im Vertrauen darauf, dass er die Fährte aufgenommen hatte - schließlich war es ein Geruch, mit dem er bestens vertraut war - ging Rex weiter die Higher Market Street entlang.

Stacey streckte eine Hand aus, um ihn am Halsband zu packen.

"Ich komme mit", sagte sie. Sie wünschte, sie hätte daran gedacht, seine Leine aus dem Laden zu holen, und verfluchte sich dafür, dass sie keine besseren Schuhe trug. Zugegeben, als sie sich an diesem Morgen angezogen hatte, hatte sie nicht damit gerechnet, dass sie so viele Kilometer zurücklegen und teilweise sogar rennen würde.

Es war gut, dass sie sich an Rex festhielt, denn er versuchte immer wieder, durch hundegroße Lücken zu schlüpfen, und hätte sie in kürzester Zeit abgehängt, wenn sie nicht miteinander verbunden gewesen wären.

Im Bootsschuppen

Albert wurde ein grober Stoß verpasst, so dass er stolperte und hinfiel. Er hatte Glück, dass es eine Werkbank gab, an der er sich festhalten konnte, sonst wäre er auf dem harten Boden des Bootshauses gelandet. Seine linke Niere schmerzte nach wie vor von Tanyas grober Behandlung und er konnte spüren, wo das Messer seines noch namenlosen Angreifers in sein Fleisch auf der rechten Seite geschnitten hatte. Die Einschnitte waren nicht schlimm, aber sie bluteten und sein Hemd klebte an seiner Haut.

Das Letzte, was er gebrauchen konnte, waren weitere Verletzungen. Albert schätzte seine Lage ein und war sicher, dass er einen Ausgang finden und sich freikämpfen musste, um zu entkommen. Der Mann mit dem Messer starrte ihn an, die kurze Klinge bedrohlich in der rechten Hand haltend. Er war nicht groß, aber massig. Der Mann war vielleicht ein Meter siebzig groß, aber kompensierte seinen Mangel an Höhe durch seine ausgeprägten Muskeln.

Eine Waffe, dachte Albert, etwas, das er schwingen konnte. Das war, was er brauchte.

Oder Rex. Rex würde das Ungleichgewicht ausgleichen.

"Wer sind Sie?", fragte der Mann.

"Nur ein alter Mann, der versucht, ein Verbrechen zu verhindern." Albert hatte keine Ahnung, was vor sich ging, aber die Tatsache, dass sein Angreifer seinen Namen nicht kannte, ließ darauf schließen, dass er nicht mit Tanya zusammenarbeitete. Seine kryptische Antwort war jedoch genau die falsche.

Cody bewegte sich schnell, stürmte nach vorne und schwang eine Faust, die Albert zu Boden gebracht hätte, wenn sie getroffen hätte.

Ein Ausweichen um die Werkbank herum rettete ihn, aber um zu Albert zu gelangen, musste der Mann nur über die Werkbank springen.

"Was wissen Sie über meine Operation?" brüllte Cody. "Was hat Ihnen dieser Idiot Rodney erzählt?"

Albert hielt sich an der Bank fest, bereit, sich dahinter nach links oder rechts zu werfen, je nachdem, in welcher Richtung der Mann ihm nahe kam.

"Ich weiß nicht, wer Sie sind", fuhr Albert fort. "Ich bin hierher gekommen, um eine Entführung zu verhindern und eine Serie von Verbrechen zu beenden, die seit Monaten unentdeckt vor sich geht."

"Entführung? Wovon in aller Welt reden Sie, alter Mann? Sie werden mir sagen, was Sie über meine Pläne für die königliche Familie wissen oder ich werde Ihnen auf der Stelle die Gedärme rausnehmen."

Albert beobachtete das Messer und hielt Ausschau nach einer verräterischen Bewegung, die ihn vorwaren würde, wenn der Mann zum Angriff übergehen wollte.

"Davon weiß ich nichts", antwortete er wahrheitsgemäß. "Obwohl ..."

"Ja."

"Nun, ich weiß, dass Terry's Pasty Shop den Auftrag erhalten hat, die königliche Verlobung mit Essen zu versorgen. Eine Verlobung, von der noch niemand weiß."

Das Messer hob sich einen Fuß und Codys Augen verengten sich zu einem bösen Schielen.

"Das ist also die Wahrheit. Hat Stacey Sie eingestellt? Dieser Idiot Rodney würde niemals auf die Idee kommen, so etwas zu tun. Für wen arbeiten Sie?"

Im Versuch, ihn zur Vernunft zu bringen, sagte Albert: "Ich arbeite für niemanden. Mein Name ist Albert Smith. Sie haben mich vielleicht in den Nachrichten gesehen."

Der Name löste etwas aus. Cody hielt für einen Moment inne, während er sich den Namen durch den Kopf gehen ließ.

"Albert Smith." Cody grinste bösartig.

"Ja, ich habe ein bisschen Ärger mit der Polizei. Sie brauchen keine Angst vor mir zu haben. Ich bin hier, um zu helfen." Seine Worte waren alles andere als wahr. Er war hier, um jemandem zu helfen, aber der Mann mit dem Messer war nicht auf der Liste.

Cody hob das Messer und richtete es auf Albert.

"Sie sind der Terrorist aus den Nachrichten. Derjenige, der die Austernbänke in Kent in die Luft gejagt hat." Sein Lächeln wurde wild und er kicherte: "Niemand wird Sie vermissen."

Albert, der vor Angst wie angewurzelt dastand und sich im Stillen anschrie, sich zu bewegen, war schockiert, als er sah, wie sich die Augen des Messerstechers langsam in seinen Kopf hochrollten.

Der Mann brach zusammen, sank auf die Knie und kippte dann nach vorne, so dass eine Person sichtbar wurde, die hinter ihm stand und ein Stück Holz in der Hand hielt.

Albert hätte beinahe "Danke" gesagt, aber seine Augen hatten sich mit seinem Verstand zusammengetan und eine sehr einfache Botschaft übermittelt: *Jetzt bist du wirklich in Schwierigkeiten*.

"Hallo noch mal, Albert." Tanya warf das Stück Holz zur Seite und holte ihre Waffe heraus.

Ohne Albert auch nur einen Moment aus den Augen zu lassen, kramte sie mit der linken Hand in einer Gesäßtasche, um ihr Handy herauszuholen. Sie war genauso gekleidet wie jedes Mal, wenn Albert sie gesehen hatte: eine eng anliegende Jeans, ein dehnbares Top und eine Sportjacke. Das Outfit war so konzipiert, dass sie sich gut bewegen konnte, und die Puffigkeit des leichten Mantels verbarg ihr Waffenarsenal.

Sie warf ihr Haar zurück und hielt das Handy an ihr Ohr.

"Kelly, ich habe Albert Smith."

Albert hörte zu und notierte sich im Geiste den Namen der anderen Frau.

"Ja. Er war die ganze Zeit hier, wie ich es gesagt habe. Ich bringe ihn zurück, um den Earl zu treffen."

Alberts Gehirn wurde von dem Wort, das sie benutzte, in Beschlag genommen. Er musste damit kämpfen, dass sein Gesicht nicht die Emotion zeigte, die er empfand. Sie musste ihren Chef meinen, den Mann, der hinter all dem steckte. War er wirklich ein Earl? Oder war das nur ein Deckname?

"Nein, du musst zu mir kommen. Einer der Arbeiter aus der Pasty-Bäckerei ist hier."

Albert schwieg, während Tanya argumentierte und ihre Situation erklärte, obwohl Albert nur einen Teil davon verstehen konnte.

"Woher soll ich das wissen? Er war dabei, Albert zu töten, also glaube ich nicht, dass sie zusammenarbeiten. Ich denke, wir können ziemlich sicher sein, dass die Polizei nicht involviert ist."

Albert ging vorsichtig zu seiner Linken. Auf der Werkbank befanden sich keine Gegenstände, die er werfen oder schwingen konnte, aber die Schubladen öffneten sich auf seiner Seite. Wenn er sie nur leise öffnen könnte, würde er vielleicht alle möglichen Schätze darin finden: ein Messer, um Fesseln zu durchtrennen, einen Schraubenzieher, den er als Stichwaffe benutzen konnte …

Tanyas Waffe verfolgte seine Bewegung und sprengte ein Loch in die Oberfläche der Bank, bevor er zwei Zentimeter weit gekommen war.

"Ich habe ihn nur gewarnt", erklärte sie Kelly. "Kommt einfach her. Ich bin in einem Bootsschuppen hinter eurem Hotel. Bring einfach die Jacht mit. Ihr könnt sie gleich draußen festmachen. Hier unten ist niemand außer uns."

Tanya steckte das Handy zurück in ihre Tasche und senkte ihre Waffe, fragte aber: "Muss ich auf Sie schießen, Albert? Das macht für mich keinen Unterschied. Ich soll Sie einfach nur lebendig abliefern. Das schaffe ich auch, wenn ein paar Löcher in Ihnen sind."

"Wer steckt dahinter?" fragte Albert. "Wer zahlt Ihren Lohn? Worum dreht sich das alles?"

Tanya schmunzelte. "Das Ende der Welt, Albert. Das Ende der Welt."

Sie wandte ihren Blick ab und prüfte ihre Umgebung.

Der Mann am Boden stöhnte auf: Er kam zu sich.

"Wissen Sie, wer das ist?", fragte sie.

Albert schüttelte den Kopf. "Ich dachte, er arbeitet vielleicht mit Ihnen. Sie sagten, er käme aus der Pasty-Bäckerei?" Albert spielte auf Zeit und stellte eine Frage, von der er dachte, dass Tanya sie beantworten könnte.

Er hatte sie Jacht sagen hören und eines wusste er über Wasserfahrzeuge: wie langsam sie sich bewegten. Sie würden mit ihren Opfern auf dem Seeweg fliehen; eine Schlussfolgerung, die leicht zu ziehen war, und er würde sie begleiten, es sei denn, ihm fiele ein Weg ein, dies zu verhindern.

Zehn Minuten vergingen, in denen Tanya sich weigerte, Alberts Fragen zu beantworten und ihm versicherte, ihn zu erschießen, wenn er eine weitere Frage stellte.

Draußen waren Stimmen zu hören, dann schwang die Tür zum Bootsschuppen auf. Tanya warf einen Blick über die Schulter, um sich zu vergewissern, dass es ihre Leute waren, die ankamen.

Albert staunte nicht schlecht, als sie hereinkamen. Im Gegensatz zu vorher, als sie ähnlich wie Tanya in Freizeitkleidung gekleidet waren, waren sie jetzt herausgeputzt und sahen wie professionelle Geschäftsleute aus.

Vor allem Kelly, die einen schicken Wintermantel und elegante Stiefel mit passenden Handschuhen trug. Ihr Haar und ihr Make-up waren makellos - kaum das Outfit, das man für einen Abend mit einer bewaffneten Entführung wählen würde.

Der Mann sah Albert an.

"Das ist er also? Was zum Teufel trägt er denn?"

"Eine Verkleidung, du Dummkopf", sagte Tanya und lachte über Liams Unfähigkeit, das Offensichtliche zu erkennen.

Liam kräuselte die Lippen und erwiderte: "Er sieht nicht nach viel aus. Wie kommt es, dass er dich immer wieder austrickst?"

Tanya witzelte: "Zwing mich nicht, dich zu ohrfeigen, Liam."

Albert registrierte einen weiteren Namen. Kelly und Liam. Die Nachnamen, die er im Hotel erfahren hatte, könnten stimmen, aber er bezweifelte es. Die Vornamen waren nicht viel, aber es war mehr, als er vorher gewusst hatte.

Kelly hatte beschlossen, Tanyas Gefangenen zu ignorieren und stattdessen den Mann auf dem Boden zu untersuchen.

"Das ist Cody Williams", sagte sie mit einem Stirnrunzeln. "Was hat er hier gemacht?"

Tanya nickte in Alberts Richtung.

"Frage ihn."

Als drei Augenpaare in seine Richtung blickten, zuckte Albert mit den Schultern.

"Ich weiß nicht, wer er ist. Er hat mich gepackt, während ich Ihnen gefolgt bin", nickte er Kelly und Liam zu.

Liam trat nach vorne. "Ich werde ihn dazu bringen, es uns zu sagen."

Tanya packte ihn am Ärmel.

"Wir haben keine Zeit und ich glaube nicht, dass er es weiß. Wir müssen davon ausgehen, dass er die Leute in der Pasty-Bäckerei gewarnt hat. Wenn dieser Kerl dort arbeitet, habt ihr den Pastyhersteller, den der Earl haben will. Seine Freunde werden allerdings sein Fehlen bemerken. Früher oder später wird jemand den Alarm auslösen. Hier wimmelt es schon von Polizisten, weil sie heute Morgen eine Leiche gefunden haben."

Albert hörte schweigend zu. Sie brauchten nicht zu wissen, dass die meisten Polizisten in der Stadt waren, um ihn zu fangen.

"Ja, was war das überhaupt?", fragte Kelly. "Der tote Typ war einer von denen, die wir mitnehmen wollten. Ihn und den Chef des Ladens."

Albert konnte nicht verhindern, dass die Frage über seine Lippen kam. "Sie haben Chris Mason nicht umgebracht?"

Kelly schaute Albert an und dann Liam und Tanya, bevor sie den alten Mann wieder ansah.

"Warum sollten wir ihn töten?"

Ihre Antwort löste noch mehr Fragen in Alberts Kopf aus, aber er behielt sie für sich - die Aufklärung eines Mordes war nicht seine Priorität.

Tanya klopfte Liam auf die Schulter, so als ob sie ihm auf die Sprünge helfen wollte.

"Ihr solltet euch besser beeilen. Lasst die Jacht bei mir. Ich bringe sie zum Kai am Fischmarkt, wenn ihr soweit seid. Um diese Tageszeit wird dort niemand sein. Holt euch die Ciderleute ..."

"Die Gewinner werden erst in vierzig Minuten bekanntgegeben", protestierte Liam.

Kelly schnitt ihm eine Grimasse. Ständig gab er Tanya Munition, die sie gegen sie beide verwenden konnte.

"Dann können wir doch bereit sein, oder?", schnauzte sie.

Liam schloss den Mund und starrte die beiden Frauen an.

Als sie zur Tür ging, sprach Kelly über ihre Schulter.

"Wir werden auch die Pastymacher holen", betonte sie. "Cody ist nur der Lieferwagenfahrer."

Tanya hatte ihre Aufträge immer erfüllt und Kelly wollte nicht zulassen, dass ihre Rivalin Zeuge eines Fehlschlags wurde. Die Operation in Looe war kompliziert geworden, aber das machte sie nur zu einer größeren Herausforderung, der sie sich stellen wollte.

Schüsse

Stacey ließ sich von Rex dorthin führen, wo er hinwollte. Der Weg führte vorbei an den Ständen und Geschäften in der Higher Market Street und durch die Gasse, die hinunter zur Landzunge mit Blick auf die Pen Rocks führte.

Sie dachte, dass sie dorthin gehen würden, bis Rex einen anderen Weg einschlug, der hinunter zur Küste führte.

"Hier unten ist nichts, Rex", sagte sie und fragte sich, wohin der Hund sie führen würde.

Rex machte sich nicht die Mühe, zu widersprechen. Er verfolgte einen Haufen menschlicher Gerüche und keiner davon ergab etwas, womit er zufrieden war.

Sein Mensch war ihm voraus, das war der wichtigste Gedanke, der ihm durch den Kopf ging. Rex musste Albert finden, damit er sicher sein konnte, dass es dem alten Mann gut ging. Unter normalen Umständen wäre er schon besorgt genug gewesen, aber als er am Hotel vorbeikam, hatte seine Nase Tanyas Geruch aufgenommen.

Das veranlasste ihn, seine Schritte zu beschleunigen, vor allem, als es offensichtlich wurde, dass sie in dieselbe Richtung wie Albert gegangen war. Schlimmer noch, dachte Rex, Alberts Geruch vermischte sich mit einem anderen - dem des Mannes, dessen Geruch Rex heute Morgen zum ersten Mal an der Kleidung des Toten entdeckt hatte.

Rex war sich immer noch nicht sicher, was das zu bedeuten hatte, aber er vermutete, dass sein Mensch den ganzen Tag lang versucht hatte, den Mord aufzuklären und wieder einmal bis zum Hals in Schwierigkeiten steckte.

Das Geräusch von Schüssen ließ ihn aufhorchen.

Stacey erstarrte. Sie waren fast am Strand und nur noch etwa zwanzig Meter von den Bootsschuppen entfernt. Das Geräusch der Schüsse musste mit dem ständigen Wellenschlag konkurrieren und würde von niemandem in der Stadt gehört werden, aber es war nicht zu überhören, was es war.

Rex setzte sich in Bewegung und rannte los, noch bevor der erste Schuss verklungen war. Sein Halsband löste sich aus Staceys Griff und ruckte schmerzhaft an seiner Kehle, obwohl er nicht daran dachte, langsamer zu werden.

Vor ihm waren Leute in einem der Bootsschuppen. Er wusste, welcher es war, und konnte die Spur verfolgen als wäre sie mit leuchtenden Farben auf den Boden gemalt. Der Geruch nach Kordit, der von den Kugeln ausging, machte es noch einfacher.

Rex steuerte auf das einzige Holzgebäude zu, aus dem von innen Licht herausdrang, und brauchte nicht nach einer Tür zu suchen, denn sie flog auf.

Wie eine Tänzerin im Stroboskoplicht stand Tanya in der Tür und war so schnell wieder verschwunden, dass Rex an seinen Augen gezweifelt hätte, wenn seine Nase nicht schon die Wahrheit gewusst hätte.

Kurzentschlossen änderte er seinen Kurs und verfolgte sie.

Zwanzig Meter hinter ihm rührte sich Stacey immer noch nicht. Auf eine Schießerei zuzulaufen war nichts, was sie jemals tun würde.

Auch sie sah Tanya durch die Tür des Bootsschuppens stürmen und in der Dunkelheit verschwinden.

Als Codys Gesicht einen Moment später im Licht der Tür auftauchte, machte Staceys Herz einen Sprung. War Rodney auch hier? Ging es ihm gut?

Sie setzte ihre Füße in Bewegung, ging einen Schritt und blieb wieder stehen. Cody hatte seinen Arm um jemanden gelegt. Dieser Jemand entpuppte sich als Terry, der Besitzer der Pasty-Bäckerei, der im selben Lichtschein wie Cody zu sehen war. Der kleinere, stämmigere Mann halb trug, halb zog seinen Freund aus dem Bootsschuppen und nun sah sie auch Raven, die Terry von der anderen Seite hielt.

Er war eindeutig verletzt; nicht dass Stacey sehen konnte, was mit ihm los war. Zu verängstigt, um sich zurückzuhalten, rannte sie auf die beiden zu.

Ohne zu wissen, dass sie von Alberts Hund verfolgt wurde, erreichte Tanya das Ufer und sprang. Sie landete auf zwei Füßen auf dem Deck von Kellys und Liams Boot mit dem sie fliehen wollten, sobald sie die benötigten Leute hatten, und rannte zum Kontrollraum.

Die Pastymacher waren aus dem Nichts aufgetaucht und hatten sie erschreckt, als sie einfach in den Bootsschuppen kamen und miteinander plauderten, als würden sie einen Spaziergang machen.

Sie schoss dem ersten in die Brust: ein perfekter Todesschuss, wie sie es beabsichtigte.

Dann klemmte ihre blöde Pistole und rettete die Frau, die einen wunderbar verwirrt-verblüfften Gesichtsausdruck hatte.

Tanya war der Meinung, dass sie die Störenfriede genauso gut mit einem Messer erledigen konnte, aber das erste Opfer, Cody, hatte diesen Moment gewählt, um aufzuwachen. Genauer gesagt stellte Tanya das fest, als er mit einem Bein ausholte, um ihr die Füße wegzufegen.

Offensichtlich war er schon seit einiger Zeit wach und hatte klugerweise auf den richtigen Moment gewartet, um seinen Angriff zu starten.

Als sie auf dem Boden des Bootsschuppens aufschlug, rollte sie sich aus Codys Reichweite und kam mit einem Messer in der rechten Hand wieder hoch.

Cody hatte ein eigenes und jetzt, wo sie gegen ihn und Raven gemeinsam antreten musste, hatte Tanya ihre Chancen ausgerechnet. Ein Blick zu Albert entlockte ihm ein schiefes Lächeln und einen kecken Gruß, bevor er sich umdrehte und zu einem Fenster auf der anderen Seite des Raums rannte.

Als sie sich von ihrem ersten Schock erholt hatte, schnappte sich Raven eine schwere Eisenstange vom Boden und drehte sich im Kreis, ohne auf Terry zu achten, der seine Hände an das Blut hielt, das aus seiner Brust kam.

Tanya verfluchte ihr Pech. Sie wusste, dass Albert Smith ihr ein weiteres Mal durch die Lappen gehen würde, und stürzte sich auf Raven. Die Augen der Frau weiteten sich vor Überraschung und in diesem Moment des Selbstzweifels gewann Tanya die Oberhand.

Ein Hieb des Messers, das nach links auswich und dort einschlug, wo Raven es am wenigsten erwartet hatte, verursachte einen tiefen Schnitt in ihrem linken Unterarm. Tanya hatte Cody auf den Fersen und Raven musste ihr eigentlich nur den Weg versperren, aber sie war keine Kämpferin. Tanya schob sie aus dem Weg, stieß die Tür auf und benutzte den Rahmen, um ihre Richtung zu ändern.

In ihrem Kielwasser rief Raven nach Cody, um ihr zu helfen. Er stürzte eine Sekunde hinter Tanya durch die Tür, aber sie war schon weg, verschluckt von der Dunkelheit und dem Geräusch ihrer Flucht, das von den gegen die Pontons schlagenden Wellen übertönt wurde.

"Ich glaube, ich sterbe", keuchte Terry und blickte auf sein Hemd hinunter. Es war blutgetränkt, das Loch befand sich genau in der Mitte seiner Brust.

"Wo ist der alte Mann?" Cody tobte, das Adrenalin trieb seinen Puls in die Höhe, sodass er in seinem Kopf hämmerte.

Seine Frage wurde durch das Aufheulen eines Bootsmotors beantwortet.

Cody traute seinen Ohren nicht und brüllte: "Er nimmt mein Boot!"

Albert hat nichts dergleichen getan. In dem Moment, in dem die Aufmerksamkeit von ihm gewichen war, war er zu dem einen Fenster gerannt, das hinter ihm in der Wand eingelassen war. Es war nicht leicht gewesen, hinauszuklettern, und er hatte den Halt verloren, so dass ihm die Luft aus den Lungen wich, als er anderthalb Meter tief auf den harten Beton draußen stürzte.

Erschöpft musste er sich zwingen, aufzustehen und zu verschwinden. Er war nach Looe gekommen, um die Verbrechen des Gastrodiebs zu beenden. Im Moment konnte er nur ans Überleben denken.

Auch er hörte den Motor des Bootes aufheulen und schaute in die richtige Richtung, als er es abheben sah - eine schnittige Jacht im Stil eines Sunseekers. Was er nicht sah, war Rex.

Rex, der Tanya folgte, war gerade am Ende des Pontons angelangt, als sie den Gashebel bis zum Anschlag durchdrehte. Das Boot sprang vorwärts und riss die Klemme aus dem Heck des Bootes. Nur mit viel Glück schaffte es Rex, auf dem Deck zu landen und nicht im aufgewühlten Kielwasser.

Obwohl er den Sprung erfolgreich gezielt hatte, konnte sich Rex nicht mehr auf den Beinen halten und schlug sich beim Fallen den Kopf an. Als er Sterne sah, wurde er ohnmächtig und lag flach auf dem Deck, während das Boot über das Wasser davonschoss.

Tanya hatte den Hund weder gesehen noch gehört und fuhr halb aus der Haut, als sie nach dem Rechten sah und Rex auf dem Deck liegen sah. Ihr Herzschlag verlangsamte sich, als der Hund nicht aufstand.

"Du hast dich selbst umgehauen, was? Mal sehen, wie gut du schwimmen kannst."

Beichte

"Stacey! Du verräterische Kuh! Wer war diese Frau?" schrie Cody, als sie sich näherte.

Stacey beantwortete seine Fragen nicht. "Was zum ... Was ist mit Terry passiert? Hat ihn jemand angeschossen? Was zum Teufel ist hier los?"

Cody drängte sich an ihr vorbei und trug Terry zu seinem Boot. Als er den Bootsschuppen verließ, war er erleichtert, sein treues altes Boot genau dort vorzufinden, wo er es zurückgelassen hatte.

"Das geht dich nichts an", zischte Raven. "Halte dich raus, wenn du weißt, was gut für dich ist."

Stacey wollte ihnen nicht den Weg versperren - es war klar, dass Terry sofortige medizinische Hilfe brauchte -, blieb aber trotzdem bei ihnen.

"Wo ist mein Bruder?", fragte sie. "In was seid ihr alle verwickelt?"

Cody ließ Terry los und packte stattdessen Stacey. Doppelt so schwer wie sie und wesentlich stärker, packte Cody sie am Hals und begann, sie zu seinem Boot zu ziehen.

Sie wehrte sich, schlug nach seinem Arm und trat nach ihm, aber ihre Schläge waren wirkungslos und änderten wenig an dem unvermeidlichen Ergebnis - Cody würde sie auf sein Boot setzen.

Mit einem gedämpften Schmerzensschrei sackte Terry in Raven hinein und brach dann auf dem Boden zusammen.

"Ich schaffe es nicht allein, Cody!" Raven rief ihm zu, er solle zurückkommen. "Vergiss Stacey! Terry braucht Hilfe!"

Cody wirbelte herum und hielt Stacey immer noch im Nacken.

"Sie weiß es!"

"Was weiß ichr?" wollte Stacey wissen, während sie weiter um sich schlug.

Vom Betonboden aus, wo sie versuchte, Terry zum Aufstehen zu bewegen, schrie Raven eine Antwort: "Sie weiß nichts, Cody! Rodney hat ihr von der Verlobung erzählt, das ist alles."

Wütend erwiderte Cody: "Das ist mehr, als irgendjemand wissen sollte. Wir müssen sie zum Schweigen bringen!"

Ravens Kopf und Augen schossen herum und sahen zu ihrem Freund auf.

"Ist es das, was mit Chris passiert ist? Hast du ihn zum Schweigen gebracht?"

Cody war nicht reumütig.

"Er hätte geredet. Du hast ihn gestern Abend gehört. Er sagte, wir würden zu weit gehen. Unser Plan erfordert Geheimhaltung!"

"Was für ein Plan?", kreischte Stacey, entsetzt darüber, dass sie sich in der Gewalt eines Mörders befand. Sein Geständnis war ihr nicht entgangen. Ebenso wenig wie der geringschätzige Ton, mit dem er sein Verbrechen zugab. "In was seid ihr verwickelt? Wo ist Rodney? Was hast du mit ihm gemacht?"

Codys Aufmerksamkeit war zu lange geteilt gewesen und da er Stacey nicht genügend Aufmerksamkeit schenkte, sah er nicht, wie sie eine Nagelfeile aus ihrer Tasche fischte. Als Stichwaffe hätte sie nicht viel Schaden angerichtet, aber sie in Codys Arm zu stoßen reichte aus, um seinen Griff zu lockern.

Sie entkam ihm und rannte mit Cody auf den Fersen über den Beton und in die Dunkelheit. Sie hörte, wie er stolperte und fiel, aber wurde nicht langsamer. Erst als sie fünfzig Meter zurückgelegt hatte und es wagte, über die Schulter zu schauen, keuchte sie erleichtert auf, verlangsamte ihr Tempo und blieb stehen.

Cody und Raven waren dabei, Terry im Licht des Bootsschuppens auf das Boot zu laden. Sie trugen Terry an seinen Schultern und Füßen, sein Körper hing schlaff zwischen ihnen.

Stacey konnte kaum glauben, was da geschah. Es war alles zu viel. Albert hatte Recht gehabt mit der Frau, der er vorhin gefolgt war: Tanya war eine bewaffnete Auftragskillerin. Aber das war nicht das Einzige, was vor sich ging.

Sie musste die Polizei rufen.

Stacey zückte ihr Handy und erschrak, als ein dunkler Schatten ihren Weg kreuzte.

"Oh, mein Gott. Albert, haben Sie mich erschreckt." Sie fasste sich an ihr Herz. "Sind Sie in Ordnung? Warten Sie mal, was haben Sie da an?"

Sein Bowlerhut fehlte und sein Make-up war ein einziges Durcheinander. Die rechte Schulter seines Anzugs war zerrissen, das Futter hing heraus und lose Baumwollfetzen flatterten im Wind.

Albert konnte sehen, dass Stacey unversehrt war, also hatte er nur eine Frage: "Wo ist Rex?"

Auf das Meer hinaus

Rex wachte auf, als das kalte Wasser seine Haut berührte. Als er die Augen öffnete, packte ihn sofort die Panik. Er war unter Wasser, wie sein Schnappen nach Luft deutlich zeigte.

Würgend und hustend tauchte er auf, nur um zu sehen, wie das Heck des Bootes zurück zu den fernen Lichtern der Küste fuhr.

Er hustete noch mehr; das Meerwasser, das er eingeatmet hatte, weigerte sich, ihn in Ruhe zu lassen. Er paddelte auf der Stelle und schaute sich um. Über ihm waren die Sterne zu sehen und in jeder Richtung war es dunkel, bis auf eine. Die Lichter der Stadt schienen unvorstellbar weit weg zu sein und verschwanden dreimal pro Sekunde aus dem Blickfeld, während das Meer ihn auf und ab schaukelte.

Es war eine schlimme Situation, das war ihm klar.

Sein Kopf schmerzte und etwas schmeckte leicht nach Blut. Als er mit der Zunge in seinem Maul herumfuhr, fand er die Quelle - ein loser Zahn auf der linken unteren Seite.

Das war die geringste seiner Sorgen.

Da er keine andere Wahl hatte, begann er, ans Ufer zu paddeln.

Zehn Minuten später war er sich nicht mehr sicher, ob er das auch tat. Er wollte sich einreden, dass er es sich nur einbildete, aber die Lichter der Stadt schienen nicht näher, sondern weiter weg zu sein.

Die Flut trieb ihn aufs Meer hinaus und egal, wie sehr er sich anstrengte, er würde niemals aus eigener Kraft nach Looe zurückkehren können.

Die Zeit ist um

Alberts Herz tat weh. Laut Stacey hatte Rex Tanya gejagt. Die Auftragskillerin des Gastrodiebs hatte das Boot genommen, mit dem Liam und Kelly angekommen waren, und da Rex nicht zurückgekehrt war und auf seine Rufe nicht reagiert hatte, musste Albert annehmen, dass sein Hund auf dem Boot war.

Daran konnte er nichts ändern, aber was er tun konnte, war, Tanyas Kollegen zur Strecke zu bringen. Sie waren gerade dabei, die Gewinner des Ciderwettbewerbs zu ermitteln. Sie hatten gesagt, die Bekanntgabe sei in vierzig Minuten, und das war vor mehr als einer halben Stunde gewesen.

Er musste sie finden und ihnen folgen. Tanya hatte gesagt, dass sie sie am Kai abholen würde. Wenn sie den Plan nicht änderten, was sie natürlich leicht tun konnten, wusste er sogar, wo sie sein würden.

Er wollte Kelly und Liam finden, sicherstellen, dass sie ihre Opfer bei sich hatten, und dann wollte er ihnen wie ein Racheengel die örtliche Polizei auf den Hals hetzen. Es klang wie ein weit hergeholter Plan ... ja, es war ein weit hergeholter Plan, aber es war alles, was Albert hatte, und nichts würde ihn davon abhalten, es zu versuchen.

Das dachte er zumindest.

Er war überzeugt, dass Stacey mit ihm kommen würde, als er sich auf den Weg zurück in die Stadt machte, aber er hielt inne, als sie ihn nicht nur nicht begleitete, sondern in Tränen ausbrach.

Das Weinen war eine unfaire Taktik, hatte er schon immer gedacht. Wie sollte ein Mann damit umgehen, wenn eine erwachsene Frau weinte? Oh, er hatte während seiner Jahre bei der Polizei ein dickes Fell entwickelt, aber jetzt, wo er wusste, dass Stacey wahrscheinlich Grund zur

Sorge hatte und in seine seltsame und gefährliche kleine Welt hineingezogen worden war, konnte er ihr nicht einfach sagen, sie solle damit aufhören.

Er saugte an seiner Wange und legte seine, wie er hoffte, beruhigende Hand auf ihre Schulter.

"Sie machen sich Sorgen um Rodney, stimmt's?"

Er bekam eine Antwort, aber sie kam inmitten eines Schluchzens und schnodderigen Heulens heraus, das die Worte zu einem unverständlichen Durcheinander vermischte.

Er ahnte, was sie ihm sagen wollte, leckte sich über die Lippen und versuchte es mit: "Hmm, ja. Nun, wenn wir davon ausgehen, dass es ihm gut geht, er aber Hilfe braucht, hat es keinen Sinn, hier zu bleiben. Es steht viel mehr auf dem Spiel, als ich je geglaubt habe, und ehrlich gesagt, weiß ich nicht wirklich, was hier passiert. Was ich weiß, ist, dass wir eine Möglichkeit haben, sie aufzuhalten. Wenn die Agenten des Gastrodiebs Rodney haben, haben wir nur eine Chance, ihn zurückzubekommen."

Stacey holte erschüttert Luft, bevor sie herausplatzte: "Was, wenn sie ihn nicht haben? Was, wenn ... was, wenn Cody und Raven ihm etwas angetan haben? In was auch immer sie verwickelt sind, es ist viel größer, als ich es mir je vorgestellt habe. Ich meine, ich kann nicht nach Hause gehen. Selbst wenn ich wollte, könnte ich es nicht, weil Cody denkt, dass ich zu viel weiß und zum Schweigen gebracht werden muss." Sie keuchte und erinnerte sich an einen wichtigen Punkt, den sie verschwiegen hatte. "Cody hat Chris getötet! Er hat es zugegeben, als sei er stolz auf das, was er getan hat. Cody sagte, Chris hätte sonst über das geredet, was sie geplant hatten, weil er damit nicht einverstanden war."

"Was haben sie geplant?"

"Ich habe keine Ahnung, Albert. Aber er will mich zum Schweigen bringen. Er hat so getan, als sei es etwas, das passieren muss. Wenn er mich auf sein Boot geholt hätte, wäre ich vielleicht schon tot." Ihr Gesicht verzog sich und sie begann wieder zu weinen.

"Wir wissen nicht einmal, ob er Rodney heute gesehen hat." Albert nahm an, dass es das war, was Stacey beunruhigte, und versuchte, die Sache etwas weniger besorgniserregend darzustellen. "Wenn Cody Ihretwegen zurückkommt, ist das gut. Dabei können wir ihn auch erwischen."

Albert schürzte die Lippen, als er sich an die Fragen erinnerte, die Cody ihm gestellt hatte.

"Cody hat mich gefragt, was ich über seinen Plan weiß. Es hat etwas mit der königlichen Verlobung und Terry's Pasty Shop zu tun."

Stacey wischte sich das Gesicht ab und nahm Alberts Taschentuch, als er es ihr anbot.

"Danke", schniefte sie. "Ja, das hat er auch zu mir gesagt. Er sagte, ich wüsste zu viel darüber, obwohl ich überhaupt nichts weiß."

Cody war ein Problem. Er musste vor Gericht gestellt werden, aber dies zu tun war nicht nur nicht Alberts Aufgabe, sondern er hatte nur eine einzige Chance, seinen Namen reinzuwaschen, und musste sofort handeln.

"Ich muss Liam und Kelly aufhalten - das sind die Freunde von Tanya", erklärte er. "Die, mit denen ich sie vorhin gesehen habe. Sie sind gerade auf dem Weg, die Gewinner des Ciderwettbewerbs zu kidnappen. Wenn ich richtig liege, sind sie in weniger als einer Stunde für immer aus Looe verschwunden. Vielleicht sogar noch früher. Sie erkannten Cody, als sie ihn sahen, und sagten, sie wollten Chris Mason und Terry, den Besitzer, entführen. Das wird nicht passieren, aber ich denke, sie werden ihre Verluste begrenzen."

"Was wollen Sie damit sagen?"

"Dass wir nichts gegen Cody unternehmen können. Wenn er kein Idiot ist, ist sein Boot auf den Horizont gerichtet und er wird nicht zurückkommen. Ich muss Tanya und die anderen aufhalten. Sobald ich weiß, wo ich die Polizei hinbringen kann, werde ich genau das tun. Dann können Sie ihnen von Cody, Terry und mir erzählen. Sie werden die Küstenwache schicken, um Cody zu fangen. Oder sogar die Royal Navy. Er wird nicht entkommen, aber im Moment kann keiner von uns etwas gegen ihn unternehmen."

"Sie wollen, dass ich ihm einfach einen Vorsprung gebe?" Staceys Gesichtsausdruck war ungläubig. "Was ist, wenn er Rodney hat?"

Albert konnte sich keinen anderen Weg vorstellen, um das Gleiche nochmal zu sagen, und ihnen lief die Zeit davon.

Stacey ließ die Schultern sinken. Sie starrten sich an und beide hatten das Bedürfnis zu handeln.

"Hören Sie mal, ähm, Albert. Ich kann das nicht länger mitmachen. Ich werde zur Polizei gehen." Stacey sah Enttäuschung und Akzeptanz in Alberts Augen. "Beim ersten Polizisten, den ich sehe, gehe ich direkt zu ihm oder ihr hin. Diese Tanya hat Terry angeschossen; ich habe die Waffe in ihrer Hand gesehen, als sie aus dem Bootsschuppen gerannt ist. Ich muss berichten, was ich weiß, bevor noch jemand zu Schaden kommt. Ich weiß, Sie wollen sie fangen und Ihren Namen reinwaschen, aber was ist, wenn sie entkommen? Sie sagten, sie würden Ciderhersteller entführen. Was ist, wenn sie es tun und Sie sie nicht aufhalten können?"

Albert hatte keine Einwände und sagte: "Sie sollten tun, was Sie für richtig halten, Stacey, aber wenn die Polizei mich aufhält, bevor ich Rex erreiche, wird Tanya ihn umbringen. Da bin ich mir sicher." Er weigerte sich, daran zu denken, dass sie es vielleicht schon getan hatte. "Sie müssen mir genug Zeit geben, um ihn zu finden, Stacey."

"Das kann ich Ihnen nicht versprechen, Albert. Es tut mir leid."

Es war eine Patt-Situation.

Da es nichts weiter zu sagen gab, gingen sie weiter und stiegen die schmale Straße hinauf, die zurück in die Stadt führte. Noch bevor sie das Cliff View Hotel erreichten, setzte laute Musik ein, was darauf hindeutete, dass die Abendunterhaltung bereits im Gange war und wahrscheinlich nicht mehr aufhören würde. Das bedeutete, dass sie die Verkündung des Siegers im Cider-Wettbewerb verpasst hatten und höchstwahrscheinlich schon zu spät dran waren, um Kelly und Liam noch einzuholen.

Seine Taktik, sie zu finden, beruhte darauf, dass er ungefähr wusste, wo sie sich zu einer bestimmten Zeit aufhalten würden. Er hatte sein Zeitfenster verpasst.

Albert eilte weiter, vorbei am Cliff View Hotel und durch die Gasse, die sie wieder zurück zur Higher Market Street führte, und forderte seinen Körper stärker, als er vorgehabt hatte. Er wusste, dass er die unangenehme Belohnung später ernten würde, und glaubte, dass die blauen Flecken von den heutigen Abenteuern seinen Körper am Morgen wie einen Felsen erstarren lassen würden.

Auf der Higher Market Street hatte die Menschenmenge in der Stadt kein bisschen abgenommen. Im Gegenteil, jetzt, da die Sonne untergegangen war und die Stände, an denen Alkohol verkauft wurde, regen Zulauf hatten, waren noch mehr Besucher da.

Albert erntete ein paar Blicke und sein zerfetztes Outfit als lebende Statue zog einige Kommentare nach sich, aber er hörte sie kaum. Er konzentrierte sich ausschließlich darauf, Kelly und Liam zu finden, sie zu Tanya zu verfolgen und Rex zurückzuholen.

Es waren keine Polizisten in Sicht, eine Gnade, für die Albert dem Herrn dankte.

"Ich gehe zum Strand", sagte er zu Stacey. "Kommen Sie mit mir?" Albert konnte sehen, dass sie nach Leuten in Uniform Ausschau hielt und sich auf die Zehenspitzen stellte, um über die Köpfe der Menschen hinwegzusehen. Als sie nicht sofort antwortete, fügte er hinzu: "Sie werden am Strand oder auf dem Weg zum Kai sein, Stacey. Wir können sie noch erwischen."

Sie wandte sich ihm zu.

"Es tut mir leid, Albert. Ich weiß, was Sie tun wollen, aber ich kann Ihnen nicht helfen. Ich habe gewartet, bis wir hier sind, in der Hoffnung, dass die Polizei in Sicht ist. Was nicht der Fall ist, also werde ich sie anrufen." Sie hatte ihr Handy in der Hand und als es unverhofft klingelte, ließ sie es fast fallen.

"Es ist Rodney", sagte sie und nahm den Anruf entgegen, als sie seinen Namen auf dem Bildschirm sah. "Rodney, wo bist du? Geht es dir gut? Was ist denn los?"

Die Dinge werden nur noch schlimmer

"Es tut mir leid, Stacey", spottete Cody. "Rodney kann im Moment nicht ans Telefon kommen. Er ist zu schwer verletzt."

Ein Schwächegefühl überkam sie und sie suchte nach etwas, das ihr Gewicht tragen konnte. Albert trat dicht an sie heran, um sie zu stützen.

"Cody", sprach er ins Telefon. "Es gibt keinen Grund für weiteres Blutvergießen. Keiner von uns weiß etwas über Ihre ... Operation", benutzte er das gleiche Wort, das Cody benutzt hatte. Er hatte noch mehr zu sagen, wurde aber unterbrochen.

"Oh, ich wünschte, ich könnte Ihnen glauben. Leider tue ich das nicht. Ich möchte, dass Sie beide zum Kai kommen. Alleine. Wenn ich einen Polizisten sehe, werde ich aufs Meer hinaussegeln und Rodney mit einem Bleigewicht um die Füße über Bord werfen."

Stacey keuchte und musste sich in der Taille beugen, um nicht ohnmächtig zu werden.

Albert antwortete für sie. "Okay, Cody, wir kommen zu Ihnen. Aber tun Sie Rodney nicht weh."

Sie hörten beide die Grausamkeit in Codys Lachen. "Dafür ist es ein bisschen spät", spottete er. "Ich fürchte, Rodney war ein ziemlich unartiger Junge. Er ist nicht tot. Noch nicht. Aber er wird es sein, wenn Sie mich nicht in einer halben Stunde an der Südspitze des Kais treffen. Kommen Sie allein." Dann war die Leitung tot.

Stacey hatte keine Farbe im Gesicht. Um sie herum aßen und tranken fröhliche Menschen und amüsierten sich prächtig. Den Albtraum, der sich direkt neben ihnen abspielte, nahmen sie gar nicht wahr.

Sie riss ihren Blick von ihrem Handy los und sah in Alberts Gesicht.

"Was sollen wir tun? Wenn wir hingehen, wird Cody uns töten. Aber wie können wir nicht hingehen?"

Alberts Gedanken rasten. Er suchte nach einer Strategie, mit der sie vielleicht doch noch gewinnen konnten. Ihm fiel nichts ein; er war hoffnungslos unterlegen. Bis eine Lösung auf höchst unerwartete Weise auftauchte.

Er ergriff Staceys Hand und zog sie mit sich, während er losrannte.

"Der Taschendieb, wie sagten Sie, heißt er?"

Stacey blinzelte und ließ sich die Frage durch den Kopf gehen, für den Fall, dass sie sie falsch verstanden haben könnte.

"Der ... was?"

"Der junge Mann, der vorhin die Geldbörse der Dame gestohlen hat. Sie sagten, Sie hätten ihn erkannt."

"Ja, aber ich konnte ihn nicht gut sehen."

"Nun, wie war der Name, wenn es der Junge war, den Sie kennen?"

Obwohl sie nicht wusste, warum Albert fragte, antwortete sie: "Ricky Brogden."

Albert hob eine Hand zum Mund.

"Ricky! Hey, Ricky!"

Ein vermummter Jugendlicher drehte seinen Kopf in ihre Richtung.

"Oh, mein Gott. Das ist er. Der dreckige kleine Gauner", fluchte Stacey.

Die Augen des Jungen weiteten sich vor Panik und er wollte weglaufen. Doch dafür war es zu spät, denn Albert war nur noch ein paar Meter entfernt gewesen, als er den Namen gerufen hatte.

Auf die Gefahr hin, sich zu verletzen, wenn der Junge sich wehrte, griff Albert nach der Kapuze und riss sie erst hoch und dann herunter. Der Taschendieb konnte nichts mehr sehen, Albert trat auf seinen rechten Fuß und gab dem Jungen einen Stoß.

Ricky stürzte zu Boden, landete ohne Anmut und fand, als er schließlich seine Kapuze zurückschob und versuchte, aufzustehen, Stacey direkt vor seinem Gesicht.

"Weiß deine Mutter, dass du hier draußen Leute bestiehlst?", fragte sie entrüstet.

Ricky setzte sich auf den Bürgersteig und lehnte sich zurück, um etwas Abstand zwischen sein Gesicht und das von Stacey zu bekommen, und zuckte mit den Schultern.

"Ja, was glaubst du, wie sie sonst die Rechnungen bezahlt, seit Dad gestorben ist?"

Seine Antwort nahm ihr den Wind aus den Segeln, aber es war Albert, der die nächste Frage hatte.

"Wie würde es dir gefallen, eine gute Tat zu vollbringen und etwas Geld zu verdienen. Vielleicht wirst du dadurch sogar berühmt."

Taschenspielertricks

Am Strand dröhnte der Sound aus den riesigen Lautsprechern, die auf beiden Seiten der Bühne angebracht waren, so laut, dass Albert die Zähne weh taten. Die Band auf der Bühne kannte Albert nicht und die Melodie, die sie spielten, kam ihm nicht bekannt vor.

Nicht dass er zugehört hätte. Er konzentrierte sich auf den hilfsbereiten Organisator der Veranstaltung, den sie gefunden hatten. Er hörte auf den Namen Ryan und Stacey kannte ihn sehr gut. Sie schien fast jeden zu kennen, der in Looe wohnte oder arbeitete, und brauchte nur wenige Sekunden, um den Namen der siegreichen Ciderbrauer herauszufinden.

Valley Orchard aus Wadebridge, einem Fleck auf der Landkarte auf der anderen Seite von Cornwall, hatte den ersten Preis für seinen Cider erhalten, der in alten Whiskyfässern vergoren wurde.

Albert kümmerte das nicht. Er wollte wissen, wo sie waren.

In Richtung Strandpromenade weisend, verriet Ryan, dass sie von zwei Reportern mit einer Fernsehkamera angesprochen worden waren. Er sah sie zuletzt vom Strand weggehen, um einen weniger lauten Ort für ein Interview zu finden.

Albert hätte Ryan bitten können, sie zu beschreiben, aber er wusste bereits, dass es sich bei den Reportern um Liam und Kelly handelte. Das erklärte ihre schicke Kleidung und war eine typisch clevere Taktik, um die Zielpersonen von allen anderen zu trennen. Wie sonst hätten sie die Leute vor den Augen so vieler Zeugen entführen können?

Die Gewinner waren laut Ryan, der so freundlich war, eine kurze Beschreibung zu geben, Brüder.

Mit Ricky im Schlepptau, denn Stacey ließ ihm keine andere Wahl, liefen sie alle drei zurück in die Stadt.

"Sie könnten überall sein", sagte Stacey. "Wozu machen wir das überhaupt, Albert? Was werden wir wegen Cody und meinem Bruder tun?"

"Taschenspielertricks, meine Liebe. Wenn wir können."

"Taschenspielertrick?"

Sie hielten am Ende der Promenade an und blickten auf die belebten Straßen vor ihnen.

"Ja. Um das vorzuführen, was die Leute für Zaubertricks halten, verwenden Magier Taschenspielertricks. Das bedeutet, dass man das Publikum auf eine Hand schauen lässt, während man mit der anderen Hand etwas macht, um es zu verwirren."

"Ja, Albert, ich weiß, was ein Taschenspielertrick ist. Wie zum Teufel hilft uns das?"

Anstatt zu versuchen, das zu erklären, sagte er: "Das hilft uns überhaupt nichts, wenn wir sie nicht finden können und am falschen Ort suchen. Sie werden nirgendwo sein, wo viele Menschen sind."

Stacey zuckte zusammen und zeigte mit dem Arm in die Menge. "Warten Sie, das sind sie. Nicht wahr?"

Albert drückte ihren Arm nach unten. Sie hatte es geschafft. Sie hatte zwei Menschen in einem Meer von Tausenden gesucht und hatte es geschafft.

Kelly und Liam schoben zwei Rollstühle und sahen aus wie ein Ehepaar, das mit seinen älteren Eltern einen Ausflug macht. Eingehüllt in Decken gegen die kühle Luft und mit Kapuzen, um ihre Gesichter zu verdecken, würden die Gewinner von niemandem erkannt werden.

Liam und Kelly hatten die Brüder weggelockt und ihnen entweder mit Elektroschockern zugesetzt oder sie irgendwie betäubt. Albert vermutete Letzteres, denn dann wären sie gefügig und kontrollierbar und nicht bewusstlos und unberechenbar, wenn sie wieder zu sich kamen.

Wie dem auch sei, die Agenten des Gastrodiebs waren auf dem Weg zurück in die Stadt und das kam Albert gerade recht.

"Okay, Kleiner. Du bist dran."

Ricky lächelte auf die dümmlich-überhebliche Art, die nur ein Teenager haben kann.

"Ein Kinderspiel."

Albert und Stacey begleiteten ihn, hielten sich zehn Meter zurück und hofften, dass nichts schief gehen würde. Sie setzten einen Kriminellen ein, um andere Kriminelle aufzuhalten, aber gleichzeitig schickten sie einen Teenager gegen zwei bewaffnete Killer ins Rennen. Wenn er seinen Taschendiebstahl verpfuschte, wollte Albert nicht daran denken, was sie tun würden.

Es gab keinen Grund zur Sorge, denn Rickys versehentliches und entschuldigendes Anstoßen führte dazu, dass Liams Telefon den Besitzer wechselte.

Er ging zurück zu Stacey und Albert, grinste und zeigte ihnen, was er hatte.

"Das war der erste Schritt", murmelte Albert.

Fehlgeschlagene Täuschung

Albert versuchte es selbst, musste aber schnell feststellen, dass er nicht einmal den Startbildschirm von Liams Handy öffnen konnte.

"Was wollen Sie tun?", fragte Ricky und schüttelte den Kopf über den alten Mann, der versuchte, einfache moderne Technik zu benutzen.

"Eine Textnachricht schicken."

"An wem?"

"Wen", korrigierte Albert den jungen Mann automatisch.

"Hm?"

Albert sagte: "Vergessen Sie's. Ich will sie an Tanya schicken."

Ricky fummelte weniger alseine Sekunde lang am Telefon herum.

"Was soll in der Nachricht stehen?"

Albert sah Stacey an, während er sagte: "Wir brauchen einen neuen Treffpunkt. Überall Polizei. Komm in zehn Minuten zur Südspitze des Kais."

Stacey verdrehte die Augen, als sie Alberts Plan verstand. Er wollte Cody und Tanya zur gleichen Zeit an den gleichen Ort bringen.

"Was ist, wenn Tanya oder jemand anderes wieder schießt?", fragte sie.

Albert zuckte die Achseln. "Ich rechne irgendwie damit. Nichts bringt die Polizei schneller in Bewegung als ein paar herumfliegende Kugeln. Sie haben gesagt, am Kai sei es nachts immer ruhig. Deshalb hat Cody ihn ausgewählt."

Liams Handy piepte und drei Gesichter schauten nach unten, um die Nachricht zu lesen.

"Rauchst du Dope oder was? Kelly hat mir dieselbe Nachricht erst vor fünf Minuten geschickt. Wir sehen uns in fünf Minuten, Dummkopf."

"Sie ist nicht besonders tolerant", bemerkte Stacey.

Albert biss sich auf die Lippe. Er hatte sich ausgerechnet, dass Liam und Kelly durch die Änderung des Treffpunkts von Tanya getrennt würden. Er wollte, dass Tanya genau dann am falschen Ort eintraf, wenn Cody auftauchte. Das würde einen Kampf auslösen und er würde die Polizei über sie herfallen lassen, während er zu Gott betete, dass niemand verletzt wurde.

Bei den anschließenden Aufräumarbeiten würden Liam und Kelly mit den entführten Ciderbrauern gefunden werden und Albert hoffte, dass dann die Wahrheit ans Licht kam.

Jetzt würde es anders laufen, als er es sich vorgestellt hatte, und es gab nichts, was er tun konnte, um es zu ändern.

"Was machen wir jetzt?", fragte Stacey.

"Wir gehen zu Cody."

"Kann ich jetzt gehen?", fragte Ricky, der sich bereits zurückzog.

Fast hätte Albert "Ja" gesagt, aber sein Polizistengehirn schaltete sich ein und änderte die Worte, die seinen Mund verließen.

"Wie viel war in seiner Brieftasche?"

"Welche Brieftasche?" erwiderte Ricky, wobei seine Lüge bei weitem nicht überzeugend klang.

Albert streckte seine Hand aus, bis Ricky seinen mürrischen Ausdruck aufgab.

Albert fühlte sich großzügig, obwohl er nicht erklären konnte, warum, und reichte dem Jugendlichen Liams Geld. Es sah aus, als wären es etwa zweihundert Pfund. Die Brieftasche wanderte in Alberts Tasche, um sie später zu untersuchen.

"Jetzt kannst du gehen." Albert ließ Ricky losgehen und rief ihm dann hinterher: "Und hör auf zu klauen!"

Als er sich drehte, um sich Stacey wieder zuzuwenden, sah sie ihn an.

"Wird das wirklich funktionieren, Albert?"

Er wollte etwas sagen, das sie beruhigen würde. Aber stattdessen entschied er sich, ehrlich zu sein.

"Vielleicht. Sie wollen Ihren Bruder zurück und er ist vielleicht auf Codys Boot, vielleicht auch nicht. Ich denke, er ist es wahrscheinlich. Ich will Rex zurück und Sie sagten, Sie hätten gesehen, wie er auf Tanyas Boot gesprungen ist. Sie werden ungefähr zur gleichen Zeit ankommen und wenn sie das tun, werden sie zu sehr mit sich selbst beschäftigt sein, um das Eintreffen der Polizei zu bemerken."

"Wann sollen wir sie anrufen?"

"Nicht bevor Cody und Tanya auftauchen. Wenn wir es zu früh tun, schwärmen sie überall herum. Cody oder Tanya oder alle beide würden die Polizisten sehen und einfach ihre Boote wenden."

"Können wir ihnen nicht erklären, was los ist, und sie erst einmal in Position bringen oder so?"

"Was glauben Sie, wie lange es dauern wird, bis ich es so überzeugend erklären kann, dass sie zustimmen und mich nicht einfach auf der Stelle verhaften? Davon mal abgesehen haben wir nur etwas mehr als zwei Minuten Zeit, bis Cody und Tanya eintreffen.

Staceys Handy klingelte und Rodneys Name erschien wieder auf dem Display. Es war eine Antwort auf ihre Frage und bestätigte, was Albert gerade gesagt hatte.

Sie tippte mit dem Daumen auf die grüne Taste und sagte: "Hallo?"

"Wo seid ihr?", fragte Cody. "Ich sagte, ihr sollt mich am Kai treffen. Ihr habt genau eine Minute, sonst fahre ich mit deinem Bruder weg und du kannst dir überlegen, was du bei seiner Beerdigung sagen willst."

Erneut erschrocken, platzte Stacey heraus: "Wir kommen! Geh nicht weg. Wir sind fast da."

Weiter hinaus aufs Meer

Rex' Beine wurden langsam müde. Das Ufer war eindeutig weiter entfernt als zuvor und ihm wurde kalt. Aufzugeben lag nicht in seiner Natur, aber er begann sich zu fragen, was passieren würde, wenn er seine Beine einfach nicht mehr zum Weiterpaddeln bewegen konnte.

In der letzten halben Stunde hatte er vor allem an Albert gedacht. Ging es ihm gut? War er unversehrt davongekommen? Es beunruhigte Rex, dass er es vielleicht nie erfahren würde.

Es störte ihn auch, dass er noch nie ein T-Bone-Steak gegessen hatte, aber als er sich fragte, ob er einfach aufhören sollte zu schwimmen, bewegte sich die Wasseroberfläche direkt vor ihm. Als einen Moment später ein runder Kopf daraus hervortrat, hätte Rex fast einen Salto rückwärts gemacht, um zu entkommen. Ertrinken war eine Sache. Von einem Seeungeheuer gefressen zu werden, war aber bestimmt weniger angenehm.

"Hund, was machst du hier draußen?", fragte Gus.

Ein Anblick, den sie nie vergessen werden

Cody hockte auf der Steuerbordseite seines Bootes und hielt sich mit einer Hand an der Anlegestelle fest, weil er nicht vorhatte, das Boot festzumachen. Er wollte Stacey und den alten Mann dazu bringen, an Bord zu gehen, sie zwingen, ihm zu sagen, was sie wussten, und sie dann beide verschwinden lassen.

Wenn die Spur bei ihnen endete und nichts in den Nachrichten darauf hindeutete, dass er verfolgt wurde, würde er nach Looe zurückkehren.

Das mit Terry war eine Schande, aber außer Raven, Stacey und dem alten Mann wusste niemand von seinem Tod, es sei denn, man zählte die verrückte Frau, die ihn erschossen hatte.

Cody hatte immer noch keine Ahnung, wer die Frau mit der Waffe war, aber wenn er sie jemals wiedersehen würde ... nun, sagen wir einfach, die nicht zugelassene Schrotflinte, die er auf seinem Boot aufbewahrte, war in der letzten halben Stunde gereinigt und geladen worden.

Stacey lief in eine Lichtpfütze am Kai und tauchte aus der Dunkelheit zwischen zwei Gebäuden auf.

"Wo ist der alte Mann?" brummte Cody, als der nicht hinter ihr auftauchte.

"Er kommt", antwortete sie und drehte sich um, um in die Dunkelheit hinter sich zu blicken. "Er ist in den Achtzigern", schätzte sie Alberts Alter, "und er ist verletzt."

"Das ist mir egal", schnauzte Cody.

Albert war gar nicht hinter Stacey hergegangen. Er hatte wieder Taschenspielertricks im Sinn und deshalb Church End genommen, um vierzig Meter weiter die Straße hinunter und näher am Strand aufzutauchen. Wenn Tanya kam, wollte er es zuerst wissen, damit er die Falle stellen konnte.

Als er aufs Meer hinausschaute, wurde aus einer schwarzen Form vor schwarzem Hintergrund einige Sekunden später ein weiteres Boot. Eine schnittige Jacht, um genau zu sein.

Tanya war hier.

Mit einem tiefen Atemzug, um seine Nerven zu beruhigen, nahm Albert sein Handy in die Hand und bereitete sich darauf vor, drei Neunen zu wählen.

Ausgerechnet das war natürlich der Moment, in dem sein Plan aufflog.

"Ich nehme das", sagte Liam und stieß eine Pistole in Alberts Wirbelsäule.

Kelly kam von der linken Seite auf ihn zu, der Rollstuhl stoppte vor Alberts Füßen.

"Tanya hatte recht mit dir. Du bist hartnäckig."

"Wie eine Kakerlake", fügte Liam hinzu.

Sie konnten sehen, wie Tanya sich näherte, aber sie hatten Cody noch nicht bemerkt und er hatte sie nicht gesehen.

Albert wartete, mit einer Waffe im Rücken und dem Hauch einer Chance, dass die Dinge noch zu seinen Gunsten ausgehen könnten. Er wollte, dass Tanya ihr Boot andockte und sich nicht bewegte, aber wie üblich lief auch das nicht in seinem Sinne.

Cody schrie Stacey an und wollte wissen, wo Albert war. Bis dahin hatten weder Liam noch Kelly die zusammengekauerte Gestalt überhaupt bemerkt.

Liam traute seinen Augen nicht, als er in seine Richtung blickte. Tanya hatte ihnen von der Erschießung des Pastyladenbesitzers erzählt und sie hatten gedacht, sie müssten dem Earl erklären, warum sie es nicht geschafft hatten, ihm den gewünschten Pastymacher zu bringen. Jetzt war einer von ihnen genau hier. Er nahm seine Waffe von Alberts Rücken und schob den alten Mann einen Meter weiter auf den Kai hinaus, damit Kelly ihn besser decken konnte.

"Dauert nur einen Moment", sagte er jovial und zog die Augenbrauen in Richtung seiner Partnerin hoch.

Cody sah Albert zuerst; die Bewegung fiel ihm auf, als der alte Mann aus dem Schatten trat. Sein erster Gedanke war, dass Stacey eine Art Trick vorhatte. Dann sah er Liam.

Cody hatte keine Ahnung, wer der neue Spieler war, aber er sah die Waffe in Liams Hand und nahm an, dass er ein Polizist war.

Sein Schrei rief Raven auf den Plan, die gerade noch rechtzeitig ihren Kopf aus der Kabine unter Deck streckte, um zu sehen, dass Liam auf Cody zielte.

Stacey wollte eine Warnung rufen, aber sie wusste wirklich nicht, wen sie eigentlich retten wollte.

Liam war zwanzig Meter von ihr entfernt, als Raven ihre Schrotflinte abfeuerte. Das dröhnende Geräusch wurde von Superintendent Charters gehört. Sie befand sich in der Nähe der Brücke, etwa zweihundert Meter flussaufwärts von Looe, und wusste genau, was das Geräusch war.

Die Kügelchen bespühten Liam und verletzten ihn mehrfach. Seine Waffe ging los, eine spontane Reaktion auf den Schmerz, den er fühlte.

Tanya, die sich darauf konzentriert hatte, das Boot längsseits des Kais zu bringen, ohne irgendwo anzuhauen, wurde durch den Schuss aus der Schrotflinte aufgeschreckt und sah sich um. So sah sie, wie Raven auf das Deck von Codys Boot trat, und sich selbst zur Zielscheibe machte.

Sie zog ihre Waffe, zielte genau und drückte ab.

Staceys Hand flog zu ihrem Gesicht, als sie Raven fallen sah. Es wirkte wie ein Katalysator, der sie in Bewegung setzte. Ihr Bruder war auf Codys Boot, zumindest glaubte sie das, und der einzige Weg, es sicher zu wissen, war, an Bord zu gehen und nachzusehen.

Cody war im Weg, aber als Tanyas Pistole erneut krachte und er davonlief, wusste Stacey, dass sie alles riskieren und alles auf eine Karte setzen musste.

Liam war auf den Knien und weitgehend aus dem Kampf ausgeschieden, konnte aber einen Schuss abfeuern, als er eine Frau sah, die auf das Boot zulief, aus dem der Schuss gekommen war.

Albert hatte gezögert, als der Schrotflintenschuss Liam niederstreckte, und jede Gelegenheit, die er gehabt hätte, um zu entkommen, war in diesem Moment der Untätigkeit verloren gegangen.

Kelly schnitt eine Grimasse, setzte die Mündung ihrer Pistole an Alberts Nacken und forderte ihn auf: "Steigen Sie in das Boot."

Sie wollte ihn an Tanya übergeben, die Ciderbrauer an Bord holen und, wenn möglich, zu Liam zurückkehren – in dieser Reihenfolge.

Das Geräusch von aufgeregtem Bellen ließ sie nach links schauen.

Albert schaute auch. Sein Verstand bestand darauf, dass er Rex hörte, aber er wusste, dass das nicht stimmen konnte. Er wusste nicht, ob sein

Hund noch auf Tanyas Boot war, aber er war sich sicher, dass Rex nicht mitten in der Flussmündung bellen konnte.

Die Wolke, die wie eine dicke Decke am Himmel gehangen hatte, wählte diesen Moment, um sich zu teilen. Der Anblick eines Deutschen Schäferhundes, der sich auf dem Rücken zweier Seehunde aus den Wellen erhob, würde denjenigen, die das sahen, für immer in Erinnerung bleiben.

Kelly schüttelte den Kopf, als ob dadurch die Halluzination verschwinden würde. Als dies nicht der Fall war, riss sie Albert die Waffe aus der Hand und richtete sie auf die sich nähernde Erscheinung.

Während Albert seinen Hund auf zwei Robben reiten sah, glaubte Kelly, dass ein dreiköpfiges Seeungeheuer aus der Tiefe auftauchte, um sie zu holen.

Albert stieß gegen sie, so dass sie wild um sich schoss, und als die Robben den Kai berührten, um Rex an Land zu setzen, wusste er genau, was er sagen musste.

"Schnapp sie, Junge!"

Polizisten aus ganz Looe strömten zum Kai und versuchten herauszufinden, woher die Schüsse gekommen waren. Sie rannten und das mit hoher Geschwindigkeit, aber noch nicht alle waren da.

Tanya beobachtete, wie Alberts Hund aus der Dunkelheit auftauchte. Er war aus dem Nichts gekommen, soweit sie es erkennen konnte, und wie zum Teufel war er überhaupt ans Ufer gekommen?

Da sie mit Albert rang, konnte Kelly nichts tun, um den Hund zu stoppen, als er sie ansprang. Im einen Moment war sie kurz davor, den alten Mann zu Boden zu werfen, im nächsten hatte sie keine Luft mehr in der Lunge.

Das Geschrei weiter oben am Kai und die herumschwingenden Fackeln reichten aus, um Tanya zu überzeugen. Sie fuhr entweder jetzt oder überhaupt nicht. Sie legte den Rückwärtsgang ein und schickte das Boot zurück auf den Fluss.

Am Kai sah Kelly, wie ihr Fluchtgefährt wegfuhr.

Rex hatte ihr den Wind aus den Segeln genommen, aber er war erschöpft vom Schwimmen und so sehr er auch wollte, seine Beine hatten nicht die nötige Sprungkraft. Als er wieder auf die Beine kam, musste er zusehen, wie seine Beute rannte, sprang und sich an der Seite von Tanyas Boot festhielt, als sie Looe verließ, ohne die Absicht, jemals zurückzukehren.

Albert konnte nicht fassen, was gerade geschehen war, kniete nieder und öffnete seine Arme.

Rex, aufgeregt, erschöpft und froh, am Leben zu sein, wedelte mit dem Schwanz und legte seinen Kopf auf die Schulter seines Menschen.

Albert wollte so bleiben, aber die Stimmen und das Fackellicht waren jetzt so nah, dass er die Funkgeräte quäken hören konnte.

"Wir müssen los, Rex", sagte er und stand auf.

"Albert", rief Stacey.

Er schaute sich um und sah, wie sie ihrem Bruder half, von Codys Boot zu steigen. Er bewegte sich nur langsam, aber er bewegte sich, und das war besser, als Albert erwartet hatte.

Da er keine Zeit zu verlieren hatte, hielt Albert dennoch inne, um nach den Ciderbrauern zu sehen. Sie saßen zwar immer noch in ihren Rollstühlen und waren offensichtlich betäubt, aber ihre Augen waren offen und bewegten sich. Nachdem er sich vergewissert hatte, dass sie nicht dringend ärztliche Hilfe brauchten, hatte Albert etwas zu sagen.

"Meine Herren, die Polizei ist unterwegs. Sie sollten jetzt vollkommen sicher sein. Wenn sie kommen, möchte ich, dass Sie ihnen diese Nachricht übermitteln. Ich hoffe, Sie können sich alles merken."

Er hatte etwa zwei Drittel der Nachricht hinter sich, als Stacey zischte: "Albert! Kommen Sie schon!"

Als er so schnell fertig war, wie es seine Lippen zuließen, klopfte Albert den Brauern auf die Schultern und machte sich aus dem Staub.

Sie versteckten sich in Church End, wo sie auf Polizeibeamte trafen, die sich ihren Weg durch die Menge der Festivalbesucher bahnten.

Stacey packte ihren Bruder und schob ihn in einen dunklen Schatten. Sofort sahen sie aus wie ein Paar beim Knutschen. Das war nichts für Albert, aber mit einem Geistesblitz hob er seine Arme in eine Pose und erstarrte.

Die Polizisten liefen ohne einen zweiten Blick an der lebenden Statue vorbei.

Ein neuer Anhaltspunkt

Nachdem er sicher in Staceys Laden zurückgekehrt war und Stacey ihm eine Schüssel besorgt hatte, um Rex Wasser anbieten zu können, ließ sich Albert auf einen Stuhl fallen.

Er war am Ende. Hatte er jemals so einen Tag erlebt? Ein trauriges Lächeln überzog sein Gesicht, als die Antwort zurückkam: "Ja, viele."

Rodney war schwer verprügelt worden und musste wahrscheinlich am Kopf genäht werden. Cody hatte ihn aufs Meer mitgenommen und als Rodney nicht mehr fliehen konnte, auf ihn eingeschlagen.

Natürlich drängte Stacey ihn, den Grund dafür zu nennen, und dieses Mal sagte Rodney schließlich die Wahrheit.

Das war nichts, was Albert jemals vermutet hätte.

Cody, Terry und die anderen waren Anti-Royalisten. Nicht die nette Art, die vielleicht ausflippte, wenn Prinz William im Fernsehen auftauchte, sondern die Art von Verrückten, die glauben, sie könnten die Gesellschaft verändern, indem sie den König, die königliche Familie und das Adelsgeschlecht ausrotten.

Als Terry gebeten wurde, für die Verlobung von Prinz Marcus und Nora Morley Pasties zu liefern, hatte Cody die Gelegenheit ergriffen, etwas Verwerfliches zu tun.

"Warum hast du dabei mitgemacht?", wetterte Stacey gegen ihren kleinen Bruder. "Hasst du die königliche Familie?"

Rodney wich vor ihr zurück.

"Nein, ich ... ich weiß nicht. Einiges von dem, was sie sagten, machte Sinn. Wenn die reichen Eliten nicht so viel einsacken würden, hätten die einfachen Leute viel mehr. Das leuchtet ein, nicht wahr?"

"NEIN!", rief Stacey.

Albert hatte nicht die Energie, auf die enormen Fehler in der Aussage hinzuweisen, die Rodney gerade zu machen versucht hatte. Stattdessen fragte er: "Hätten Sie bereitwillig Mitglieder der königlichen Familie ermordet?"

Rodney sah entsetzt aus. "Nein, ich hätte sie nicht ermordet. Ich hätte ihnen nur eine Magenverstimmung oder so gegeben. Ich weiß, dass Cody nicht gesagt hat, dass er das tun will, aber ich dachte, vielleicht könnte ich ... ich weiß nicht", schloss er nach einem Moment und verstummte.

Stacey wollte ihm etwas an den Kopf werfen, zog ihn aber in eine Umarmung und hielt ihn so fest.

Die Stille in Staceys Laden gab Albert Zeit zum Nachdenken. Tanya und Kelly waren geflohen. Er wusste nicht, was mit Liam geschehen war oder ob seine Wunden lebensgefährlich waren, aber solange Liam nicht lebte und geständig war, hatte Albert der Polizei wieder einmal nichts vorzuweisen.

Dass er so kurz davor gewesen war, sie zu erwischen, so kurz davor, seinen Namen reinzuwaschen, war ärgerlich. Morgen früh hätte er schon auf dem Heimweg sein können. Was sollte er jetzt tun?

Ein einziger Hinweis - eine Hotelbuchung in einer E-Mail auf Baldwins Handy - hatte ihn nach Cornwall geführt. Er hatte gewettet und richtig gelegen, aber obwohl er ihnen dicht auf den Fersen gewesen war und herausgefunden hatte, hinter wem sie her waren, hatte er sie nicht aufhalten können. Oder fangen. Oder konnte auch nur ein Fitzelchen eines brauchbaren Beweises vorlegen.

Er erinnerte sich an Liams Brieftasche und holte sie aus seiner Manteltasche. Sie enthielt Kredit- und Debitkarten, alle unter dem falschen Namen, den Liam im Hotel angegeben hatte. Es gab keine Fotos oder Quittungen, keine seltsamen kleinen Dinge, die man zusammen mit dem Bargeld in die Fächer steckt. Erst als Albert die Tasche wieder schloss, sah er, dass hinter einer Kreditkarte etwas hervorlugte.

Er klemmte das Stück Papier zwischen Daumen und Fingernagel ein und schob es frei.

Es war der Abriss eines Wettscheins.

Sofort erinnerte er sich an die einzige Wette, die er je in seinem Leben abgeschlossen hatte; an das dumme Pferd, auf das er in Melton Mowbray dreißig Pfund gesetzt hatte. Der Schein dafür lag immer noch in seinem Koffer und diente ihm als Lesezeichen.

Albert notierte sich, dass er nachsehen wollte, ob das Pferd das Rennen überhaupt beendet hatte. Falls er überhaupt wieder nach Hause kam.

Als er den Zettel umdrehte, fand er auf der Rückseite eine Adresse. "Glan-Y-Wern", las er und starrte auf die Postleitzahl. Er wusste nicht, wo das war, konnte aber erkennen, dass es irgendwo in Wales liegen musste.

Vielleicht hatte er ein nächstes Ziel zu erkunden, eine neue Spur zu verfolgen.

Berichte von Augenzeugen

Superintendent Charters nahm den Pappbecher Tee mit einem gemurmelten Dank entgegen, der sich lose an den überbringenden Constable richtete, und fragte sich, was sie in ihrem Bericht schreiben würde.

Zu der einen Leiche, die sie heute Morgen am Strand gefunden hatten, kamen noch drei weitere hinzu, und in einem friedlichen Fischerdorf, das zu ihrem Revier gehörte, war es zu einer Schießerei mit mehreren Waffen gekommen. Es war nicht so sehr, dass sie sich nach einem ruhigen Leben sehnte, in dem es keine Verbrechen aufzuklären und wenig zu tun gab, aber heute war es ein bisschen zu weit gegangen.

Sergeant Andrews tauchte aus der Dunkelheit auf. Es war kurz nach zwei Uhr morgens und sie hatten alle weit mehr Stunden gearbeitet, als sie gedacht hatten. Bald würde sie anfangen müssen, die Leute nach Hause zu schicken und eine neue Staffel von Beamten zu holen. Sie würde bleiben, weil sie dafür verantwortlich war und ihrer Chefin sagen wollte, dass sie alle Möglichkeiten ausgeschöpft hatte, um eine Lösung für die ungeklärten Todesfälle zu finden.

"Ma'am, die Leute vom Tatort sind bereit, die Leichen abzutransportieren."

Es war nicht als Frage formuliert worden, aber Superintendent Charters erkannte sie als das, was sie war.

Mit einem Kopfnicken pustete sie über die Oberfläche ihres Tees und trank einen Schluck, bevor sie sagte: "Sehr gut. Haben sie etwas Interessantes berichtet?"

"Nur, dass der Mann, dem in die Brust geschossen wurde ..." Sergeant Andrews schlug ihr Notizbuch auf, da ihr schlaftrunkenes Gehirn sich weigerte, den Namen des Opfers zu nennen. "Terrance South wurde mindestens eine Stunde vor den beiden anderen Opfern getötet. Oh, und das Kaliber der Kugel, die ihn getötet hat, scheint das gleiche zu sein wie das, womit Raven Plumber erschossen wurde."

"Die Autopsien werden uns mehr sagen", bemerkte Charters und nippte wieder an ihrem Tee. "Irgendetwas von einem der Absperrungspunkte?"

Es war eine sinnlose Frage, geboren aus Langeweile und wunden Füßen. Sie wusste bereits, dass Albert Smith nicht gefunden worden war. Jeder, der auf den Straßen von und nach Looe stationiert war, wusste, dass er sich mit ihr in Verbindung setzen musste, sobald er ihn hatte oder er möglicherweise gesichtet worden war.

Dass er aus der Stadt entkommen könnte, war keine große Überraschung; es gab zu viele Wege hinein und hinaus und das war, bevor man das Meer in Betracht zog. Er hätte auch zu Fuß gehen und eine Route quer durchs Land wählen können, die ihn bei Tagesanbruch in die nächste Stadt gebracht hätte. Dort konnte er in einen Bus oder einen Zug steigen und überall hinfahren. Es gab Leute, die nach ihm suchten, aber es schien, dass der mutmaßliche Terrorist auch ein Meister der Tarnung war.

Sie wusste dies aus zwei Augenzeugenberichten. Augenzeugenberichte, die alles, was sie glaubte, in Frage stellten.

Mike und Thomas Brewer, die ironischerweise Brauer waren, wurden inmitten des Gemetzels gefunden. Sie saßen in Rollstühlen und die Beamten am Tatort waren zunächst verwirrt über ihre Anwesenheit und ihre mangelnde Reaktionsfähigkeit.

Sanitäter behandelten sie und auf dem Rücksitz eines Krankenwagens begannen die beiden Brüder, aus ihrer Benommenheit zu erwachen. Sie waren unter Drogen gesetzt worden, was leicht zu glauben war, und hatten eine Geschichte zu erzählen, die so lächerlich und phantasievoll war, dass sie nur von jemandem erzählt werden konnte, der unter Drogen stand.

In ihren Augen war Albert Smith ein Held. Obwohl die Brüder Brewer zu diesem Zeitpunkt weder sprechen noch sich bewegen konnten, funktionierten ihre Augen und Ohren einwandfrei, so dass sie Alberts Wortwechsel mit ihren Entführern mitbekamen und sahen, wie er gegen sie kämpfte.

Sie glaubte diesen Teil oder hatte zumindest keinen Grund, an deren Behauptungen zu zweifeln. Albert Smith, was auch immer er vorhatte, schien nicht mit den Leuten zusammenzuarbeiten, die die Schüsse abgegeben hatten. Beide Brüder beharrten darauf, dass Albert Smith keine eigene Schusswaffe besaß.

Sie sagten, er habe eine Komplizin gehabt, eine Frau, mit der sie ihn weggehen sahen. Aber wenn sie das akzeptierte, musste sie ihrem Bericht glauben, dass Albert Smith nicht nur eingeschritten war, um ihre Entführung zu verhindern, sondern auch eine Rettungsaktion unternommen hatte.

Ein noch nicht identifizierter Mann, der sich in einem schrecklichen Zustand befand, wurde aus dem Boot geholt, auf dem man zwei der Leichen gefunden hatte. Er ging mit der Frau und Albert Smith fort.

Darüber hinaus hielt der mutmaßliche Terrorist an, um sich nach dem Wohlbefinden der beiden entführten Ciderbrauer zu erkundigen, als die Polizei ihn bereits im Visier hatte. Dies waren wohl kaum die Taten eines hartgesottenen Kriminellen, den es nach Blut dürstet.

Zu ihrer großen Überraschung hatten sie noch dazu eine Nachricht von Albert Smith. Er benannte den Mörder von Chris Mason als Cody Williams, einen Bürger von Looe und Eigentümer des Bootes, auf dem die Leichen von Terrance South und Raven Plumber gefunden worden waren. Wenn man Mr. Smith Glauben schenken wollte, hatte der Mord an Chris Mason mit einem anti-royalistischen Komplott zu tun.

Der dritte Mann konnte noch nicht identifiziert werden und obwohl man offiziell auf die Bestätigung durch die Ballistik warten musste, war Superintendent Charters zuversichtlich, dass die Schrotflintenwunden, an denen er gestorben war, von Raven Plumber stammten.

Albert Smith beteuerte in seiner Nachricht seine Unschuld, was nicht so ungewöhnlich war, und warnte, dass er hinter jemandem her sei, der "Der Gastrodieb" genannt werde.

Superintendent Charters hatte keine Ahnung, wer oder was ein Gastrodieb war. Das war etwas, über das sie morgen Vormittag nachdenken konnte. Offenbar war ein Chefinspektor aus Kent unterwegs, um mit ihr zu sprechen.

Die Brüder waren ins Krankenhaus eingeliefert worden und würden dort über Nacht bleiben. Superintendent Charters hoffte, auf der Wache ein paar Stunden Schlaf zu bekommen, bevor sie sich auf den Weg machen würde, um die Brewer-Brüder genauer zu befragen.

Ihre Geschichte war stichhaltig und bestätigte das meiste, was die Polizei am Kai vorgefunden hatte, aber es gab ein Element, das absolut nicht zu glauben war. Sie beharrten darauf, dass Albert Smith von einem Hund, der vom Rücken zweier Robben aus dem Wasser gesprungen war, vor dem Erschießen gerettet worden war.

Das war der Punkt, an dem ihre Geschichte zusammenbrach. Ein toxikologischer Test würde zeigen, welche Droge oder Drogen ihnen verabreicht worden waren, aber was auch immer es war, Charters wusste bereits, dass es auf jeden Fall ein Halluzinogen enthalten würde.

Ein zweites Boot, eine schnittige Jacht, war von zahlreichen Augenzeugen beim Verlassen des Kais gesehen worden. Barkassen waren ausgesandt worden, um es zu finden, ohne ein Ergebnis zu liefern, von dem sie glaubten, es sei das richtige. Die Frage war, wie viele Jachten auf diese lose Beschreibung passten. Die einzigen Personen, die sie eindeutig gesehen hatten, waren betäubt worden.

Charters hatte diese Spur noch nicht aufgegeben, aber ein nennenswertes Ergebnis schien unwahrscheinlich.

Sie kippte den Rest ihres Tees hinunter und machte sich auf den Weg, um sicherzustellen, dass ihre Leute sich warm hielten und ihre Arbeit so schnell wie möglich erledigten; niemand wollte länger als nötig hier draußen sein.

Ende

Anmerkung des Autors:

Hallo, lieber Leser,

als ich mit dem Schreiben dieses Buches begann, hatte sich die Geschichte der königlichen Hochzeit schon seit mehr als einem Jahr wie ein roter Faden durch meine verschiedenen Serien gezogen. Ich musste Albert und Rex in diesen Handlungsstrang einbinden und dies war das Buch, in dem ich das tun wollte.

Falls Sie nicht wissen, worauf ich mich beziehe: Ich habe eine Serie mit einer hochkarätigen Hochzeitsplanerin. Sie kämpft um das Recht, die nächste königliche Hochzeit zu organisieren, nämlich die des fiktiven jüngsten Sohnes von König Charles.

Natürlich war König Charles noch Prinz Charles, als ich begann, dieses Buch zu schreiben. Ich brauchte nur sieben Tage von Anfang bis Ende, aber in dieser Zeit verstarb Königin Elizabeth.

Es erforderte eine geringfügige Umschreibung einiger früherer Kapitel, die sich nach ihrem Tod falsch anfühlten.

Obwohl in diesem Buch entschieden anti-royalistische Ansichten vertreten werden, möchte ich klarstellen, dass dies nicht meine Ansichten sind. Ich habe der Krone knapp fünfundzwanzig Jahre lang als Mitglied der Streitkräfte Ihrer Majestät gedient.

Dieses Buch spielt in Looe, einem Badeort, den ich in meinem Leben schon oft besucht habe. Es gibt Bilder von mir als Baby am Strand und ich habe meine eigenen Kinder dorthin mitgenommen. Er liegt zwar auf der anderen Seite des Landes, aber das macht es trotzdem nur zu einer vierstündigen Autofahrt. Mehr als ein Tagesausflug, aber ideal für einen Kurzurlaub.

Für alle, die dies lesen und aus Looe stammen oder die Stadt gut kennen, entschuldige ich mich für die etwas verquere Geografie, die ich verwende. Die Bootsschuppen gibt es nicht, aber ich brauchte einen Ort, den man zu Fuß erreichen kann, der aber weit genug von der Stadt entfernt ist, damit man die Schüsse nicht hört.

Wenn Sie mit meiner Blue-Moon-Reihe vertraut sind – in der ebenfalls die Geschichte der königlichen Hochzeit vorkommt – haben Sie sich vielleicht gewundert, als Sie die Namen Superintendent Charters und Sergeant Andrews gelesen haben. Die beiden tauchten zum ersten Mal in "Die Geisterpiraten von Cawsand" auf, dem fünften Buch meiner Blue-Moon-Reihe, also vor fünfundsiebzig Büchern.

Als ich nun wieder über ihr Revier schrieb, beschloss ich, sie wieder auferstehen zu lassen.

In dieser Serie weise ich oft auf Alberts Unfähigkeit hin, sein Handy und andere moderne Geräte zu bedienen. Das ruft bei meinen Lesern weit mehr Kommentare hervor, als ich erwartet hatte. In der Regel werde ich dafür gerügt, dass ich einen älteren Menschen als technologisch unfähig darstelle. Witzigerweise basiert dieser Charakterzug von Albert auf mir.

Ich habe einen Bachelor-Abschluss in Technik, aber mit Anfang fünfzig habe ich Mühe, mein Handy dazu zu bringen, die Hälfte der Dinge zu tun, die es tun soll. Wäre da nicht meine Frau, die zum Zeitpunkt des Verfassens dieses Artikels immer noch in ihren Dreißigern ist, wäre der Akku meines Handys schon vor vielen Jahren leer gewesen und das wär's dann gewesen.

Für diejenigen, die dieses Buch erst in vielen Jahren lesen werden, ist es das Ende des Sommers 2022. Die Königin liegt derzeit in London in Würde aufgebahrt, ihr Begräbnis ist für Montag, den 19. September angesetzt - nächsten Montag. Der Himmel draußen ist grau und trüb, aber das nach einem langen, heißen Sommer, so dass die kühleren Temperaturen nicht nur willkommen, sondern längst überfällig sind.

Ich muss jetzt zum Anfang dieses Buches zurückblättern und mit der Bearbeitung beginnen. Das wird ein paar Tage dauern, danach werde ich mit dem nächsten Buch beginnen. Patricia Fisher winkt mich an ihre Seite. Sie ist in Rio, wo ihr Abenteuer weitergeht und verspricht, genauso tödlich zu sein wie immer.

Passen Sie auf sich auf.

Steve Higgs

Geschichte des Gerichts

Die Pasty ist seit dem 13. Jahrhundert ein fester Bestandteil der britischen Ernährung und wurde zu dieser Zeit von der reichen Oberschicht und den Königen verzehrt. Die Füllungen waren vielfältig und reichhaltig: Wild, Rind, Lamm und Meeresfrüchte wie Aal, gewürzt mit reichen Soßen und Früchten. Erst im 17. und 18. Jahrhundert wurde die Pasty von den Bergleuten und Landarbeitern in Cornwall übernommen, um sich während der Arbeit mit einfachen, schmackhaften und nachhaltigen Mahlzeiten zu versorgen. Und so wurde die einfache Cornish Pasty geboren.

Die Ehefrauen der Bergleute aus Cornwall bereiteten diese Alles-in-Einem-Mahlzeiten liebevoll zu, um ihre Ehepartner während ihrer aufreibenden Tage in den dunklen, feuchten Minen zu ernähren, wo sie in so großer Tiefe arbeiteten, dass es ihnen nicht möglich war, zur Mittagszeit an die Oberfläche zu kommen. Eine typische Pasty besteht einfach aus einer Füllung nach Wahl, die in einem Teigkreis eingeschlossen ist, wobei ein Rand zu einer dicken Kruste geformt ist. Eine gute Pasty könnte einen Sturz in einen Minenschacht überleben! Die Kruste diente dazu, die Pasty mit schmutzigen Händen zu halten, ohne die Mahlzeit zu verunreinigen. Im Erz, das abgebaut wurde, war häufig Arsen mit Zinn vermischt und um eine Arsenvergiftung zu vermeiden, war die Kruste ein wesentlicher Bestandteil der Pasty.

Das traditionelle Rezept für die Pasty-Füllung besteht aus Rindfleisch mit Kartoffeln, Zwiebeln und Kohlrüben, die zusammen eine reichhaltige Bratensoße ergeben - und das alles in einer eigenen Teigverpackung! Da Fleisch im 17. und 18. Jahrhundert sehr viel teurer war, war es rar, und so enthielten Pasties traditionell viel mehr Gemüse als heute. Das Vorhandensein von Karotten in einer Pasty war ursprünglich ein Zeichen für eine minderwertige Pasty, obwohl es heute üblich ist.

Die Ideen für die Füllung sind jedoch endlos und können so vielfältig sein, wie Ihr Geschmack es zulässt. Es wird viel darüber diskutiert, ob die Zutaten zusammengemischt werden sollten, bevor sie in die Pasty gegeben werden, oder ob sie in einer bestimmten Reihenfolge auf dem Teig gelegt werden sollten, mit Teigtrennwänden. Einig ist man sich jedoch darin, dass das Fleisch gehackt (nicht unbedingt durch den Wolf gedreht) und das Gemüse in Scheiben geschnitten werden sollte und dass keine der Zutaten gekocht werden darf, bevor sie in den Teig gegeben werden. Darin unterscheidet sich die Cornish Pasty von anderen ähnlichen Gerichten.

Diese Art des Essens war unter den Bergleuten so weit verbreitet, dass in einigen Bergwerken eigens Öfen in den Schächten aufgestellt wurden, um die rohen Pasties zu kochen. Und so entstand auch der bekannte britische Reim "Oggy, Oggy, Oggy". "Oggy" leitet sich von "Hoggan" ab, dem kornischen Wort für Pasty, und wurde von den Mägden, die die Pasties backten, in den Schacht gerufen, wenn sie zum Verzehr bereit waren. Die Bergleute antworteten mit "Oi, Oi, Oi!" Wenn sie morgens zubereitet wurden, konnte der Teig die Füllung acht bis zehn Stunden lang warm halten, und wenn man ihn dicht am Körper trug, hielt er auch die Bergleute warm.

Rezept

Zutaten

Für den Blätterteig

- 500g/1lb 1oz starkes Brotmehl
- 120g/4oz Pflanzenfett oder Talg
- 1 Teelöffel Salz
- 25g/1oz Margarine oder Butter
- 175ml/6fl oz kaltes Wasser
- 1 Ei aus Freilandhaltung, verquirlt mit etwas Salz (für die Glasur)

Für die Füllung

- 350g/12oz Kronfleisch vom Rind, Rumpsteak oder Schmorsteak von guter Qualität
- 350g/12oz festkochende Kartoffeln
- 200g/7oz Kohlrüben
- 175g/6oz Zwiebeln
- Salz und frisch gemahlener schwarzer Pfeffer
- ein Stückchen Butter oder Margarine

Zubereitung

1. Das Mehl in die Schüssel geben und das Backfett, eine Prise Salz, die Margarine oder Butter und das gesamte Wasser hinzufügen.

2. Verwenden Sie einen Löffel, um die Zutaten vorsichtig zu vermengen. Dann alles mit den Händen zusammendrücken, so dass sich die Zutaten zu einem ziemlich trockenen Teig verbinden.

3. Den Teig auf einer sauberen Arbeitsfläche ausrollen (es ist nicht nötig, Mehl oder Öl auf die Oberfläche zu geben, da es sich um einen festen, nicht klebrigen Teig handelt).

4. Kneten Sie den Teig, damit sich die Zutaten gut verbinden. Dehnen Sie den Teig mit dem Handballen. Rollen Sie ihn wieder zu einer Kugel zusammen, drehen Sie ihn dann, dehnen Sie ihn und rollen Sie ihn erneut ein. Wiederholen Sie diesen Vorgang etwa 5-6 Minuten lang. Der Teig wird allmählich geschmeidig, wenn sich das Fett zersetzt. Wenn sich der Teig körnig anfühlt, bearbeiten Sie ihn weiter, bis er glatt und glänzend ist. Scheuen Sie sich nicht, grob zu sein - Sie müssen viel Druck ausüben und den Teig kräftig bearbeiten, um das beste Ergebnis zu erzielen.

5. Wenn der Teig glatt ist, wickeln Sie ihn in Frischhaltefolie ein und legen ihn für 30-60 Minuten in den Kühlschrank.

6. Während der Teig ruht, Kartoffeln, Kohlrüben und Zwiebeln schälen und in etwa 1 cm große Würfel schneiden. Das Rindfleisch in ähnlich große Würfel schneiden. Alle vier Zutaten in eine Schüssel geben und vermischen. Gut mit Salz und etwas frisch gemahlenem schwarzem Pfeffer würzen, dann die Füllung beiseite stellen, bis der Teig fertig ist.

7. Ein Backblech leicht mit Margarine (oder Butter) einfetten und mit Back- oder Silikonpapier (nicht fettdicht) auslegen.

8. Den Backofen auf 170C (150C mit Umluft) /Gas 3 vorheizen.

9. Sobald der Teig Zeit hatte, sich zu entspannen, nehmen Sie ihn aus dem Kühlschrank. Die Margarine oder Butter ist dann abgekühlt und der Teig ist fest. Teilen Sie den Teig in vier gleich große Stücke. Jedes Stück zu einer Kugel formen und mit einem Nudelholz zu einem etwa 25 cm breiten Kreis ausrollen (etwa so groß wie ein Essteller).

10. Ein Viertel der Füllung auf jeden Kreis löffeln. Die Füllung auf der einen Hälfte des Kreises verteilen, die andere Hälfte frei lassen. Ein Stückchen Butter oder Margarine auf die Füllung geben.

11. Den Teig vorsichtig umklappen, die Ränder zusammenführen und mit den Fingern zusammendrücken, um ihn zu verschließen. Den Rand einkräuseln, um sicherzustellen, dass die Füllung im Inneren gehalten wird - entweder mit einer Gabel oder durch kleine Drehungen entlang des versiegelten Randes. Traditionell haben Cornish Pasties etwa 20 Kräuselungen. Wenn Sie den Rand eingekräuselt haben, klappen Sie die Ecken an den Enden nach unten.

12. Die Pasties auf das Backblech legen und die Oberseite jeder Pasty mit der Ei-Salz-Mischung bestreichen. Auf der mittleren Schiene des Ofens etwa 45 Minuten lang backen, bis die Teigtaschen goldbraun sind. Wenn die Pasties nicht braun werden, erhöhen Sie die Ofentemperatur in den letzten 10 Minuten der Backzeit um 10°C.

Wie geht es weiter?

Jede Reise beginnt mit dem ersten Schritt, aber wo endet sie?

Albert Smith und sein treuer Hund Rex Harrison sind schon viel länger unterwegs, als sie es je erwartet hätten, aber sie können noch nicht nach Hause.

Nicht bevor sie einen letzten Fall gelöst haben.

Auch diese Serie könnte Ihnen gefallen:

Ehe? Sie kann absoluter Mord sein

Felicity Philips, Hochzeitsplanerin für die Reichen und Berühmten, strebt den größten Auftrag ihres Lebens an - die nächste königliche Hochzeit. Doch es gibt ein paar Hindernisse, die ihr im Weg stehen ...

... nicht zuletzt eine Leiche, die laut Polizei auf ihr Konto geht.

Sie wird zwar nicht verhaftet, steht aber unter Verdacht, und ihre Rivalen stehen Schlange, um ihren guten Ruf zu ruinieren.

Da so viel auf dem Spiel steht, muss sie beweisen, dass sie unschuldig ist, und zwar schnell. Aber das bedeutet, dass sie herausfinden muss, wer der wahre Mörder ist ...

... ohne dass der Mörder herausfindet, was sie vorhat.

Mit Buster, der Bulldogge, als Beschützer und Amber, der Ragdoll Katze, die für den nötigen Witz sorgt - der sich meist gegen den Hund richtet - wird Felicity zur Detektivin.

Was weiß eine Hochzeitsplanerin darüber, wie man ein Verbrechen aufklärt?

Nichts. Überhaupt nichts.

Anschnallen bitte, es wird eine wilde Fahrt!

Machen Sie mit!

Möchten Sie als Erster wissen, was es Neues gibt oder welches Buch als nächstes kommt? Ich habe eine aktive und wachsende Facebook-Gruppe, der Sie beitreten können.

Wenn Ihr Lesegerät dies zulässt, klicken Sie einfach auf das Bild unten und Sie werden direkt
weitergeleitet.
Wenn Sie einen Kindle benutzen oder ein Taschenbuch lesen, kopieren Sie den Link
in Ihren Browser oder suchen Sie auf Facebook entweder nach der Seite **Steve Higgs Deutsch** oder der Gruppe **Steve Higgs Lesergruppe**.

https://www.facebook.com/stevehiggsauthor.deutsch
www.facebook.com/groups/steve.higgs.lesergruppe/

Weitere Bücher von Steve Higgs

Felicity Philips Ermittelt
Mord vor der Hochzeit
Die Schlinge der Ehe
In guten wie in tödlichen Tagen
Ein Kleid zum Sterben schön

Albert Smiths kulinarische Krimis
Aufruhr um die Schweinefleischpasteten
Bakewell Tortenschlacht
Stilton Schlamassel
Die Bedfordshire Clanger-Kalamität

Tod eines Yorkshire Puddings
Der Cumberland Wurst Schock
Der Arbroath Smokie Totschlag
Die Dundee-Kuchen Täuschung
Die Lancashire-Eintopf Gefahr
Die Blackpool-Zuckerstangen Mord
Die Whitstable-Austern Vernichtung
Das Eton Mess Massaker

Das Reich der falschen Götter
Ungebundene Magie
Entfesselte Magie
Frühschicht
Vertrautes Territorium
Du wirst sie fürchten lernen
Du wirst sie nicht bezwingen
Die Gottesrüstung: die Stärke der Anastasia Aaronson

Patricia Fisher-Wohlfühlkrimis
Der verschwundene Saphir von Zangrabar
Die gekidnappte Braut
Mord an Bord
Das Paar in Kabine 2124
Antikörper schützen nicht vor Mord
Mord in Tanzschuhen
Auf gefährlicher Mission im Namen des Maharadschas
Sechs Beine auf Mördersuche
Der Malteser Papagai
Patricias Heimkehr
Was Sam wusste

Der Ziegenkult

Die Banshee im Buchladen

Diamanten, Abendroben und Mord

Eisige Vergeltung

Das Fahndungsfoto

Blue Moon - Ermittler für ungewöhnliche Fälle

Paranormale Komplikationen

Das Phantom von Barker Mill

Amanda Harper – Paranormale Ermittlerin

Die Klowns von Kent

Die Geisterpiraten von Cawsand

Der Voodoo-Zauber von Mongrain

Die Hexen von East Malling

Die Aliens von Cliffe Woods

Raunen in der Takelage

Die Pranken des Yeti

Unter einem blauen Mond

Nachtarbeit

Lord Hales Monster

Die Herne Bay Wölfe

Die Untoten AG

Der Ghul der vergangenen Weihnacht

Der Sandmann

Der Gefängnis Golem

Funken in der Dunkelheit

Ein Schatten in der Mine

Der Ghostwriter

Printed in Great Britain
by Amazon

45717293R00149